Theo Lawrence
Mystic City
Schatten der Macht

Theo Lawrence

MYSTIC CITY

Schatten der Macht

Dritter Band

Deutsch von Britta Keil

Ravensburger Buchverlag

Bibliografische Information der Deutschen Nationalbibliothek:

Die Deutsche Nationalbibliothek verzeichnet diese Publikation in der Deutschen Nationalbibliografie. Detaillierte bibliografische Daten sind im Internet auf www.dnb.d-nb.de abrufbar.

MIX
Aus verantwortungsvollen Quellen
FSC® C114500
www.fsc.org

Das für dieses Buch verwendete FSC®-zertifizierte Papier liefert Arctic Paper Mochenwangen GmbH

1 2 3 4   D C B A

Deutsche Erstausgabe
© 2015 Ravensburger Buchverlag Otto Maier GmbH

Text copyright © 2014 by Inkhouse
Published by Arrangement with INKHOUSE MEDIA LLC, Brooklyn, NY, USA

Dieses Werk wurde vermittelt durch die Literarische Agentur
Thomas Schlück GmbH, 30827 Garbsen.

Umschlagmotiv: Fotos von merisabell / Fotolia und Maksim Toome / Fotolia
Umschlagtypografie: Random House Children's Books,
a devision of Random House Inc., New York

Alle Rechte dieser Ausgabe vorbehalten durch
Ravensburger Buchverlag Otto Maier GmbH

Printed in Germany

ISBN 978-3-473-40119-2

www.ravensburger.de

Für Josh Pultz

Prolog

»Aria!«, ruft Hunter. »Du darfst jetzt nicht aufgeben! Bleib bei mir!«

Meine Arme beginnen zu zittern, während meinen Fingern noch immer mystische Energie entströmt, und ich spüre, dass ich jeden Augenblick ohnmächtig werde. »Bei dir bleiben?«, frage ich benommen.

Hunter erwidert etwas, aber ich bin abgelenkt, denn der Wolkenkratzer, über den Shannon ihr leuchtend grünes Netz geworfen hat, neigt sich bedrohlich in unsere Richtung.

»Macht, dass ihr wegkommt!«, schreit Shannon. »Ich kann ihn nicht mehr halten!«

Aber ich kann nicht wegrennen. Ich kann mich ja kaum noch rühren.

In der nächsten Sekunde löst sich Shannons Netz in Luft auf. Jetzt ist Hunters Lasso das Einzige, was das Gebäude noch hält, aber nicht mehr lange, denn sein Schwerpunkt hat sich verlagert. Entsetzt starre ich auf das Monstrum aus Metall, Stahl, Glas und Beton, das durch nichts – nicht einmal durch die Kraft von vier Mystikern – am Einsturz gehindert werden kann.

Möbelstücke fallen vom Himmel, schlagen in die Brücken ein und stürzen in die Tiefe. Die Stahlträger des kippenden

Gebäudes ächzen und kreischen. Sie übertönen die Schreie der Menschen. Es ist eine Sinfonie des Todes.

»Weißt du noch, wie dein Vater uns zusammen auf dem Dach erwischt hat, nachdem Kyle uns verpfiffen hatte?«, fragt Hunter. »Und wie er mich erschießen lassen wollte?«

»Ja«, sage ich.

»Wir machen jetzt genau dasselbe wie an diesem Abend. Halt dich einfach an mir fest.«

Er ballt die Hände zu Fäusten und seine Energiestrahlen verpuffen. Ich verspüre Erleichterung, als auch meine Energie erlischt – doch sie weicht nackter Panik, denn der Wolkenkratzer, den nun nichts mehr hält, kippt noch schneller auf uns zu. Ich halte hastig Ausschau nach Shannon, Turk und Jarek, aber ich kann nichts mehr sehen.

Da schlingt Hunter seine Arme um mich und hält mich fest. Mein Blick ist gen Himmel gerichtet, der hinter dichtem Rauch und Staubwolken verschwunden ist. Riesige Stahltrümmer rasen auf uns zu.

Das war's, denke ich. Jetzt ist alles aus.

Teil I

Was uns nicht umbringt, macht uns stärker.

Friedrich Nietzsche

1

Ich bin schwerelos.

Schnell.

Stark.

Wie ein Pfeil schieße ich durch den Himmel über Manhattan, unter mir die dicht gedrängten Menschenmassen, die sich am Fuß des Empire State Buildings versammelt haben, um für den Frieden zu demonstrieren. Für die Freiheit. Für den Wandel.

Ich gleite durch die Lüfte, als wäre ich zum Fliegen geboren. Es ist so einfach wie Atmen. Die Strahlen der untergehenden Sonne färben die Wolken und den Dunst, der über der Stadt liegt, blutrot. »Aria! Aria! Aria!«, ertönt es unter mir.

Ein Lächeln huscht mir übers Gesicht.

Mein Herz rast.

Aber ist es wirklich *mein* Herzschlag, den ich spüre, oder ist es Davidas?

Ich wende. Es ist kinderleicht, die Flugrichtung zu ändern, höher oder tiefer zu fliegen. Ich neige einfach den Kopf und tauche in die Tiefe hinab wie in einen Swimmingpool. Die Luft rauscht um mich herum und kitzelt meine Wangen. Wie praktisch, dass ich mir die Haare abrasiert habe, denn so habe ich freie Sicht. Ich fröstele, obwohl ich schwitze. Die Rufe der Leute kommen von allen Seiten, als ich an den Horsten vorbeifliege.

Vorbei an Turk, der auf der Aussichtsplattform auf mich wartet. Vorbei an Hunter, der wahrscheinlich noch immer auf einer der benachbarten Dachterrassen steht, wo ich gerade mit ihm Schluss gemacht habe. Vorbei an meinem Bruder Kyle, der mir versichert hatte, er wäre zu Friedensverhandlungen zwischen den Horsten und den Bewohnern der Tiefe bereit. Stattdessen hat er mich und meine Freunde in einen Hinterhalt gelockt.

Vorbei an Thomas, meinem Exverlobten, der sich nun in die Schar meiner Feinde einreiht; der einfach tatenlos zugesehen hat, wie Kyle seine Soldaten auf uns gehetzt hat.

Vorbei an meinen Eltern, die das Spektakel vermutlich von ihrem Luxusapartment auf der West Side aus verfolgen. Vorbei an Kiki und Bennie, die ich nicht mehr gesehen oder gesprochen habe, seit ich bei den Rebellen bin.

Die Bewohner Manhattans – Mystiker wie Nichtmystiker – haben etwas Besseres als Thomas und Kyle verdient, etwas Besseres als meinen Vater. Die Rufe aus der Tiefe, jenem Teil der Stadt, in dem die Armen und die Mystiker leben, werden lauter.

Die Bewohner Manhattans verdienen einen Anführer, für den das Wohl des Volkes an erster Stelle steht, einen Anführer, der an Gerechtigkeit glaubt.

»Aria! Aria! Aria!«

So wie es klingt, haben sie ihre Anführerin bereits gewählt.

Bleibt zu hoffen, dass ich ihren Erwartungen gerecht werden kann.

Ich lande in der Nähe eines Kanals. Die Luft ist heiß und stickig. Der von Rissen durchzogene Asphalt kocht in der Hitze.

Ich laufe ein Stück am Wasser entlang. Ein paar Gondeln schaukeln, an morschen Pfählen vertäut, in der graubraunen Brühe. Weit und breit ist niemand zu sehen. Das überrascht mich, denn das Empire State Building ist nur ein paar Blocks entfernt.

Es kommt mir nicht so vor, als wären erst ein paar Stunden vergangen, seitdem ich zuletzt in der Tiefe gewesen bin. Hier in den Trümmern, wo all jene leben, die den Herrschenden den Kampf angesagt haben: meiner eigenen Familie – den Roses – und Thomas' Familie – den Fosters.

Es ist schon lange her, dass ich aus den Horsten geflohen bin und mein privilegiertes Leben als Tochter eines der reichsten und mächtigsten Männer Manhattans hinter mir gelassen habe. Dieses Leben bestand darin, mit meinen Freundinnen Kiki und Bennie shoppen zu gehen, den neuesten Klatsch und Tratsch auszutauschen und darüber zu streiten, wer besser aussieht: Danny, der Freund meines Bruders, oder Bennies jüngerer Bruder Felix, der in der Schule eine Klasse unter mir war. (Bennie hielt sich aus dieser Diskussion strikt heraus, da sie als Schwester von Felix quasi befangen in ihrem Urteil war. Außerdem war sie damals schon mit meinem Bruder Kyle zusammen und »total in ihn verknallt«.)

Doch dann traf ich Hunter Brooks und mein Leben änderte sich schlagartig.

Ich komme an ein paar Läden mit kaputten Fensterscheiben vorbei. Die Scheiben, die noch heil sind, sind von einer dicken Schmutzschicht überzogen oder mit Graffiti beschmiert – meist wüste Beschimpfungen, die sich gegen meine Eltern und meinen Bruder richten.

Um nicht länger in der sengenden Hitze laufen zu müssen, biege ich in eine schmale, schattige Gasse ein. In der Ferne ragt das Empire State Building auf. Eigentlich hätten die Friedensverhandlungen die Vertreter aller Gruppen an einen Tisch bringen sollen, damit sie Wege für ein friedliches Miteinander von gewöhnlichen Menschen und Mystikern finden. Hunter sollte die Bewohner der Tiefe – Mystiker und Nichtmystiker – vertreten, Kyle die Roses und Thomas die Fosters. Ziel war es, den Krieg zwischen den Horsten und der Tiefe zu beenden, um so viele Leben wie möglich zu retten.

Doch die Verhandlungen sind gescheitert.

Und nun bin ich eine von ihnen: eine Mystikerin.

Ich strecke meinen Arm aus. Er sieht aus wie immer, aber ich weiß, dass er es nicht ist. Durch meine Adern pulsiert nun mystische Energie – jene Energie, mithilfe der die Stahlträger für die gigantisch hohen Wolkenkratzer der Horste geschmiedet wurden und die silbernen Brücken, die sie miteinander verbinden. Es ist jene Energie, die den Mystikern seit dem Großen Feuer durch Abschöpfung gewaltsam entzogen wird, um die Energieversorgung von Manhattan sicherzustellen.

Davida, meine frühere Dienerin, war eine der mächtigsten

Mystikerinnen der Stadt – und gleichzeitig Spionin der Rebellen –, bis sie ihr Leben für mich opferte. Mit Turks Hilfe habe ich ihr Herz gefunden, in dem all ihre Kräfte gespeichert waren.

Kurz bevor die Friedensverhandlungen beginnen sollten, habe ich ihr Herz hinuntergeschluckt, so wie es Davidas letzter Wunsch gewesen war.

Und nun strömen ihre Kräfte durch meinen Körper. Dass ich fliegen kann, habe ich schon herausgefunden. Aber was kann ich noch?

Meine Hände beginnen zu kribbeln. Als ich sie genauer betrachte, stelle ich fest, dass meine Fingerspitzen blassgrün schimmern. Sehen Hunters Fingerspitzen genauso aus? Ich kann mich nicht erinnern. Dabei müsste ich so etwas doch eigentlich wissen, schließlich ist Hunter mein Freund. *Exfreund*, korrigiere ich mich in Gedanken. Es kommt mir immer noch so unwirklich vor, dass ich mit ihm Schluss gemacht habe – mit dem Jungen, für den ich mich mit meinen Eltern überworfen habe und den ich noch immer liebe, auch wenn ich weiß, dass wir keine gemeinsame Zukunft mehr haben.

Ich bücke mich und lege vorsichtig eine Hand auf den Asphalt. Plötzlich spüre ich einen scharfen Schmerz und ein Pochen in der Handfläche, als hätte mir jemand ein Messer hineingerammt. Heiße Stromstöße schießen durch meinen Arm und entzünden jede einzelne Nervenzelle. Ich höre ein dumpfes Grollen, dann scheint sich der Boden unter mir zu bewegen. Sich zu *verschieben*.

Ich schließe die Augen und spüre einen brennenden Stich in der Brust. Und dann geschieht es:

An Tagen wie diesen wünschte ich, meine Uniform wäre weiß. Als ich das Apartment verlasse, saugen meine schwarze Bluse und der Rock die Hitze auf wie ein Schwamm. Die Handschuhe, die mir fast bis zu den Ellenbogen reichen, machen es nicht gerade besser, aber da ich sie mehr oder weniger freiwillig trage, darf ich mich nicht beschweren.

Ich habe eine Stunde Zeit, was bedeutet, dass es nur ein kurzes Wiedersehen wird, denn allein für den Weg zu ihm brauche ich fast zwanzig Minuten.

Mit gesenktem Kopf überquere ich die Brücke vom Apartment der Roses zum nächsten Fahrstuhl. Den Schwestern sei Dank, dass ich das Gesicht hinter meinen langen schwarzen Haaren verstecken kann. Niemand erkennt mich und wundert sich darüber, warum die Dienerin der Roses ausgerechnet am Abend von Arias Verlobungsfeier in den Horsten umherstreift.

Verlobungsfeier. Was für eine Farce!, denke ich, während mir scharenweise Horstbewohner entgegenkommen – reiche Leute, die entweder die Roses oder deren Widersacher, die Fosters, unterstützen, jene Familien, die den Westen beziehungsweise den Osten Manhattans regieren. Mit dem heutigen Abend jedoch sollen die Grabenkämpfe zwischen den verfeindeten Familien ein für alle Mal beendet werden, und der symbolträchtige Anfang für diesen politischen Schulterschluss ist Arias Hochzeit mit Thomas Foster.

Aria kann sich an nichts mehr erinnern: weder daran, wie sie sich in Thomas Foster verliebt hat, noch an ihre heimlichen Treffen mit ihm. Sie weiß auch nicht mehr, dass sie ihre Eltern angefleht hat, ihn heiraten zu dürfen. Sie glaubt, sie habe ihr Gedächtnis durch eine Überdosis Stic verloren, jene Droge, die Nichtmystiker nehmen, um mystische Energie im eigenen Körper zu spüren.

Ich muss keine Drogen nehmen, um zu wissen, wie sich das anfühlt – im Gegensatz zu Aria. Und im Gegensatz zu ihr habe ich nichts vergessen. Ich weiß, dass die Liebesgeschichte zwischen ihr und Thomas eine einzige große Lüge ist.

Sie hat mich gefragt, was ich von der ganzen Sache halte. Ich habe ihr nicht die Wahrheit gesagt: dass Thomas und sie einander nicht ein einziges Mal begegnet sind, bevor ihre Eltern ihr eine Gehirnwäsche verpasst haben, und dass sie noch nie in ihrem Leben Stic genommen hat. Ich wäre gern aufrichtig zu ihr gewesen, aber zum jetzigen Zeitpunkt wäre es einfach ein zu großes Risiko, wenn Aria die Wahrheit kennen würde. Ihr Leben wäre in Gefahr, wenn sie an falscher Stelle ausplaudern würde, dass sie das Spiel durchschaut hat. Ich könnte mir nie verzeihen, wenn Aria meinetwegen etwas zustößt.

Ich kann es kaum noch erwarten, der drückenden Hitze zu entfliehen, und seufze erleichtert auf, als die AP-Station in Sicht kommt. Für abgeschöpfte Mystiker und Tieflinge, die hier als Diener, Köche oder Portiers arbeiten, aber nicht wie ich hier wohnen, sind APs die einzige Möglichkeit, um sich zwischen der Tiefe und den Horsten zu bewegen.

Man könnte natürlich auch in die Tiefe fliegen. Viele reiche Horstbewohner besitzen einen eigenen Hubschrauber. Doch keiner von ihnen würde diesem Ort freiwillig einen Besuch abstatten. Die Oberschicht verbringt ihren Urlaub lieber weit weg an exotischen Plätzen.

Es gibt noch einen dritten Weg, in die Tiefe zu gelangen. Er steht Mystikern wie mir, die der Abschöpfung entgangen sind und Zugang zu einem Schlupfloch haben, offen. Doch es ist viel zu riskant, am helllichten Tag Schlupflöcher zu benutzen. Sie sind ausschließlich der Nacht vorbehalten ...

Deshalb bleibt mir nichts anderes übrig, als an der AP-Station gemeinsam mit zwei älteren Frauen auf den nächsten Fahrstuhl zu warten. Sie tragen Dienstbotenuniformen und starren mich unverhohlen an.

Anders als die supermodernen Hochgeschwindigkeitsleichtbahnen, die die Horste miteinander verbinden, werden die gläsernen, pyramidenförmigen Kabinen der APs mit einer veralteten Technologie gesteuert.

Ich halte meine behandschuhte Hand an den Scanner und der Name ALANA CARTER leuchtet auf dem Monitor auf. Dank meiner Handschuhe, in deren Stoff die Fingerabdrücke Hunderter bereits verstorbener Menschen hineingestickt sind, kann ich die APs benutzen, ohne von den Scannern erkannt zu werden.

Ich nicke den beiden Frauen zu, auf deren Blusenkragen genau wie auf meinem das Emblem der Roses prangt. Sie arbeiten also für Familien, die Johnny Rose, Arias Vater, unterstützen. Als der AP kommt und die Türen sich öffnen, lächeln mir die Frauen zaghaft zu, denn sie glauben, ich gehöre zum selben Lager.

Wenn die wüssten, für wen ich wirklich arbeite …

Weil ich in der Tiefe aufgewachsen bin, habe ich lange nicht gemerkt, dass sie ihren ganz eigenen Geruch hat. In der Tiefe riecht es nach Schweiß, nach Verzweiflung, nach Mühsal. Es ist ein intensiver, fischiger Geruch, der sich wie ein feuchter Schleier auf die Haut legt. Manche mögen ihn abstoßend finden. Für mich ist es der Geruch nach Heimat.

Ich eile einen Kanal entlang in östliche Richtung, in welcher auch der Prächtige Block liegt. Er ist das letzte Fleckchen Grün, das aus dem Wasser ragt. In seiner Mitte befindet sich die Große Wiese. Einst war er als Central Park bekannt. Doch das war lange, bevor der Meeresspiegel anstieg, die Straßen überflutet wurden und alles Grüne und Schöne den Wassermassen zum Opfer fiel. Jetzt wohnen dort abgeschöpfte Mystiker und auch meine Eltern hätte man dorthin verfrachtet, wenn sie nicht untergetaucht wären.

Wir treffen uns immer am selben Ort: an einer abgelegenen U-Bahn-Station an der 72. Straße. Der Eingang zur Station ist längst versiegelt, aber das war für uns nie ein Hindernis. Zum letzten Mal haben wir uns an jenem Tag gesehen, an dem Arias Eltern die Erinnerungen ihrer Tochter gelöscht haben. Wir haben uns abends auf Arias Balkon getroffen, während alle anderen im

Krankenhaus waren. Danach haben wir uns nur noch kurze Textnachrichten geschickt.

Trotz allem, was geschehen ist, kann ich es kaum erwarten, ihn zu sehen.

Entlang des Kanals haben Frauen kleine Verkaufsstände aufgebaut und bieten neben Wasserflaschen auch allerlei wertlosen Plunder feil. Es ist laut hier, laut und chaotisch. Lärmende Kinder schlängeln sich kreuz und quer durch die Menge und schnippen Kieselsteine ins schmutzige Kanalwasser. Dafür ernten sie wüste Flüche von den Gondolieri. Ich muss unwillkürlich lächeln: In den Horsten geht es immer so ernst zu. Überall ist es so sauber, so still. Das Leben dort ist wie ein Dinner in einem Nobelrestaurant: Du bekommst die außergewöhnlichsten, teuersten Speisen serviert und bleibst am Ende trotzdem hungrig. Das Leben in der Tiefe hingegen gleicht einem gemütlichen, deftigen Abendessen mit Freunden: Du lachst und isst so viel, bis dir der Bauch wehtut.

Noch immer ziehe ich dieses einfache Leben vor, obwohl es schon viele Jahre her ist, dass ich herzhaft gelacht oder Zeit mit meinen Freunden und meiner Familie verbracht habe. Und alles nur, weil meine Eltern beschlossen haben, mich für die Ziele der Rebellen einzuspannen. Ich war elf, als sie mir eine Stelle als Dienstmädchen bei den Roses besorgten, damit ich für sie spioniere. Dadurch entging ich der Registrierung und wurde nicht wie der Großteil der Mystiker abgeschöpft. Seither lebe ich in den Horsten, und das sind inzwischen fast sieben Jahre. Sieben Jahre, in denen ich eine Lüge gelebt, in denen ich die Rebellen heimlich mit Informationen versorgt habe. Sieben Jahre, in denen ich meine eigenen Wünsche zurückgestellt habe, um den Roses zu dienen – dem skrupellosen, mächtigen Johnny Rose und seiner Frau Melinda, ihrem Sohn Kyle und ihrer Tochter Aria, die inzwischen wie eine Schwester für mich geworden ist.

Das einzig Gute an meinem Job als Spionin ist, dass ich ihn regelmäßig sehen kann.

Zwei Pfosten markieren den ehemaligen Eingang zur U-Bahn-Station. Lange bevor es die Horste gab, waren U-Bahnen die Lebensadern der Stadt. Doch als Manhattan überflutet wurde und die Schächte volllieffen, ließ die Regierung die Eingänge verschließen. Heutzutage leben Rebellen in den unterirdischen Gängen, Menschen wie Violet, seine Mutter und eine Freundin meiner Eltern. Nach dem Tod ihres Vaters wurde sie unsere neue Anführerin. Unsere große Hoffnung ist, dass schon bald kein Mystiker mehr gegen seinen Willen abgeschöpft werden wird, dass wir nicht mehr verfolgt werden und gleichberechtigt neben den Menschen in den Horsten leben können.

Wir halten an unseren Träumen fest, denn niemand kann uns verbieten zu träumen. Ohne Träume wäre unser Leben kaum zu ertragen.

Nachdem ich mich noch einmal umgeschaut habe und mir sicher bin, dass mich niemand beobachtet, ziehe ich meine Handschuhe aus und lege eine Hand auf die kleine grüne Kugel am oberen Ende des Pfostens. Ich spüre, wie die Energie durch meinen Körper pulsiert, dann beginnt die Kugel zu leuchten. Dünne grüne

Strahlen strömen aus meinen Fingerspitzen, wirbeln um die Kugel herum und dringen in die Metallplatte ein, die den Eingang versperrt.

Der Weg ist frei.

Ich mache einen Schritt vorwärts, lege meine andere Hand auf das Metall, beobachte, wie erst meine Finger, dann die ganze Hand und schließlich mein Arm darin eintauchen wie in Wasser. Mein Körper prickelt wie von tausend Nadelstichen und die Luft wird mir aus der Lunge gequetscht, während ich mich Stück für Stück voranschiebe, bis ich schließlich mit einem Plopp! *auf der anderen Seite lande.*

Meine Augen müssen sich erst an das Dämmerlicht gewöhnen, denn die einzigen Lichtquellen hier sind kleine grüne Glühbirnen, die mit mystischer Energie betrieben werden. Wir haben sie überall an den Wänden angebracht, um uns in dem Tunnelsystem besser orientieren zu können.

Und dort steht er, in einem dunklen Winkel, und wartet auf mich: mein Verlobter.

Hunter.

Er blinzelt, dann wischt er sich die blonden Haare aus der Stirn. Als er auf mich zukommt, macht mein Herz einen Satz. Wie gern würde ich mich in seine Arme werfen, in die Arme des Mannes, den ich kenne, seitdem ich denken kann, und der mir seit Kindertagen versprochen ist.

Das Problem ist nur, dass sein Herz nicht mir gehört. Denn er liebt nicht mich, sondern Aria. Ich würde ihn am liebsten dafür ohrfeigen – oder ihn küssen. Aber ich tue weder das eine noch das andere.

»Es geht ihr gut«, sage ich stattdessen. »Sie ist noch etwas verwirrt, aber ansonsten wohlauf.«

Er bleibt so dicht vor mir stehen, dass ich seinen Atem höre. »Davida«, sagt er, »ich muss zu ihr. Heute noch.«

»Aber du ...«

»Ich will sie nur sehen. Ich muss wissen, dass sie in Sicherheit ist.«

»Sie ist in Sicherheit«, sage ich. »Hör zu, du musst meinen Eltern eine Nachricht überbringen. Sag ihnen, dass ich ... dass ich wieder nach Hause will.«

Es fällt mir schwer, die Worte auszusprechen. Wenn ich meine Stelle bei den Roses aufgebe und nach Hause zurückkehre, werden mich meine Eltern für eine Versagerin halten. Aber im Grunde kann mir das egal sein. Für sie stand ohnehin immer die Revolution an erster Stelle. Für mich zählen andere Dinge. Hunter. Die Liebe. Und ja – auch Aria.

Hunter sieht mich verständnislos an. »Nach Hause? Aber ...«

»Es ist vorbei, Hunter«, sage ich. »Sie kann sich an nichts mehr erinnern. Sie weiß nicht einmal mehr, wer du bist.«

Hunter schüttelt den Kopf. »Aber ... aber wenn sie mich sieht ... sie wird sich an alles erinnern, wenn sie mich sieht. Das weiß ich.«

»Glaub mir, das wird sie nicht«, entgegne ich bestimmt.

»Aria«, flüstert er. Selbst im Dämmerlicht kann ich sehen, wie sehr meine Worte ihm wehtun.

»*Die Aria, die du kanntest, gibt es nicht mehr*«, sage ich.
»*Aria*«, sagt er wieder. »*Aria.*«
»*Aria.*«
　　»*Aria.*«
　　　　»*Aria.*«
　　　　　　»*Aria.*«
　　　　　　　　»*Aria.*«
»ARIA!«

Ich zucke zusammen und öffne die Augen. Es kommt mir vor, als wäre ich unter Wasser. Als müsste ich jeden Moment ersticken.

»Aria?«

Ich kauere mit angezogenen Knien an einer bröckelnden Mauer und fühle mich, als hätte mir jemand in den Bauch geboxt. Ich blinzele ein paarmal.

»Jarek?«

Er nickt. »Alles okay mit dir?«

Neben Jarek steht Shannon und blickt auf mich herunter. »Was machst du hier?«, fragt sie. »Hältst du ein Nickerchen oder was?«

»Lass sie in Ruhe, Shannon.« Jarek hockt sich vor mich hin. »Wir haben dich fliegen sehen und sind dir gefolgt.« Er schüttelt den Kopf und stößt ein ungläubiges Lachen aus. »Ich kann es echt nicht fassen. Du bist geflogen! Wie ist das möglich?«

Ich kann vor Schmerzen kaum sprechen. Ich fühle mich

schwach, fast wie ... abgeschöpft. »Warum bist du nicht bei Ryah?«, frage ich Shannon, als ich mich wieder an unseren Kampf mit Elissa Genevieve erinnere, eine machtgierige Mystikerin, die für meinen Vater gearbeitet und ihre eigenen Leute verraten hat.

»Keine Sorge, Ryah ist in guten Händen«, antwortet Shannon. »Es wird alles für sie getan.«

Unsere Freundin Ryah, auch eine Mystikerin, hat in ihrem mutigen Kampf gegen Elissa schwerste Verbrennungen am ganzen Körper davongetragen. Aber zumindest ist sie noch am Leben – anders als unser Freund Landon und als Elissa.

»Und was ist mit dir?«, frage ich Jarek. »Warum bist du nicht bei Turk?«

Wir waren zusammen auf der Aussichtsplattform des Empire State Buildings, bevor ich mit Hunter davongeflogen bin. Ich gehe davon aus, dass Turk noch immer dort ist und dass auch Hunter zurückgeflogen ist, um Turk vor den Soldaten meines Bruders Kyle zu retten, die uns angegriffen haben, noch ehe die Friedensverhandlungen beginnen konnten.

»Ich denke, die Jungs kommen da oben jetzt auch ohne uns klar«, antwortet Jarek. »Shannon hat Ryah ins Sanitätszentrum gebracht und ist dann auf der Aussichtsplattform zu uns gestoßen. Von da aus haben wir dich gesehen und ... na ja ... wir wollten einfach sicher sein, dass es dir gut geht.«

»Mir geht's super«, erwidere ich trotzig.

Jarek sieht mich skeptisch an. »Aber ...«

»Boah, ich bin kein Baby mehr, okay?!«, fauche ich und versuche zitternd, auf die Beine zu kommen. Jarek reicht mir die Hände und zieht mich hoch, während Shannon mich weiter mit unbewegter Miene mustert wie eine strenge Lehrerin.

»Wir müssen dich hier wegbringen«, sagt sie schließlich. »Zurück in unser Versteck. Und dann können wir gerne ausdiskutieren ...«

Doch sie spricht den Satz nicht zu Ende, denn in diesem Augenblick explodiert das Empire State Building.

2

»Mach bitte leiser«, sage ich. »Ich kann das nicht ertragen.«

Turk schaltet den Ton der Nachrichten aus. Wir sitzen auf unbequemen Stühlen an einem langen Tisch in der Bibliothek des Rebellenverstecks und starren auf einen TouchMe-Screen.

Inzwischen ist es drei Tage her, seit das Empire State Building in die Luft geflogen ist und Trümmer wie tödliche Geschosse vom Himmel herabregneten. Ich kann den Rauch noch immer auf der Zunge schmecken. Noch immer höre ich die Schreie der Menschen, die panisch versuchten, sich in Sicherheit zu bringen, während Gesteinsbrocken und Metallteile auf Straßen, Gebäude und in die Kanäle krachten.

All diese Nachrichtensendungen helfen mir nicht gerade dabei, die schrecklichen Bilder zu vergessen. Nach der Explosion war die Luft rußschwarz, und ich habe absolut keine Ahnung, wie es Jarek, Shannon und mir gelungen ist, in unser Versteck zurückzukehren. Ich weiß nur noch, wie schlimm es war, nicht zu wissen, ob Turk und Hunter die Katastrophe überlebt hatten.

Sie haben überlebt. Gott sei Dank. Hunter konnte sich und Turk gerade noch rechtzeitig mit einem Sprung in die Tiefe in Sicherheit bringen. Thomas Foster, mein Exverlobter, hatte weniger Glück, genau wie viele andere, die sich am Empire State

Building versammelt hatten. Es ist meine Schuld, dass sie nun tot sind.

»Wann kommt Ryah?«, fragt Jarek.

»Bald«, antwortet Shannon. »In einer Stunde oder so.«

»Es ist schon sechs Uhr«, sagt Jarek. »Bist du dir sicher, dass sie ...«

»... heute Abend zurückkommt?«, fällt Shannon ihm ins Wort. »Ja.«

Es war einer der furchtbarsten Augenblicke in meinem Leben, als ich mit ansehen musste, wie Ryah nach einem Angriff von Elissa das Bewusstsein verlor und reglos liegen blieb. Ausgerechnet Ryah – ein echter Wirbelwind, eine Mystikerin mit schier grenzenloser Energie – stand an der Schwelle des Todes, als ich sie das letzte Mal gesehen habe. Ich weiß nicht, wie es ihr inzwischen geht oder wie lange es dauern wird, bis sie wieder vollständig genesen ist. Falls sie überhaupt jemals wieder ganz die Alte wird.

Normalerweise herrscht hier Tag und Nacht ein munteres Kommen und Gehen. Doch nachdem ich mit Hunter Schluss gemacht habe, hat er sich zusammen mit ein paar anderen Rebellen ein neues Versteck in der Stadt gesucht und das Haus ist auf einmal merkwürdig still.

Mein Bruder Kyle, der die Explosion ebenfalls überlebt hat, hat der Presse erzählt, wir – die Rebellen – wären für die Zerstörung des Wahrzeichens von New York City verantwortlich. Bedauerlicherweise hat mein Bruder zur Wahrheit ein ähnlich gestörtes Verhältnis wie zu mir. Ich habe gehört, dass Hunter bereits einen Vergeltungsschlag plant, aber Genaueres weiß ich nicht, denn Hunter und ich haben uns seit unserem Gespräch auf der Dachterrasse nicht mehr gesehen. Und wie ich Hunter kenne, wird er dafür sorgen, dass das auch noch eine ganze Weile lang so bleibt.

»Ist doch auch egal, wann Ryah wiederkommt«, sagt Turk. »Hauptsache, sie kommt überhaupt wieder.« Er lehnt sich zurück und reibt sich über den stoppeligen Schädel, als könnte er es immer noch nicht fassen, dass sein geliebter Iro – sein Markenzeichen – verschwunden ist. Turk und ich haben uns aus Solidarität mit den Männern und Frauen in der Tiefe, die schon so lange unter meiner Familie und den Fosters leiden müssen, die Haare abschneiden lassen.

»Ich bin so froh, dass sie noch lebt«, sagt Jarek.

Shannon schnaubt verächtlich. »Ja, aber das hat sie ganz bestimmt nicht dir zu verdanken.« Mit ihren hohen Wangenknochen, ihrem Porzellanteint und den granatroten Haaren ist Shannon eine wahre Schönheit. Doch es ist eine Ehrfurcht gebietende Schönheit. Man wagt es kaum, den Blick von ihren vollen, sinnlichen Lippen zu wenden, aus Angst, sie könnte einen bei lebendigem Leib verschlingen, wenn man nicht aufpasst. Shannon hat die Aura einer Kriegerin.

Heute jedoch sieht sie aus wie eine sehr müde Kriegerin. Sie hat dunkle Ringe unter den Augen und ihr langes Haar ist zu einem losen Knoten zusammengebunden. Offenbar sind die

Ereignisse der letzten Wochen nicht spurlos an ihr vorübergegangen.

Genauso wenig wie an mir. Ehrlich gesagt, erkenne ich mich selbst kaum noch wieder. Ich schlafe zu den unmöglichsten Uhrzeiten, und wenn ich dann tatsächlich mal wach bin, kann ich keinen einzigen klaren Gedanken fassen, weil mir tausend Dinge gleichzeitig durch den Kopf schießen. Ich kann nicht mehr ohne Sonnenbrille vor die Tür, und wenn ich etwas anderes esse als Brot und Gemüse, dreht sich mir der Magen um. Und dennoch fühle ich mich so lebendig wie noch nie und nehme meine Umgebung bewusster wahr als jemals zuvor. Aber das ist auch unglaublich anstrengend.

»Dir ist schon klar, was du angerichtet hast?«, fragt Shannon an Jarek gewandt. »Dass du uns hintergangen ...«

»Hey ...«, unterbreche ich sie, aber Jarek zuckt bloß mit den Schultern.

»Schon gut, Aria. Sie hat ja Recht.« Obwohl Jarek ein echter Hüne ist, wirkt er in diesem Moment wie ein kleiner Junge, der etwas ausgefressen hat. Er kauert auf seinem Stuhl und meidet Shannons Blick.

»Siehst du?«, sagt Shannon zu mir. »Er weiß genau, dass er Scheiße gebaut hat.«

»Glaubst du etwa, mir tut das nicht leid?«, erwidert Jarek gequält. »Wenn ich gewusst hätte, dass Elissa mich gefangen nimmt ... dass sie mich benutzt, um euch etwas anzutun ...«, er blickt in die Runde, »... jedem von euch ... und Landon ...«

Es klingt, als wäre er den Tränen nahe. »Landon und ich hatten unsere Meinungsverschiedenheiten, aber ich habe ihn geliebt wie einen Bruder, und ich hätte niemals gewollt, dass ihm was zustößt. Oder Ryah.«

Jareks gescheiterter Versuch, Davidas Herz zu stehlen und sich dessen Kräfte einzuverleiben, führte letztlich zu unserem schicksalhaften Kampf mit Elissa Genevieve.

»Ich bin schuld an Landons Tod. Auch wenn ich ihn nicht selbst getötet habe, so ist er doch meinetwegen gestorben. Und ich bin schuld daran, dass Ryah verletzt wurde«, sagt Jarek. »Glaub mir, Shannon, was immer du dazu sagst: Nichts ist so schlimm wie der Vorwurf, den ich mir selber mache.«

Ich weiß nicht, ob ich Jarek jemals wieder ganz vertrauen kann. Aber was auch immer geschehen ist – er bleibt einer von uns. Wenn er seine Taten bereut, hat er eine zweite Chance verdient.

Shannon sieht das offenbar anders. »Ein paar von uns können nicht so schnell verzeihen.« Sie verschränkt die Arme vor der Brust und sieht zu Turk.

»Das ist nichts, worauf man stolz sein sollte«, sagt Turk streng. »Lass es gut sein, Shannon.« Er wirft einen mitfühlenden Blick zu Jarek, der sichtlich erleichtert ist.

»Na schön«, sagt Shannon schließlich. »Außerdem gibt es wichtigere Dinge, um die wir uns kümmern müssen. Darum zum Beispiel.« Sie greift nach der Fernbedienung und schaltet den Ton wieder ein.

»Fast alle Mitglieder der Familie Foster sind in wenigen Wochen ums Leben gekommen«, verkündet der adrette, dunkelhäutige Nachrichtensprecher gerade.

»Müssen wir das wirklich gucken?«, frage ich in die Runde.

»Ja«, antwortet Shannon.

»Es ist wirklich kaum zu glauben.« Die Augen der blonden Komoderatorin blitzen sensationslüstern. »Bis vor Kurzem sah es noch so aus, als würden die Fosters ihre Macht auf den Westen Manhattans ausdehnen. Immerhin kandidierte ihr ältester Sohn Garland für das Amt des Bürgermeisters und ihr jüngster Sohn Thomas sollte Aria Rose heiraten. Und jetzt sind beide Foster-Erben tot. Bedauerlicherweise konnten wir Mr und Mrs Foster bislang noch nicht zu den jüngsten Ereignissen befragen.«

Es folgt ein Beitrag über das Leben der beiden Foster-Söhne. Fotos von Garland und Thomas werden eingeblendet. Ich starre schweigend auf den Bildschirm. Auch wenn sich alles in mir dagegen sträubt, so fühle ich mich doch verantwortlich für Thomas' Tod. Schließlich war er auf dem Empire State Building, weil dort die Friedensverhandlungen stattfinden sollten, die *ich* eingefädelt hatte.

Und trotzdem kann ich nicht weinen.

Vor noch gar nicht allzu langer Zeit dachte ich, ich würde Thomas lieben, versuchte mir einzureden, wir könnten glücklich miteinander werden.

Doch dann habe ich herausgefunden, dass er ein machtbesessener Lügner ist, der die ganze Zeit ein falsches Spiel mit mir gespielt hat. Er hat mich gekidnappt und seine Soldaten haben auf seinen Befehl hin Dutzende, wenn nicht gar Hunderte unschuldiger Leute ermordet.

Nein, Thomas war kein guter Mensch. Ich hätte ihm zwar nie den Tod gewünscht, doch ich empfinde auch keine Trauer. Wenn ich an ihn denke, fühle ich einfach ... gar nichts.

»Aria?« Turk steht auf und kommt auf mich zu. Er trägt ein ärmelloses, türkisfarbenes Shirt mit V-Ausschnitt. Ich versuche zu ignorieren, wie heiß er aussieht, aber es fällt mir schwer.

Auf Turks Oberarmen wimmelt es nur so von Tattoos, doch mir fällt besonders der Drache ins Auge. Er windet sich um Turks sonnengebräunten Bizeps und schillert magisch, denn er wurde mit mystischen Farben gestochen. Im Nacken lugt noch ein Tattoo unter dem Shirt hervor: das Bild einer *Schwester*. Ich weiß noch, wie es mir den Atem verschlagen hat, als ich es zum ersten Mal gesehen habe: ihr wallendes Haar, das smaragdgrün, blau und lavendelfarben leuchtete; ihre leeren, ausdruckslosen Augen, die mich anzustarren schienen; ihr Gesicht, das so schemenhaft gezeichnet ist, dass es das Gesicht irgendeines jungen Mädchens sein könnte.

Aber sie ist nicht irgendein junges Mädchen. Sie ist eine Schwester. Eine von sieben. Eine der wichtigsten Figuren in der mystischen Geschichte.

»Alles okay mit dir?«, fragt Turk und streicht mir zärtlich

über den Arm. Shannon feuert einen vernichtenden Blick in meine Richtung, während Jarek noch immer in seiner eigenen Gedankenwelt gefangen zu sein scheint.

»Ja«, sage ich, obwohl das nicht ganz der Wahrheit entspricht. Mir ist schwindelig und in meinem Magen rumort es, als hätte ich etwas Falsches gegessen. Aber vielleicht ist das ja auch der Normalzustand, wenn man ein Mystiker ist.

»Geht's dir wirklich gut?«, fragt Turk noch einmal.

Lange Zeit war er für mich nicht mehr als ein Freund von Hunter – ein aufbrausender Chaot, der handelte, ohne nachzudenken, und vor dem man sich lieber in Acht nehmen sollte. Er gehörte für mich zu der Sorte Jungs, vor denen einen Mütter warnen. In letzter Zeit habe ich ihn von seiner sanften Seite kennengelernt, und mir ist klar geworden, dass er etwas für mich empfindet. Eigentlich will ich unsere Freundschaft nicht gefährden. Doch wenn ich die Sorge um mich in seinem Blick sehe, frage ich mich, ob wir nicht doch mehr füreinander sein könnten.

Ehe ich etwas erwidern kann, erscheint plötzlich mein Bruder Kyle auf dem Bildschirm.

»Wir unterbrechen die laufende Sendung für ein Live-Interview mit Kyle Rose, der sich dazu bereit erklärt hat, mit uns über die Zerstörung des Empire State Buildings zu sprechen«, sagt die Moderatorin. »Kyle, können Sie mich hören?«

»Ja, Emilia.« Er ist nicht im Fernsehstudio und ich kann nicht erkennen, wo er sich gerade aufhält. »Danke für die Einladung in Ihre Sendung.« Neben Kyle sitzt Bennie. Ein leichtes Lächeln umspielt ihre Mundwinkel, während sie ihn ansieht. Sie trägt ein schlichtes schwarzes Kleid mit weißem Saum an Kragen und Ärmeln. Ihr schwarzes Haar hat sie blondiert und zu einem strengen, eleganten Knoten hochgesteckt. Es wundert mich, dass meine Eltern nicht dabei sind und Kyle ganz allein für unsere Familie spricht.

»*Danke für die Einladung in Ihre Sendung?*«, wiederholt Shannon angewidert. »Was glaubt der denn, wer er ist? Ein Filmstar, der sein neuestes Meisterwerk promotet? Der Kerl hat unschuldige Menschen auf dem ...«

»Kyle«, sagt der Moderator, »Ihre Familie hat sich seit der Explosion noch nicht öffentlich geäußert. Aus welchem Grund?«

»Wir hatten bislang alle Hände voll damit zu tun, den Verletzten zu helfen und die Spuren der Zerstörung zu beseitigen. Darüber hinaus organisiert mein Vater die Suche nach den Vermissten – ein 24-Stunden-Job, wie Sie sich vorstellen können. Bislang haben wir an die hundert zivile Opfer zu beklagen. Die meisten von ihnen kamen durch herabfallende Trümmerteile ums Leben. Das ist natürlich ein schrecklicher Verlust.« Kyle legt seinen Arm um Bennie, als müsste er sie vor diesen furchtbaren Neuigkeiten beschützen. »Und so ist die einzig positive Nachricht, die ich in diesen schweren Stunden verkünden kann, dass sich der Schaden in dem betroffenen Stadtviertel in Grenzen hält und das Gebiet rund um das Empire State Building dank des effizienten Einsatzes unserer militärischen Einheiten schon bald wieder sicher sein wird.«

»So ein Schwachsinn!«, flucht Jarek.

»Einige Leute behaupten, die Sprengung sei die Rache für das Große Feuer gewesen«, sagt Emilia. »Was halten Sie davon?«

Kyle zupft seine schwarze Krawatte in Form und schaut direkt in die Kamera. An seiner Körperhaltung kann ich erkennen, dass er in den letzten Wochen deutlich an Selbstbewusstsein gewonnen hat. Kyle sieht aus wie eine Miniaturversion unseres Vaters. »Das Große Feuer war eines der schlimmsten Ereignisse in der Geschichte unserer Stadt«, antwortet er. »Die Bombe, die mit mystischer Energie erschaffen wurde, hat Tausende unschuldiger Menschen das Leben gekostet. Um eine weitere Tragödie dieses Ausmaßes zu verhindern, wurde die Macht der mystischen Bevölkerung daraufhin stark eingeschränkt.«

Das ist natürlich nur die halbe Wahrheit. Das Große Feuer war verheerend, das stimmt, aber wie sich herausstellte, steckte die Verräterin Elissa Genevieve hinter dem Bau der Bombe. Sie inszenierte das Ereignis für meinen Vater, damit dieser die Mystiker anschließend in Gettos sperren, sie ihrer Rechte berauben und abschöpfen konnte, um einen Haufen gefügiger, wehrloser Zombies aus ihnen zu machen. Mein Bruder weiß das.

»Und wer ist Ihrer Meinung nach für den Anschlag auf das Empire State Building verantwortlich?«, fragt der Moderator jetzt.

»Meine Schwester Aria«, erwidert Kyle prompt.

Ich schnappe nach Luft. Ist das sein Ernst? Er will mir das Ganze in die Schuhe schieben?

»Aria hat sich sehr verändert, seit sie sich den Rebellen angeschlossen hat«, fährt Kyle seelenruhig fort. »Sie nimmt inzwischen sogar Stic, was auch erklärt, warum wir sie in den Horsten haben herumfliegen sehen.«

»Der war gut«, murmelt Turk vor sich hin. »Wenn der wüsste ...«

»Siehst du das nicht auch so, Bennie?«, wendet sich Kyle nun an seine Freundin.

Aus irgendeinem Grund klammere ich mich an die Hoffnung, dass meine Freundin mich verteidigen wird. Bennie ist zwar ein paar Jahre älter als ich, aber sie, Kiki und ich waren ein eingeschworenes Team. Ein Trio. Bestimmt wird sie die Sache richtigstellen: dass ich kein schlechter Mensch bin und dass ich nur das Beste für die Bewohner Manhattans will.

»Ich erkenne Aria kaum noch wieder«, sagt Bennie kopfschüttelnd. »Sie hat sich wirklich sehr verändert.«

Ihre Worte sind wie ein Schlag in die Magengrube. Turk will mich an sich ziehen, aber ich schüttele seine Hand ab.

Ich weiß noch genau, wie Kyle uns Bennie vorgestellt hat. Er hatte sie auf dem College kennengelernt und brachte sie kurz vor den Weihnachtsferien mit nach Hause. Meine Eltern waren ausgegangen, Kiki und ich tranken heimlich von dem Schnaps meines Vaters und fragten Kyles besten Freund Danny über sein Studentenleben aus.

»Und du rufst deine Eltern wirklich nie an?«, fragte Kiki ungläubig.

»Alle paar Wochen, wenn's hochkommt«, erwiderte Danny lachend und nippte lässig an seinem Drink. Ich kann mich sogar noch daran erinnern, wie die Eiswürfel im Glas klirrten und wie gut aussehend ich Danny fand – vor allem seine strubbeligen braunen Haare und seine dunklen, geheimnisvollen Augen.

Ich kannte Danny fast genauso lange wie Kyle, hatte aber nie wirklich Zeit mit ihm allein verbracht. Kyle und Danny gab es immer nur im Doppelpack. Sie gingen auf dieselbe Privatschule und anschließend zusammen auf die Columbia University an der Upper West Side.

Dannys Vater Martin arbeitete schon seit Ewigkeiten für meinen Vater und war ein leidenschaftlicher Unterstützer der Roses. »Es ist schwer, Leute zu finden, denen man vertrauen kann«, sagte mein Vater immer, »aber Martin Fogg vertraue ich blind.«

»Und wie ist sie so?«, fragte ich Danny.

Er sah mich verständnislos an. »Wer?«

»Na, Bennie!«, rief Kiki ungeduldig. »Der einzige Grund, warum wir hier sind!«

Danny rutschte auf seinem Stuhl herum. »Sie ist ... ihr wisst schon.«

»Was? Hübsch?«, fragte Kiki. »Süß? Hinreißend?« Sie verengte die Augen zu schmalen Schlitzen. »Zickig?«

In diesem Augenblick ging die Tür zum Apartment auf und wir hörten Kyle rufen: »Hallo?« Dann spähte er ins Wohnzimmer. Er trug einen marineblauen Anzug und glänzende schwarze Schuhe. Neben ihm stand Bennie: eine schwarzhaarige Schönheit mit endlos langen Beinen, für die ich sie von der ersten Sekunde an beneidete.

»Hey, Leute«, sagte Kyle, »das ist Bennie.«

Ich kann mich wirklich noch sehr gut an jenen Abend erinnern: wie ich die Freundin meines Bruders kennenlernte, wie ich feststellte, dass sie nicht nur total hübsch, sondern auch klug und witzig und *viel* interessanter als Kyle war. Sogar Kiki mochte sie. Der Einzige, der nicht in Begeisterungsstürme ausbrach, war Danny. Er hielt sich für den Rest des Abends aus allem raus und trank mehr, als ihm guttat. Ich weiß noch, wie ich mich irgendwann fragte, ob er vielleicht insgeheim selbst auf Bennie stand.

Bennie ist einer dieser Menschen, die einen sofort in ihren Bann ziehen und in deren Gegenwart man sich einfach wohlfühlt. Sie ist nett. Deshalb war sie wenig später Kikis und meine Freundin.

Zumindest *dachte* ich, sie wäre meine Freundin, denn das Mädchen da auf dem Bildschirm sieht zwar aus wie jemand, den ich schon sehr lange kenne, aber das war's dann auch.

»Aria macht den Leuten falsche Hoffnungen«, fährt mein Bruder fort und hält Bennie noch immer demonstrativ im Arm, als wollte er aller Welt zeigen: *Seht her, wir sind ein glückliches*

Paar! »Sie stiftet die Bewohner der Tiefe zu zivilem Ungehorsam an. Ihretwegen herrscht Gewalt in den Straßen, dabei wäre es so wichtig, dass wir einander wieder vertrauen und zusammenhalten.«

»Was meinen Sie damit?«, fragt der Moderator.

»Manhattan ist eine starke Stadt«, sagt Kyle, »aber selbst wir sind vor einer Invasion nicht gefeit. Wir müssen unsere Grenzen schützen, denn womöglich sehen andere Städte in uns ein leichtes Ziel, Philadelphia und Trenton zum Beispiel oder New Haven und Boston.«

»Ein leichtes Ziel?« Die Stimme des Moderators bebt vor Spannung. »Was genau wollen Sie damit andeuten?«

»Nun ja«, sagt Kyle, »wir dürfen es uns nicht erlauben, von anderen als schwach wahrgenommen zu werden. Und wir dürfen nicht zulassen, dass Leute wie meine Schwester die Bevölkerung Manhattans spalten. Darum rate ich dir, Aria, dich zu stellen, denn wenn du es nicht tust, wird das schwerwiegende Folgen haben. Jeder, der weiß, wo Aria sich versteckt hält, ist dazu aufgerufen, ihren Aufenthaltsort preiszugeben. Sie hat Verrat an dieser großartigen Stadt begangen.« Er senkt die Stimme. »Und Verräter werden wir hier nicht dulden.«

»Das reicht jetzt«, sagt Turk und schaltet den TouchMe aus.

»Aber ...« Shannon will gerade protestieren, doch da klingelt es an der Tür.

»Ich geh schon«, sagt Jarek und verschwindet in Richtung Flur.

»Ich kann nicht glauben, dass Kyle mich für die Explosion verantwortlich machen will«, sage ich. Shannon verdreht genervt die Augen. »Ja, okay, *behaupten* kann er viel, aber glaubt er ernsthaft, dass ihm diese Story irgendjemand abkauft? Die Leute haben mir zugejubelt.«

»Die Leute haben gejubelt, weil sie dachten, du würdest ihnen Frieden bringen«, entgegnet sie wütend. »Aber das hast du nicht getan.«

Shannon sieht mich feindselig an. Sie konnte mich noch nie leiden. Nach den Kämpfen vor einem Monat, in denen Hunters Mutter und Garland Foster getötet worden waren, musste Shannon im Rebellenunterschlupf außerhalb der Stadt bleiben, um mich zu trainieren, obwohl sie viel lieber auf den Straßen Manhattans gekämpft hätte.

Doch selbst jetzt, da wir zurück in der Stadt sind, ist sie mir gegenüber total kratzbürstig und wirft mir andauernd Beleidigungen an den Kopf.

»*Noch* nicht«, erwidere ich trotzig.

Eigentlich dachte ich, Shannon und ich hätten endlich einen Draht zueinander gefunden, nachdem wir mit vereinten Kräften gegen Elissa gekämpft haben. Immerhin stehen wir ja auch auf derselben Seite. Trotzdem behandelt sie mich immer noch wie ihre Gegnerin und ich kann mir einfach nicht erklären, wieso.

»Die Leute haben sich am Empire State Building versammelt, weil sie dir vertraut haben. Was hast du denn geglaubt, was sie tun würden, nachdem sie deine flammende Rede für den Frieden gehört haben?« Shannon funkelt mich herausfordernd an. »Du hast Hunters Pläne, deinen Bruder zu stürzen, verraten und damit alle Mystiker und sogar deine eigene Familie in Gefahr gebracht – ganz zu schweigen von all den unschuldigen Leuten, die da waren, um dich zu unterstützen«, fährt Shannon fort. »Dann haben sie dich plötzlich fliegen sehen, ohne dass es dafür eine plausible Erklärung gegeben hätte, und wenig später gab es die Explosion. Ich kann mir nicht vorstellen, dass du in der Bevölkerung gerade besonders angesehen bist.«

Ich möchte ihr widersprechen, doch leider hat Shannon mit ihrer Einschätzung nicht ganz Unrecht.

»Jetzt kann Kyle den Gutmenschen spielen und die Leute wieder auf seine Seite ziehen«, sagt Shannon. »Du hast doch gehört, was er über eine drohende Invasion gesagt hat, oder?«

»Allerdings.« Thomas Foster hat mir einmal dasselbe erzählt: dass andere Städte aufrüsten würden, um uns anzugreifen. Sie würden in New York einmarschieren und uns unterwerfen. Ich finde die Theorie nicht ganz abwegig.

»Wir müssen die Bewohner Manhattans davon überzeugen, dass Kyle sich irrt; dass nur wir, die Mystiker, sie beschützen können – wenn sie sich uns anschließen«, sagt Shannon. »Simmt's, Turk?«

Turk nickt. »Shannon hat Recht«, sagt er an mich gewandt. »Und du musst uns dabei helfen.«

»Ich? Wie denn?«

»Mit einer Kundgebung.« Shannons Augen glühen vor Leidenschaft. »Du musst dich öffentlich gegen Kyles Anschuldigungen zur Wehr setzen. Du musst die Leute hinter dir versammeln. Sie *wollen* ja glauben, dass du mit der Sache nichts zu tun hast. Überzeuge sie davon!«

Sofort muss ich an die Kundgebung im Prächtigen Block denken, die ich heimlich zusammen mit Davida besucht habe. Violet Brooks, Hunters Mutter, rief alle Bewohner der Tiefe dazu auf, gemeinschaftlich für ihre Rechte zu kämpfen.

Ihre Rede war atemberaubend. Sie sprach von ihrer Vision eines Manhattans, in dem Mystiker und Nichtmystiker, Arm und Reich, Seite an Seite zusammen leben – als Freunde, Kollegen und Gefährten. Ein paar Wochen später war sie tot – gefallen in einem Krieg, den sie nie gewollt hatte. Als Opfer von Elissa Genevieves bösartigen Machenschaften. Eigentlich sollte Hunter Violets Nachfolge antreten, aber wie sich herausstellte, interessierte er sich mehr für Bomben, Waffen und Rache als für den Frieden.

»Ich ... ich weiß nicht«, höre ich mich sagen. Violet Brooks war eine fantastische Rednerin. Womöglich bin ich ebenso leidenschaftlich wie sie, aber ich verfüge nicht annähernd über ihre Ausstrahlung. »Was, wenn ich etwas Falsches sage oder mir die Leute nach allem, was geschehen ist, nicht mehr vertrauen?«, frage ich. »Vielleicht sollte lieber jemand anders auf der Bühne stehen.«

»Heißt das, du kneifst?«, fragt Shannon.

»Natürlich nicht«, erwidere ich. »Aber Kyle hat gerade quasi ein Kopfgeld auf mich ausgesetzt.« Ich sehe zu Turk, doch ich kann seinen Gesichtsausdruck nicht deuten. Glaubt er etwa auch, dass ich mich aus der Verantwortung stehlen will? »Mein Bruder hat verlangt, dass ich mich stelle, wenn ich nicht will, dass Schlimmeres passiert. Vielleicht wollen die Leute mich gar nicht sehen. Vielleicht ...«

»Hör auf«, unterbricht mich Turk und kommt einen Schritt näher, sodass er direkt vor mir steht. »Hör auf, an dir zu zweifeln. Egal was Kyle gesagt hat – du bist ein guter Mensch. Du magst vielleicht nicht die geborene Anführerin sein, aber die Leute blicken zu dir auf. Du bist die Tochter von Johnny Rose, die ihr Leben in den Horsten für die Liebe aufgegeben hat – und weil sie an ein besseres Manhattan glaubt. Niemand aus der Tiefe würde dich an Kyle ausliefern. Die Leute wollen hören, was du zu sagen hast, da bin ich mir ganz sicher.« Er sieht mich eindringlich an. »Lass uns an deiner Seite kämpfen. Gib den Menschen den Glauben an den Frieden zurück. Den Rest erledigen wir.«

Ich greife nach seiner Hand und drücke sie. Beim Blick in seine Augen vergesse ich sogar für eine Sekunde Shannons Anwesenheit. Es fühlt sich an, als gäbe es nur noch ihn und mich.

Dann räuspert sich jemand.

»Äh, Leute?«

Ich drehe mich um. Jarek steht in der Tür, mit einem breiten Lächeln im Gesicht. »Ryah ist wieder da. Los, kommt mit raus und seht selbst.«

Die Luft draußen ist stickig und über dem fünfstöckigen Gebäude mit ziegelroter Fassade, das die Rebellen zu ihrem Versteck auserkoren haben, wölbt sich ein graublauer Himmel. Das Haus befindet sich in einer verlassenen Gegend im ehemaligen Stadtteil Harlem. Es ist von einem Kraftfeld umgeben und nur Mystiker können es sehen oder betreten. Alle anderen, die hier vorbeikommen, blicken lediglich auf ein leeres, mit Maschendraht umzäuntes Grundstück.

Auf eine Metallkrücke gestützt, steht Ryah im Vorgarten. Sie ist in Begleitung einer fremden Frau gekommen.

»Du siehst super aus!« Shannon springt die Stufen hinunter und umarmt Ryah vorsichtig. »Ehrlich.«

»Ich müsste meine Haare mal wieder nachfärben«, entgegnet Ryah lächelnd, »aber das ist wahrscheinlich gerade mein kleinstes Problem.«

Das Einzige, was an die Ryah von früher erinnert, sind ihre Lachgrübchen. Ansonsten ist sie kaum wiederzuerkennen. Von ihren kurzen blauen Haaren, die immer schon von Weitem leuchteten, sind nur noch einzelne weiße Büschel geblieben. Sofort muss ich wieder daran denken, wie Elissa ihr tödliches Flammengeschoss auf Ryah abfeuerte und diese bewusstlos zu Boden sank.

Ryahs Haut leuchtet rot. Es sieht aus, als hätte sie einen schlimmen Sonnenbrand. Ein Auge ist durch einen Verband verdeckt, ihr Gesicht ist geschwollen.

Turk berührt mich an der Schulter. Er muss es nicht aussprechen; ich weiß sofort was er denkt: *Landon.*

Er ist im Kampf ums Leben gekommen – im Kampf gegen Elissa Genevieve. Wenn ein Mystiker stirbt, wird seine Energie normalerweise in einem Ritual seiner Familie übertragen. Da Landon keine lebenden Verwandten mehr hatte, überließ er seine Kräfte Ryah. Das allein ist der Grund dafür, dass sie noch lebt. Ein bitterer Trost. Der Tod eines Freundes hat das Leben eines anderen gerettet.

»Okay, Leute«, sagt Ryah, »darf ich vorstellen: Das ist Connelly. Sie hat sich in der Krankenstation supergut um mich gekümmert. Connelly, das ist ... meine Gang.«

Jarek und Turk heben zur Begrüßung die Hand.

»Wir sind uns doch schon mal begegnet«, sagt Shannon zu der fremden Mystikerin.

»Ja ... stimmt«, erwidert Connelly. »Auf der Farm.«

Schreckliche Erinnerungen werden in mir wach. Die Farm, die zahlreichen Mystikern wochenlang als Zuflucht und Versorgungsbasis diente, der Ort, an dem Shannon mich ausbildete, wurde eines Tages von Thomas' Soldaten überfallen. Sie hatten den Auftrag, mich zu entführen. Viele Farmbewohner kamen ums Leben, unter ihnen ein kleiner Junge namens Markus, und Frieda, die alte Frau, die mir aufgetragen hatte,

Davidas Herz zu suchen. *Das Herz eines Mystikers verschwindet nicht einfach so. Du musst es finden.*

Okay, Frieda – ich habe es gefunden. Und ich habe es heruntergeschluckt. Und nun strömen Davidas Kräfte durch meinen Körper, vermischen sich mit meinem Blut und verändern mich. Machen mich zu ... einem neuen Menschen.

»Sorgt dafür, dass sie sich ausruht«, sagt Connelly und deutet mit einem Kopfnicken auf Ryah. »Wenn es nach ihr ginge, würde sie nämlich am liebsten schon wieder Bäume ausreißen. Und passt gut auf euch auf.« Connelly winkt zum Abschied und geht auf das Kraftfeld zu, das zu leuchten beginnt, als sie es durchschreitet. Dann ist sie verschwunden.

»Wir sind so froh, dass du wieder da bist«, sagt Turk.

»Und ich bin so gut wie neu!«, sagt Ryah fröhlich. Ihr Optimismus ist wirklich bewundernswert. Manchmal wünschte ich, ich wäre wie sie. »Na ja, ich bin noch ein bisschen schwach auf den Beinen, aber das wird schon wieder. Connelly hat mir ein paar Übungen gezeigt, mit denen ich meine Muskeln aufbauen kann. Bis ich wieder fit bin, verlasse ich mich auf eure Hilfe.«

»Klar helfen wir dir!«, sagt Jarek. »Wie wäre es, wenn wir dich erst mal ins Haus bringen?« Ryah nickt und Jarek reicht ihr seinen Arm, damit sie sich bei ihm abstützen kann. »Ach, und Leute ...« Er schaut in die Runde. »Ryah war übrigens nicht der einzige Grund, warum ihr rauskommen solltet. Seht euch *das* mal an.«

Jarek zeigt zum Himmel. Durch den Dunst schimmern die silbernen Spitzen der Wolkenkratzer und die Brücken in den Horsten und in weiter, weiter Ferne die Sonne. »Und was sollen wir da sehen?«, frage ich.

Turk streckt den Arm aus. »Das da.«

Im ersten Augenblick sehe ich nichts als Wolken und Himmel. Doch dann entdecke ich das *Grün*. Es sieht aus, als hätte jemand ein Bild in den Himmel gemalt, ein gigantisches Gemälde, das sich über die Horste wölbt. Es hat Ähnlichkeit mit dem Kraftfeld, das das Rebellenversteck umgibt, nur leuchtet es viel stärker.

»Was ist das?«, frage ich.

»Keine Ahnung«, antwortet Turk. »Aber was immer es ist, es bedeutet nichts Gutes.«

»Seht nur, es tropft an den Rändern«, sagt Shannon. »Wie Sirup. Die Farbe breitet sich aus.«

Shannon hat Recht. Die kreisförmige Fläche, deren Mittelpunkt sich über dem Zentrum Manhattans zu befinden scheint, ist an den Rändern ausgefranst. Es sieht aus, als wucherten grüne Ranken über den Himmel.

»Könnte das ein Kraftfeld sein?«, fragt Jarek hörbar beunruhigt.

»Ja, vielleicht«, sagt Ryah. »Aber wer sollte ein Kraftfeld über Manhattan erzeugen? Und warum?«

Turk wirft einen Blick zu Shannon. »Was meinst du?«

»Ich bin mir nicht sicher«, antwortet sie. »Das Kraftfeld muss aus mystischer Energie bestehen. Aber wenn einer von unseren Leuten es erzeugt hätte, dann wüssten wir das. Womit zumindest eines feststeht: Wer immer dahintersteckt, ist nicht auf unserer Seite.«

3

Nach dem Abendessen bringe ich Ryah ins Bett.

»Tut mir leid, dass du das machen musst«, sagt sie, als ich ihre Stirn mit einem feuchten Tuch abtupfe. Die schweren Verbrennungen, die Elissa ihr zugefügt hat, sind oberflächlich verheilt, doch Ryah zuckt noch immer bei jeder Berührung zusammen. Sie ist sehr geschwächt und die Haut um ihre Augen rötlich violett verfärbt.

»Sei nicht albern«, erwidere ich. »Das mache ich doch gern.«

»Vielleicht werde ich ja doch nie wieder ganz gesund.« Ryah runzelt die Stirn. »Es heißt doch immer, Mystiker würden so schnell genesen. Sollte ich dann nicht längst wieder topfit sein?«

»Hab ein bisschen Geduld«, antworte ich. »Vor ein paar Tagen lagst du noch auf der Krankenstation und jetzt bist du hier und kannst sogar schon wieder laufen. Du machst das ganz toll, ehrlich.« Ich hoffe so sehr, dass Ryah bald wieder gesund ist, und die Chancen dafür stehen gut: Die Wunden eines Mystikers heilen schneller als die eines gewöhnlichen Menschen, außerdem sind Landons Kräfte auf sie übergegangen.

Ihr Gesicht entspannt sich. »Ja, wahrscheinlich hast du Recht. Wie geht es dir eigentlich?«

»Mir? Mir geht's gut. Richtig gut«, lüge ich. Nach allem, was Ryah durchgemacht hat, will ich sie nicht auch noch mit meinen Problemen belasten. Ich schätze, einer von den anderen hat ihr erzählt, dass ich Davidas Herz geschluckt habe, und bestimmt haben die Leute auf der Krankenstation über die gescheiterten Friedensverhandlungen, die Explosion und Kyles Fernsehinterview geredet. Ryah muss also auf dem Laufenden sein.

»Ich habe gehört, was zwischen dir und Hunter passiert ist«, sagt sie. »Er hat mich auf der Krankenstation besucht und mir erzählt, dass ihr ... dass ihr eine kleine Beziehungspause eingelegt habt.«

»Eine *Beziehungspause?* Das hat er gesagt?«

»Na ja, er hat gesagt, du hättest ihn ›abserviert‹, woraufhin ich meinte, du bräuchtest wahrscheinlich einfach nur ein bisschen Zeit zum Nachdenken.« Ryah seufzt. »Oder lag ich damit falsch?«

Gute Frage. Hunter und ich haben so viel zusammen durchgestanden, dass ich mir ein Leben ohne ihn eigentlich kaum vorstellen kann, doch obwohl ein Teil von mir ihn noch immer liebt, hatte unsere Trennung etwas Endgültiges.

»Du wirst es herausfinden«, sagt Ryah, als ich nicht antworte. »Das weiß ich.« Dann gähnt sie. »Dieses Kissen ist echt ein Traum. Die Betten im Krankenhaus waren bretthart. Und das Ding, das sie mir dort als Kissen verkaufen wollten ...«, sie rümpft die Nase, »... war eher ein Holzklotz.«

Ich muss lachen. Ryah ist einfach unglaublich. Sie wäre fast gestorben, doch das Einzige, worüber sie sich beschwert, ist der mangelhafte Komfort auf der Krankenstation. »Hast du ein paar nette Leute kennengelernt?«

»Nett?« Ryah zuckt mit den Schultern. »Weiß nicht. Auf jeden Fall waren die Mädchen, mit denen ich mir ein Zelt geteilt habe, sehr gesprächig. Sie sind bei der Explosion verletzt worden, allerdings nicht ganz so schwer wie ich«, erzählt sie. »Eines von ihnen, eine Mystikerin, hat eine Cousine in Philadelphia, und die meinte wohl, dass die Mystiker dort in Aufruhr sind und irgendwas planen – irgendeine Riesensache. Aber was, wollte sie nicht verraten. Zumindest mir nicht.« Ryah lässt sich in ihr Kissen sinken und seufzt. »Oh Mann, wie ich dieses Zimmer vermisst habe! Es ist so gemütlich. Ich fühle mich gerade ein bisschen wie im Himmel.«

Ich sehe mich um. Im Unterschlupf gibt es zwei Schlafräume: einen für die Jungs – eine Etage über uns – und diesen hier, den ich mir mit Ryah und Shannon teile. Die Ausstattung ist alles andere als luxuriös: Sie besteht aus drei schmalen, rostigen Betten, deren Bezüge schon bessere Tage gesehen haben, drei wackeligen Kommoden und einem Schreibtisch für jeden von uns. Aber ich weiß, was Ryah meint: Alles in diesem Zimmer ist uns vertraut, und darum fühlen wir uns hier so wohl.

»Ich rufe einfach, wenn ich was brauche«, sagt sie. »Vielleicht könntest du mir ja morgen beim Verzieren meiner Krücke helfen.« Als ich lache, fügt sie hinzu: »Im Ernst.«

»Okay, alles klar. Dann besorge ich uns gleich morgen früh ein paar Glitzerstifte. Schlaf gut, Ry.«

»Dafür brauchen wir keine Glitzerstifte, Dummerchen. Wir haben doch mystische Kräfte! Gute Nacht.«

Ich ziehe die Tür hinter mir zu und lasse mich erschöpft gegen die Wand sinken. Ich weiß noch immer so wenig über das Leben der Mystiker und manchmal bezweifle ich, dass sich das jemals ändern wird. Ein Vibrieren in der Hosentasche, begleitet von einem leisen Piepen, reißt mich aus meinen Gedanken. Der TouchMe.

»Vielleicht sollten wir abhauen«, höre ich eine Stimme von unten. Es ist Jarek. Als ich einen Schritt Richtung Treppe mache, knarren die Dielen unter meinen Füßen, und ich halte kurz inne, doch es scheint mich niemand bemerkt zu haben. Also strecke ich vorsichtig die Hand nach dem Treppengeländer aus und lausche.

»Abhauen?«, höre ich Shannon fragen. Ihre schrille, leicht näselnde Stimme ist einfach unverkennbar. »Wohin denn?«

»Ganz egal wohin«, erwidert Jarek. »Hauptsache weg von hier.«

»Du willst Manhattan verlassen?«, fragt Shannon. »Ist das deine Art, mit Problemen umzugehen, ja? Einfach abhauen, wenn es schwierig wird?«

»Wir sind hier nicht mehr sicher«, sagt Jarek. »Kyle ist total am Durchdrehen. Und dann noch dieses Kraftfeld. Ich habe mich mal umgehört. Hunters Leute sind sich sicher, dass die Roses dahinterstecken. Und ein Kraftfeld dieser Stärke kann nur bedeuten, dass …«

Er lässt den Satz unvollendet, aber ich weiß auch so, was er sagen will: dass mein Bruder und mein Vater dabei sind, großes Unheil anzurichten. Sie haben Zugang zu sämtlichen Energiereserven, die über Jahrzehnte hinweg in gigantischen Glastürmen gespeichert wurden, um Manhattan mit Strom zu versorgen. Das Kraftfeld über den Horsten – wozu auch immer es dienen mag – verbraucht definitiv Unmengen von Energie, und da die Mystiker sich nicht länger abschöpfen lassen, kann das nur bedeuten, dass die Energievorräte der Stadt bald zur Neige gehen werden.

Mein Bruder und mein Vater setzen die Lebensgrundlage der Bevölkerung aufs Spiel – sogar die der Horstbewohner.

Die Frage ist nur: Warum?

Ich ziehe meinen TouchMe aus der Tasche und schaue aufs Display. Eine Nachricht mit unbekanntem Absender:

GLAUBE NICHT ALLES, WAS DU SIEHST.

Was hat das zu bedeuten? Und von wem stammt die Nachricht?

»Hunter wird sich darum kümmern«, höre ich Shannon sagen. »Er weiß immer, was zu tun ist. Und er wird verhindern, dass Kyle diesen ... diesen Schutzschild am Himmel zum Einsatz bringt.«

»Wie kommst du darauf, dass das ein Schutzschild sein könnte?«, fragt Jarek.

»Denk doch mal ein bisschen nach«, erwidert Shannon. »Was sollte Kyle für einen Grund haben, einen Teil der Stadt abzuschirmen? Vielleicht, weil er den Rest der Stadt vergasen oder in die Luft jagen oder mit seiner Armee angreifen will? Es gibt endlos viele Möglichkeiten.«

Hat Shannon Recht? Soll dieses grüne Etwas am Himmel als Schutzschild dienen, um einen Teil Manhattans gegen eine bevorstehende Katastrophe abzuschirmen?

Mir fällt wieder die Nachricht in meinem TouchMe ein. Ich schreibe hastig zurück: WER SIND SIE?, und drücke auf Senden.

»Wir wissen doch gar nicht, ob Kyle wirklich etwas mit dem Kraftfeld zu tun hat«, wendet Jarek ein. »Was, wenn jemand anders dahintersteckt?«

»Wer denn zum Beispiel? Johnny Rose?«, entgegnet Shannon. »Wäre möglich, allerdings hat sich Arias Vater schon länger nicht mehr in der Öffentlichkeit blicken lassen. Vielleicht hat er ja Kyle die ganze Verantwortung übertragen.«

Das bezweifle ich. Mag sein, dass mein Vater nichts dagegen hat, wenn Kyle ab und zu sein Gesicht in die Kamera hält, aber nie und nimmer würde er meinem Bruder das Zepter überlassen.

»Wir sollten die Möglichkeit nicht ausblenden, dass auch jemand anders dahinterstecken könnte«, beharrt Jarek.

»Es sind die Roses, hundertpro«, erwidert Shannon barsch. »Und wenn sie schon die Horste abschirmen, will ich mir lieber gar nicht ausmalen, was sie mit dem Rest von Manhattan vorhaben. Diese Roses sind irre, und zwar alle.«

»Wenn du dir da so sicher bist, sollten wir abhauen«, sagt Jarek und fügt noch eindringlicher hinzu: »Wir müssen weg hier.«

»Falsch«, entgegnet Shannon. »Wir müssen hierbleiben und kämpfen. Hunter und ein paar andere Rebellen schmieden schon Verteidigungspläne für den Fall eines Angriffs.«

»Für den Fall eines Angriffs?«, fragt Jarek.

»Du hast die Nachrichten doch gesehen«, sagt Shannon. »Wir jagen unsere eigene Stadt in die Luft – unsere eigenen Leute. Was sollen die anderen da von uns denken? Ist doch klar, dass die ihre Chance wittern, Manhattan einzunehmen.«

»Aber das sind doch nur Gerüchte«, sagt Jarek.

»Da wäre ich mir nicht so sicher«, erwidert Shannon. »Ich sage dir: Uns steht ein Krieg bevor. Wir müssen auf alles vorbereitet sein.«

Während die beiden weiterdiskutieren, schleiche ich mich ins Badezimmer. Ich frage mich, wo Turk eigentlich steckt – und ob er mehr weiß als die anderen.

Wenn Shannon mit ihrer Vermutung richtig liegt, mag ich mir kaum vorstellen, welches Schicksal unserer Stadt blüht. Womöglich hat Kyle Recht: Vielleicht kann ich das Schlimmste verhindern, wenn ich mich stelle. Vielleicht hat Manhattan dann eine Chance, sich gegen einen Angriff von außen zu verteidigen.

In meinem Magen rumort es schon wieder und mir ist schwindelig. Ich spritze mir eine Ladung kaltes Wasser ins Gesicht. Als ich mich anschließend im Spiegel betrachte, erkenne ich mich kaum wieder. Zwar habe ich noch immer dieselben großen braunen Augen mit den langen Wimpern, dieselben schmalen Lippen und dieselbe zierliche Nase. Aber trotzdem wirke ich verändert – stärker. Seit ich im vollen Besitz meiner mystischen Kräfte bin, ist mein Gesicht kantiger geworden. Meine einst blasse Haut ist sonnengebräunt und in meinen Augen ist auf einmal ein Lodern.

Ich drehe den Wasserhahn zu und trockne mir das Gesicht ab. Dann werfe ich einen Blick auf meinen TouchMe, aber wer immer mir die Nachricht geschickt hat, hat noch nicht geantwortet. *Glaube nicht alles, was du siehst.* Soll das eine Anspielung auf das Kraftfeld sein oder geht es um etwas anderes? Wer hat mir die Nachricht geschickt? Und warum? Was will mir der- oder diejenige damit sagen?

Als ich mir die Zähne putze, fällt mir auf, dass meine Fingerspitzen noch immer blassgrün schimmern. Ich blicke an mir herunter, hebe mein Shirt hoch und traue meinen Augen kaum: Links neben meinem silbernen Herzmedaillon, direkt an der Stelle, wo mein Herz ist, leuchtet ein grünlicher Fleck, der sich in einem Geflecht aus grünen Adern in alle Richtungen verzweigt. Ich kann mir nicht vorstellen, dass das normal ist – nicht einmal für einen Mystiker.

Es klopft an der Tür.

»Moment!«, rufe ich und ziehe mein Shirt wieder herunter. Es klopft noch einmal. »Ja doch!«, rufe ich und öffne die Tür. Davor steht Turk. »Hey, du.« Er grinst schief.

»Hey«, sage ich.

»Und, hast du was Interessantes rausgefunden?«

»Was meinst du?«

»Du hast Shannon und Jarek belauscht«, antwortet er. »Du bist nicht gerade die geborene Spionin. Die Dielen haben dich verraten.« Er hält kurz inne. »Keine Sorge, ich werde den beiden nichts sagen.« Im Flur ist es so dunkel, dass ich sein Gesicht kaum erkennen kann. Keine Ahnung, was er denkt.

»Ähm ... danke?«, sage ich zögernd. »Allerdings hört sich das für mich eher so an, als hättest du *mir* nachspioniert, um rauszufinden, ob ich Shannon und Jarek nachspioniere.«

Turk hebt eine Augenbraue, dann lacht er. »Wie geht es dir?« Er kommt ins Badezimmer.

Ich will Turk nicht erzählen, dass ich andauernd Kopfschmerzen habe und schlecht einschlafe. Ich will ihm nicht erzählen, dass die Gedanken in meinem Kopf Achterbahn fahren und dass sich meine Haut an einigen Stellen grünlich verfärbt. Was soll ich machen, wenn er mir sagt, dass das alles nicht normal sein kann? Dass er keinen Mystiker kennt, bei dem das so ist?

Ich schüttele den Gedanken ab. »Mir geht's gut«, antworte ich. »Ich fühle mich super.«

»Du kannst dich gar nicht super fühlen«, erwidert Turk. »Du hast ein ganzes Mystikerherz verschluckt. Das ist mehr Kraft, als ein Nichtmystiker vertragen kann. Du brauchst Hilfe.«

»Ich habe doch gesagt, es geht mir gut ...«

»Und genau das glaube ich dir nicht«, erwidert er schroff.

Plötzlich steht er so dicht hinter mir, dass ich seinen warmen Atem in meinem Nacken spüren kann. »Du hast dich in große Gefahr gebracht. Ich verstehe zwar, warum ... na ja, zumindest irgendwie ... aber trotzdem: Wir müssen einen Weg finden, wie du dieses Herz wieder loswirst.«

»Nein«, entgegne ich und muss dabei an Davida denken. An ihr Treffen mit Hunter in der Tiefe, an ihren Auftrag, die Rebellen mit Informationen über meine Familie zu versorgen. Ihr Herz hat mir Kräfte verliehen und mir Geheimnisse offenbart, die ich gerade erst anfange zu verstehen. Ich brauche mehr Zeit. Mehr Erinnerungen.

»Du musst gar nichts unternehmen.« Turk lehnt sich gegen den Türrahmen. »Ich habe eine Schwester rufen lassen. Falls sie nicht schon in Manhattan ist, sollte sie spätestens in ein paar Tagen hier sein.«

Ich weiß nicht viel über die sieben Schwestern, nur dass sie eine große Bedeutung für die Mystiker haben und von ihnen sehr verehrt werden. Bestimmt ist es nicht leicht, mit einer der Schwestern in Kontakt zu treten.

»Ich will das Herz aber nicht wieder hergeben«, sage ich. »Ich habe meine mystischen Kräfte doch gerade erst bekommen.«

»*Davidas* Kräfte«, verbessert mich Turk.

»Sie hat es so gewollt«, sage ich. »Sie war meine Freundin und ich habe sie verloren. Dieses Herz war ihr Vermächtnis.«

Er runzelt die Stirn. »Ihr Vermächtnis wird dich umbringen.«

»Hör zu«, sage ich, »ich weiß es sehr zu schätzen, dass du dir Sorgen um mich machst, aber mir geht es gut. Wirklich.« Ich will mich an ihm vorbeidrängen, aber er schiebt mich zurück ins Badezimmer und schließt die Tür.

»Was machst du da?«, frage ich.

»Dir im Weg rumstehen.« Turk sieht selbst in der wenig vorteilhaften Badezimmerbeleuchtung gut aus. Die Tattoos an seinen Armen fügen sich zusammen wie Teile eines Puzzles und jedes erzählt eine andere Geschichte: Ein Mystiker tötet einen Feuer speienden Drachen, ein Totenschädel zeigt seine schwarzen Augenhöhlen, zehn Rosen ranken sich um Turks linken Oberarm und ein Engel breitet seine Flügel aus.

»Gefällt dir, was du siehst?«, fragt Turk sanft.

Unsere Blicke begegnen sich kurz. »Was bedeutet das hier?«, frage ich und zeige auf einen Schriftzug auf der Innenseite seines Handgelenks. Er ist in einer fremden Sprache verfasst.

»*Ut amem et foveam*«, sagt er. »Das ist Latein. Es bedeutet so viel wie: ›damit ich liebe und ehre‹. Ich habe es mir stechen lassen, als meine Eltern gestorben sind. Auf diese Weise werde ich immer an sie erinnert.«

»Das ist wundervoll.«

Turk beugt sich vor. Unsere Gesichter berühren sich fast. »Ich würde es mir nie verzeihen, wenn dir etwas zustößt. Davidas Herz birgt Kräfte in sich, die dich umbringen könnten. Ich will einfach auf Nummer sicher gehen, dass dir nichts passiert. Verstehst du?«

Ich nicke. Ich bin froh, dass Turk sich um mich sorgt, habe aber auch ein schlechtes Gewissen, weil er so starke Gefühle für mich hat.

»Ja, das verstehe ich«, antworte ich, »aber du brauchst dir keine Gedanken machen. Ich kann mit dem Herzen umgehen.«

»Kannst du nicht«, entgegnet er. »Niemand könnte das. Das ist kein Zeichen von Schwäche. Es macht dich nur menschlich.«

Ich denke kurz über seine Worte nach. »Aber bin ich das denn?«, frage ich schließlich.

»Was?«

»Menschlich ... nach allem, was ich getan habe.«

Turk ist einen Augenblick still. Dann sagt er: »Kennst du die Sage von den Schwestern?«

»Was hat denn das jetzt damit ...«

»Als die Welt erschaffen wurde«, beginnt Turk, »war sie ein einziges riesengroßes Land. Eine gewaltige Masse aus Erde, Gestein und Grün. Gott wollte, dass seine Kinder alle zusammen leben, in einer großen Gemeinschaft. Aber das taten sie nicht. Sie kämpften so erbittert gegeneinander, dass Gott aus dem Land schließlich sieben Teile machte.« Turk untermalt seine Erzählung mit ausladenden Gesten. »Und er erschuf sieben Ozeane, die die Landmassen voneinander trennten, um seine Kinder vor sich selbst zu schützen. Aber das schien ihm für den Frieden noch nicht genug. Und so erwählte er sieben Frauen, eine von jedem Erdteil, und verlieh ihnen magische

Fähigkeiten: unter Wasser zu atmen, durch die Lüfte zu fliegen, den Wind zu beherrschen. Jene Frauen waren dazu auserkoren, über die Menschen zu wachen und den Frieden zu bewahren. Sie waren die ersten Mystikerinnen.«

»Und das sind die sieben Schwestern?«, frage ich Turk.

Er kräuselt die Lippen. »Das *waren* die sieben Schwestern. Über viele Jahrhunderte wurden sie verfolgt und als Hexen auf dem Scheiterhaufen verbrannt. Obwohl die Leute die Natur der Schwestern gar nicht kannten, hieß es, sie seien gefährlich und hätten große Macht.«

»Das heißt, selbst die Schwestern sind nicht unbesiegbar?«

»Leider nein«, erwidert Turk. »Sie sind mächtiger als die meisten anderen Mystiker, *viel* mächtiger. Aber trotz allem sind sie sterblich. Seit Jahrhunderten wurde keine der Schwestern mehr gesehen. Die meisten glauben, dass es nur noch eine einzige gibt.«

»Also kannst du gar kein Treffen mit ihr vereinbaren, selbst wenn du wolltest?«

»Zumindest wird es nicht einfach werden. Aber ich werde alles tun, was in meiner Macht steht, damit sie nach Manhattan kommt und dir das Leben rettet.«

»Gib mir ein bisschen mehr Zeit, Turk. Womöglich kann ich mit meinen neu gewonnenen Kräften mehr ausrichten als nur mit Worten. Wenn ich lerne, meine Kräfte zu kontrollieren … Es ist zu früh, um aufzugeben. Ich brauche das Herz.«

Turk kommt mir so nah, dass sich unsere Nasenspitzen be-

rühren. Er schaltet das Licht aus und wir stehen im Dunkeln.
»Okay, ich gebe dir noch ein paar Tage.«
»Das ist nicht viel«, sage ich.
»Nein«, erwidert er. »Ist es nicht. Aber ein paar Tage müssen reichen. Wenn wir noch länger warten, gehen wir ein zu hohes Risiko ein. Und du musst mir etwas versprechen.«
»Was denn?«
Er umfasst meine Hüften und zieht mich zu sich heran. »Dass du dich von Davidas Herz trennst, wenn die Schwester in Manhattan eintrifft.«

Ich liege im Bett und kann nicht einschlafen. Die Sage von den Schwestern schwirrt mir im Kopf herum, und ich muss immer wieder daran denken, wie nah Turk und ich uns waren und wie er mich fast geküsst hat und dass ich mich nicht dagegen gewehrt hätte, wenn er es versucht hätte.
Warum hat er mich nicht geküsst? Okay, als er mich das letzte Mal küssen wollte, habe ich ihn weggestoßen. Das war, kurz bevor ich mit Hunter Schluss gemacht habe.
Aber wir wissen doch beide, dass da etwas zwischen uns ist. Ich kann es spüren – dieses Knistern. Als genügte es, ihn nur zu berühren, um das Feuer zu entfachen.
Ich wünschte, ich würde mich nicht so stark zu ihm hingezogen fühlen, und ich wünschte, er wäre nicht Hunters bester Freund. Es würde Hunter bestimmt das Herz brechen, wenn zwischen mir und Turk jemals etwas liefe. Doch dann meldet

sich eine leise Stimme, die mir zuflüstert: *Es würde ihm* nicht *das Herz brechen. Es würde ihm nicht einmal etwas ausmachen.* Und dieser Gedanke tut am meisten weh.

Andererseits geht Hunter mir aus dem Weg, seit ich mit ihm Schluss gemacht habe, was nur bedeuten kann, dass er noch immer verletzt ist. Ich weiß, wie egoistisch das klingt, aber insgeheim bin ich auch ein bisschen froh darüber. Ich wünsche ihm alles Glück dieser Welt, und dennoch kann ich mir einfach nicht vorstellen, ihn je an der Seite eines anderen Mädchens zu sehen. Doch was bedeutet das für Turk und mich?

Ich grübele noch immer, als die ersten Sonnenstrahlen durchs Fenster dringen und meine Zimmergenossinnen aufwachen. Shannon und ich helfen Ryah aus dem Bett und die Treppe hinunter ins Esszimmer.

»Heldenfrühstück«, sagt Jarek und trinkt seinen Kaffee aus. Falls er und Shannon mich gestern Abend beim Lauschen bemerkt haben, lassen sie es sich zumindest nicht anmerken.

»Helden trinken ihren Kaffee mit Milch«, sagt Ryah. Für jemanden, der gerade erst aufgestanden ist, ist sie erstaunlich munter. Scheint so, als käme sie allmählich wieder zu Kräften. »Und gegen einen Muffin hätten echte Helden sicher auch nichts einzuwenden … Ich mein ja nur …«

»Da hast du Recht«, sagt Turk und wendet sich an mich. »Also, bist du bereit?«

»Wofür? Für einen Muffin? Klar.«

Er lacht. »Nein, für deine erste Trainingseinheit.«

Ich blicke in die Runde. Jarek sieht aufgeregt aus, Shannon einfach nur genervt. Wie immer. »Und was soll ich trainieren?«

»Du hast doch gesagt, dass du deine mystischen Kräfte einsetzen willst«, antwortet Turk. »Also musst du lernen, wie man sie benutzt, ohne jemanden zu verletzen. Ich habe noch ein paar Dinge zu erledigen, aber die anderen helfen dir sicher gern. Hab ich Recht, Leute?«

Turks Ansprache macht klar, dass es an diesem Tisch keine Geheimnisse gibt. Alle, einschließlich Ryah, wissen, über welche Kräfte ich verfüge. »Ist das okay für euch?«, frage ich.

Zuerst sagt niemand etwas. Doch dann greift Ryah nach meiner Hand und drückt sie. »Klar ist das okay für uns.«

Jarek klopft mir auf den Rücken. »Dito.« Gewiss verlangt es ihm einiges ab, mich in der Anwendung von Davidas Kräften zu schulen. Schließlich hätte er sie selbst gern besessen.

Shannon ist die Einzige, die noch nichts gesagt hat, was mich nicht überrascht. Keine Ahnung, was ich tun müsste, damit sie mich mögen würde.

»Aria«, sagt Jarek, »ich muss dir noch was ...«

Turk unterbricht ihn: »Shannon, hast du noch was hinzuzufügen?«

Shannon reibt sich die Schläfen, als hätte sie Kopfschmerzen. Dann sagt sie: »Ich habe noch ein zweites Paar Trainingsklamotten. Die könnten dir sogar passen. Solange du nicht noch mehr Muffins in dich reinstopfst.«

Der Trainingsraum befindet sich im Keller. Er ist in kaltes Neonlicht getaucht und vollständig mit Matten ausgelegt. Eine Wand besteht nur aus Spiegeln.

»Mystische Kräfte sind kein Spielzeug.« Shannon durchquert den Raum und dreht sich dann zu mir um. »Du musst *sehr* vorsichtig mit ihnen umgehen, denn wenn du sie nicht kontrolliert einsetzt, kannst du innerhalb weniger Sekunden eine Katastrophe anrichten.«

Shannon hat ihre langen roten Haare zu einem Pferdeschwanz zusammengebunden. Sie trägt dunkelblaue Leggins und ein dunkelblaues langärmliges Shirt, das aus mystischen Fasern gewebt ist. Ich trage ein ähnliches Outfit in Taubengrau. Jarek, in einem hautengen Shirt und weißen Shorts, die nicht viel der Fantasie überlassen, hält eine Art Gummischild in der rechten Hand.

Ryah ist oben geblieben, um sich auszuruhen, und Turk ... tja, keine Ahnung, wo er steckt. Wahrscheinlich versucht er gerade die Schwester zu finden, die mich retten soll.

»Okay«, sagt Shannon, »als Erstes musst du lernen, wie du deine Energie aktivierst.«

Ich betrachte meine noch immer blassgrün schimmernden Finger. Schon so oft habe ich die grünen Strahlen aus Hunters oder Turks Fingern schießen sehen und wurde Zeuge, wie Ryah und Shannon Energiestrahlen abfeuerten, als wären sie tödliche Laser. Nun schlummern dieselben Kräfte in mir – eine Vorstellung, die beängstigend und aufregend zugleich ist.

»Das hier hat nichts mit unserem Training auf der Farm zu tun«, sagt Shannon. »Jetzt geht es nicht um Kraft, sondern um Kontrolle.«

Mit diesen Worten streckt sie uns die flache Hand entgegen, spreizt die Finger und konzentriert den Blick darauf, bis ihre Hand jadegrün zu schimmern beginnt, erst zart, dann immer kräftiger. Energiestrahlen, dünn wie Seidenfäden, entströmen ihren Fingerspitzen, wandern zur Decke empor, werden immer greller und grüner, beginnen zu pulsieren und erfüllen den ganzen Raum mit einem leisen Summen.

Die Fäden flirren, schlingen sich wie auf einem unsichtbaren Webstuhl ineinander und ballen sich zu einem Lichtknäuel zusammen, das sich, einem Miniaturplaneten gleich, in der Luft um die eigene Achse dreht.

»Und jetzt pass gut auf!«, befiehlt Shannon und lässt die Hand kreisen. Die Kugel rotiert noch schneller und fängt an zu knistern, als würde sie sich jeden Moment in einem gewaltigen Blitz entladen. Dann wirft Shannon den Kopf zurück und ruft: »Jarek, fang!«

Sie schleudert ihm die Kugel entgegen, Jarek reißt seinen Gummischild hoch, um die Kugel abzufangen.

Ich weiß nicht, was ich erwartet habe, vielleicht, dass sie in tausend Funken verglüht oder einfach verschwindet. Aber nichts dergleichen geschieht. Stattdessen trifft die Kugel auf den Schild, bleibt daran kleben wie an einem Fliegenfänger und tropft schließlich als zähe Masse herunter, bis der Schild so grellgrün leuchtet, dass ich die Augen zusammenkneifen muss. Ich höre ein Zischen und öffne die Augen wieder. Shannon hat den Arm noch immer ausgestreckt, aber Jareks Schild sieht wieder aus wie vorher. Die beiden schauen mich an.

»Was war das denn?«, frage ich.

»*Das*«, erwidert Shannon, »ist deine erste Lektion. Und jetzt bist du an der Reihe. Los, mach schon.«

»Wie denn?«

»Gute Frage«, antwortet Shannon. »Ich gehe mal nicht davon aus, dass du im Verwandeln und Übertragen von mystischer Energie auch nur annähernd so talentiert bist wie ich ...« Jarek schnaubt. »Für den Anfang reicht es also, wenn du versuchst, eine Kugel zu formen.«

Ich sehe Hilfe suchend zu Jarek, aber der zuckt bloß mit den Schultern.

»Ähm ...«

»Okay, eins nach dem anderen«, sagt Shannon. »Durch deinen Körper strömt nun mystische Energie, die nur auf deinen Befehl wartet. Streck die Hand aus.«

Ich tue, was sie sagt. Kommt es mir nur so vor oder schimmern meine Fingerspitzen noch grüner als gestern?

»Du kannst mit allen Fingern Energiestrahlen aussenden oder nur mit einem.« Sie streckt den Zeigefinger aus und feuert einen Strahl ab, der in der Wand gegenüber einschlägt und mit einem Zischen wieder verschwindet.

Sie schüttelt ihre Hand aus, hält sie wieder hoch und streckt sie mir entgegen. Dann erzeugt sie nacheinander an jeder Fingerspitze ein winziges grünes Flämmchen. Es sieht aus, als würde sie viele kleine Kerzen anzünden – die mystische Variante einer Geburtstagstorte. Die Flammen flackern, werden länger und vereinigen sich zu einem einzigen großen Feuerstrahl, so breit wie Shannons Handgelenk. Ich beobachte aufmerksam, wie sie ihn ausbalanciert, doch da lässt sie plötzlich die Hand sinken, es zischt und ich gehe in Deckung. Shannon lacht. »Jetzt stell dich nicht so an«, sagt sie. »Ich werd dir schon nicht wehtun.«

»Höchstens ein kleines bisschen«, bemerkt Jarek grinsend.

Shannon überhört seinen Kommentar. »Jetzt bist du dran«, sagt sie zu mir. »Ein Finger.«

Ich strecke wieder die Hand aus und hoffe, dass die beiden das seltsame Leuchten meiner Fingerspitzen nicht bemerken. Dann richte ich alle Gedanken auf meinen Zeigefinger, bewege ihn ein bisschen hin und her, und ehe ich michs versehe, steht meine Hand in Flammen. Doch ich spüre keinen Schmerz. Ein grüner Lichtstrahl jagt aus meiner Fingerspitze in Richtung Decke und lässt eine der Neonröhren erlöschen.

Shannon runzelt die Stirn. »Woran hast du gerade gedacht?«, fragt sie mich.

»Gedacht? Ich habe gedacht, dass irgendetwas passieren soll. *Los, Energie, zeig dich!*«

»*Los, Energie, zeig dich?*«, wiederholt Jarek spöttisch. »Das ist hier doch kein Actionfilm!«

Ich seufze. »Es war nur ein Versuch, okay?«

»Schon gut«, sagt Shannon ruhig. Sie scheint meine Verzweiflung sichtlich zu genießen. »Hör einfach auf ... zu denken. Das sollte dir ja nicht schwerfallen.«

»Hey ...!«

»Damit will ich nur sagen, dass du dich konzentrieren sollst.« Sie zwingt sich zu einem Lächeln. »Konzentriere dich auf deinen Finger. Auf nichts anderes. Nicht auf mich, nicht auf Jarek, nicht auf die Umgebung. Nur auf den Finger. Los.«

Ich atme tief ein, richte den Blick auf meinen Finger, auf den Nagel, den ich gestern Nacht vor Angst fast abgekaut habe, auf die Rillen in der grün schillernden Fingerkuppe. Ganz ruhig, denke ich und dann spüre ich, wie sich meine Handfläche erwärmt, als hätte ich sie auf den sonnenwarmen Asphalt gelegt. Die Wärme verwandelt sich in ein Kribbeln, das in meine Fingerspitzen hinaufwandert und dort einen dünnen Strahl erzeugt, der so hell leuchtet wie vorhin bei Shannon, wenn nicht sogar heller.

»Und jetzt lass ihn wachsen«, befiehlt sie.

Wachse!, denke ich, und beobachte fasziniert, wie der Strahl immer länger wird und die Luft durchschneidet wie ein Laserschwert. Ich hebe langsam den Arm, schwenke ihn hin und her. Das Lichtschwert folgt meiner Bewegung, als wäre es ein Teil meines Körpers.

»Und jetzt versuche, Jarek zu treffen«, befiehlt Shannon.

Jarek hält sich schützend den Schild vors Gesicht. Ich richte meinen Blick auf ihn und meine Gedanken auf den Schild. Wie ein wütender Hornissenschwarm schießt mein Energiestrahl summend auf ihn zu und trifft den Schild mit voller Wucht. Für ein paar Sekunden ist der Raum in grellgrünes Licht getaucht.

Dann erlischt es, genau wie der Energiestrahl aus meinem Finger.

Jarek lässt den Schild sinken und Shannon tritt zu ihm. Beide strahlen mich an.

»Sehr gut«, sagt Shannon. »Und jetzt versuchen wir es mit der Kugel.«

Am Ende der Trainingsstunde ist mir vor Stolz und Erschöpfung ganz schwindelig. Zwar ist es mir nicht gelungen, eine Kugel zu formen, dafür konnte ich mit jedem Finger einen Energiestrahl erzeugen, was für den Anfang wohl »gar nicht so schlecht« ist, wie Shannon mir versichert hat. Aus ihrem Mund ist das ein großes Kompliment.

»Du lernst schnell.« Jarek reicht mir eine Wasserflasche. Ich wische mir den Schweiß von der Stirn und trinke die Flasche in einem Zug leer. Als ich auf die Uhr schaue, stelle ich fest, dass bereits fast Mittag ist. Die Zeit ist nur so verflogen.

»Wenn du so weitermachst, bist du bald eine 1a-Kämpferin«, sagt Shannon und trinkt einen Schluck aus ihrer eigenen Flasche.

»Danke«, erwidere ich matt. Ich habe rasende Kopfschmerzen, und obwohl ich gerade eine ganze Flasche Wasser getrunken habe, fühlt sich mein Mund immer noch staubtrocken an.

»Aria«, sagt Jarek, als wir alle zusammen wieder nach oben gehen, »ich wollte dir noch …«

Doch in diesem Augenblick hören wir Schritte im Flur.

Turk.

»Und, wie ist es gelaufen?«, fragt er.

»Ganz gut«, antwortet Shannon an meiner Stelle. »Aber sie muss noch viel lernen.«

»Es ist super gelaufen«, wirft Jarek ein. »Du hättest mal sehen sollen …«

»Das freut mich«, sagt Turk. »Ich komme gerade aus der Stadt.«

»Warst du mit Hunter unterwegs?«, will Shannon wissen.

Turk übergeht die Frage und sagt: »Heute Mittag findet in der Tiefe eine Friedenskundgebung statt. Da sollten wir unbedingt hingehen, vor allem du, Aria.«

Ich kann kaum noch aufrecht stehen. Unmöglich werde ich mich in diesem Zustand in eine aufgeheizte Menschenmenge stürzen. »Ich würde mich gern erst mal ein bisschen hinlegen«, sage ich deshalb.

»Rumliegen kannst du auch noch, wenn du tot bist«, erwidert Turk und funkelt mich herausfordernd an. »Diese Kundgebung ist deine Chance, die Menschen davon zu überzeugen, dass wir nichts mit der Explosion zu tun haben und immer noch auf ihrer Seite stehen.«

»Du willst, dass ich eine Rede halte?«, frage ich entsetzt. »Ich hab doch überhaupt nichts vorbereitet.«

Shannon boxt mir kumpelhaft gegen die Schulter. »Dann improvisierst du eben, Rose.« Sie rümpft die Nase. »Aber vorher solltest du dringend duschen.«

4

Es hat angefangen zu regnen. Dicke Tropfen platschen auf meinen Helm. Mein klitschnasses Shirt klebt mir auf der Haut. Im ersten Augenblick war der kühle Regen eine echte Wohltat, aber inzwischen wünschte ich, ich hätte mir Klamotten zum Wechseln eingepackt.

Als ich das letzte Mal mit Turk Motorrad gefahren bin, saß ich zusammengekauert im Beiwagen. Ich hatte Davidas mystisches Reliquiar – ein Holzkästchen – geöffnet, in dem sie einen Zettel mit einer Nachricht für mich versteckt hatte.

Aria, überlass mein Herz nicht einem Kästchen. Inzwischen solltest du wissen, was du zu tun hast. D.

Während Turk damit beschäftigt war, Jarek von weiteren Dummheiten abzuhalten, öffnete ich heimlich die Kühlbox, in der sich Davidas Herz befand. Ihr Vermächtnis.

Welches ich nun in mir trage.

»Festhalten!«, ruft Turk und fährt eine scharfe Rechtskurve.

»Kannst du überhaupt was sehen?«, schreie ich über das Dröhnen der überdimensional großen Maschine hinweg. Turk hält den Lenker fest umklammert. Ich sitze vor ihm, zwischen seine Arme und Oberschenkel gepresst, damit ich nicht herunterfalle und in den Kanal stürze.

»Du meinst, wegen des bisschen Regens? Das ist doch gar

nichts!« Turk verlagert das Gewicht auf die andere Seite. »Ich könnte durch einen Schneesturm fahren und würde trotzdem noch alles sehen. Nicht dass wir hier Schneestürme hätten, aber … na ja, du weißt schon …«

»Ja, ja, schon klar! Dich kann nichts erschüttern!«

»Was?«, schreit er und beschleunigt beim Anblick eines Soldatentrupps, der in Richtung Hudson River unterwegs ist. Die Soldaten tragen das Abzeichen der Roses.

»Ach, schon gut …«, antworte ich.

Wir sind gerade erst losgefahren und müssen wegen der vielen patrouillierenden Soldaten einen ziemlichen Umweg nehmen, doch dank Turks mystischem Hochgeschwindigkeitsmotorrad und seinem halsbrecherischen Fahrstil nähern wir uns in Rekordzeit unserem Ziel. Die Kundgebung findet auf den Stufen des früheren Metropolitan-Kunstmuseums, östlich vom Prächtigen Block, statt. Wir sind dort mit Shannon und Jarek verabredet, die unterwegs noch ein paar andere Rebellen auflesen wollten. Ryah ist im Versteck geblieben. Sie fühlt sich einfach noch zu schwach.

Mein Herz – oder Davidas? – trommelt im Gleichklang mit dem Motor, während wir Block um Block hinter uns lassen. Was für ein trauriger Anblick. Die Tiefe im Schatten der Wolkenkratzer ist schon immer ganz und gar trostlos gewesen, aber inzwischen hat sich der Geruch durch den fauligen Gestank des Regens noch verschlimmert.

»Warum müssen wir eigentlich mit dem Motorrad fahren,

wenn wir auch fliegen könnten?«, frage ich Turk. »Das ist doch immerhin ein Vorteil, den man als Mystiker hat.«

Turk lacht und sein Brustkorb bebt. »Nicht alle Mystiker können fliegen.«

»Aber ich!«

»Stimmt«, erwidert Turk, »aber du musst deine Energie ja nicht grundlos verschwenden oder riskieren, dass dir schlecht wird oder dass du versehentlich was in die Luft jagst.«

Ich antworte nicht, denn etwas anderes fesselt meinen Blick: eine endlose Front aus schwer bewaffneten Rose-Soldaten, die die Westgrenze der Stadt säumt und auch nicht abreißt, als wir weiter gen Süden fahren. Kyle mag von mir aus behaupten, die Soldaten seien dort postiert, um die Stadt zu beschützen und Eindringlinge fernzuhalten. In Wahrheit sollen sie Menschen daran hindern, die Stadt zu *verlassen.*

Ich lege den Kopf in den Nacken und betrachte die smaragdgrün schimmernde Kuppel über uns, die immer weiter wuchert wie ein tödliches Geschwür. Die Bewohner der Tiefe recken die Hälse und werfen besorgte Blicke zum Himmel. Das merkwürdige Gebilde dort oben scheint ihnen nicht geheuer zu sein.

Und dann wird mir endlich klar, dass noch etwas anders ist als sonst. Bevor das Empire State Building explodierte und die Trümmer viele Hunderte friedlicher Demonstranten in den Tod rissen, lag hier so etwas wie Hoffnung in der Luft – die Hoffnung auf Wandel. Auf Gleichheit. Jetzt ist nur noch eins zu spüren: Angst. Die Angst der Menschen, dass niemand sie beschützen kann, dass alles immer nur noch schlimmer werden wird. Wie ein trüber Nebel wabert sie durch die Straßen und liegt wie ein Schmutzfilm auf den zerbrochenen Fensterscheiben und den bröckelnden Fassaden, hinter denen sich die Leute verschanzt haben und nur noch flüstern.

Etwas Schreckliches wird geschehen, aber niemand weiß genau, was.

»Kein Grund zur Panik«, flüstert Turk mir ins Ohr.

Wir stehen vor den drei hohen Säulen am Eingang des Museums. Vor vielen Jahren waren es mal vier Säulen, aber eine stürzte ein und wurde nie ersetzt. Die einst weiße Fassade des Gebäudes ist inzwischen graubraun und die Mauern wurden mit mystischem Damaszenerstahl verstärkt. Über dem Museum thront ein gläsernes Bürogebäude, das durch Brücken in schwindelerregender Höhe mit weiteren Horsten der East Side verbunden ist. Die East Side wurde ursprünglich von den Fosters kontrolliert, bevor meine Familie auch hier das Regiment übernahm.

Dass sich ein historisches Bauwerk wie das Metropolitan und diese hochmoderne Bürokonstruktion ein Fundament teilen, steht sinnbildlich für das Wesen von Manhattan – der Stadt der Gegensätze. Hier existieren sie nebeneinander. Alt und Neu. Mystiker und Nichtmystiker. Fosters und Roses.

Der Zugang zu den Treppenstufen ist mit orangefarbenen Pylonen, Absperrband und Plexiglaswänden abgeriegelt. Davor hat sich eine Reihe Rebellen postiert, die mich an die Soldaten am Hudson erinnern. Vor ihnen stehen mehrere Hundert Menschen, Bewohner der Tiefe. Sie halten Transparente hoch, auf denen FRIEDEN FÜR ALLE! und MYSTIKER, VEREINIGT EUCH! steht.

Sofort fängt mein Herz wieder an zu rasen. »Was soll ich sagen?«, flüstere ich Turk zu.

»Dass die Bewohner Manhattans, Nichtmystiker wie Mystiker, keine Angst mehr zu haben brauchen«, sagt Turk bestimmt. »Und dass wir sie vor deiner Familie beschützen werden. Dass *du* sie beschützen wirst. Du bist unsere beste Waffe, denn du bist eine Rose, eine von ihnen, aber du bist auch eine von uns.« Turk sieht sich um. »Und falls du den Leuten eine kleine Kostprobe deiner mystischen Kräfte geben willst, könntest du das tun. Platz ist jedenfalls genug.«

»Eine kleine Kostprobe meiner mystischen Kräfte?«

»Jep. Die Leute wollen unterhalten werden.« Er grinst mich an und streichelt mir über den Kopf. »Alles klar?«

Ich muss unwillkürlich lachen. »Nein, nicht wirklich.«

»In schweren Zeiten wie diesen brauchen die Menschen etwas, woran sie glauben können«, sagt Turk. »Die Menschen, die in der Tiefe leben, fürchten sich seit jeher vor uns Mystikern. Und trotzdem sind sie hergekommen. Ich schätze, wir sind die letzten Superhelden in dieser Stadt.«

Turk redet weiter auf mich ein, aber ich bin plötzlich abgelenkt. Mitten in der Menschenmenge entdecke ich einen hellblonden Haarschopf. Hunter.

Hunter.
Er hat mich belogen, aber er hat mich auch geliebt, wie mich kein anderer je zuvor geliebt hat. Und ich habe ihn ziehen lassen.

Wie alle anwesenden Rebellen trägt er seine Uniform: eine graue Hose mit Reflektorstreifen an den Seiten, ein hautenges, kugelsicheres Shirt, in das Fäden aus Damaszenerstahl eingewebt sind.

»Geht es dir gut?« Turk sieht mich besorgt an.

»Wir wären dann so weit.« Bevor ich etwas erwidern kann, kommt ein Mädchen auf mich zugestürmt, schnappt mich am Arm und zerrt mich zum Podium. Als ich mich noch einmal zu Turk umdrehe, streckt er den Daumen hoch. *Du schaffst das*, formt er mit den Lippen.

Und dann stehe ich auch schon am Rednerpult. »Hallo«, sage ich ins Mikrofon, während ich den Blick über die Menschenmenge schweifen lasse. In vielen Gesichtern lese ich Zuversicht, in einigen aber auch Furcht.

Vielleicht haben die Menschen Angst, ich könnte hier gleich alles in die Luft jagen. Shannon hatte Recht – die Leute wissen nicht mehr, was sie von mir halten sollen. Einige unter ihnen glauben wahrscheinlich tatsächlich, ich hätte etwas mit dem Anschlag auf das Empire State Building zu tun. Ich atme tief durch. »Ich bin heute hierhergekommen, um Ihnen zu sagen, dass mein Bruder mich zu Unrecht beschuldigt. Doch als Erstes sollten Sie wissen, dass ...«

»Aria!«, ertönt ein Chor aus Hunderten Stimmen und ein Blitzlichtgewitter prasselt auf mich ein.

»Woher haben Sie Ihre mystischen Kräfte?«, fragt jemand.

Ich zögere mit meiner Antwort. Selbst wenn Davida es so gewollt hatte: Dass ich ihr Herz geschluckt habe, war ein Verstoß gegen die mystische Tradition. »Das ist ein bisschen kompliziert«, sage ich schließlich. »Eine gute Freundin, eine Mystikerin, die mir einst das Leben rettete, hat mir ihre Energie vermacht. Und ich möchte sie dazu einsetzen, Manhattan vor meinem Bruder Kyle zu schützen. Er hat behauptet, ich hätte mich verändert. Aber das ist eine Lüge. Ich stehe noch immer auf Ihrer Seite.«

»Haben Sie das Empire State Building in die Luft gejagt?«

»Natürlich nicht«, erwidere ich. »Und ich trauere mit den Bewohnern der Tiefe um all die Toten.«

»Ihr Bruder behauptet, dass Sie hinter dem Anschlag stecken«, hakt der Sprecher nach. »Was sagen Sie dazu?«

Ein stechender Schmerz schießt durch meinen Kopf. Meine Knie werden weich, ich muss mich am Pult abstützen. »Wer mich kennt, weiß, dass ich Gewalt ablehne«, antworte ich. »Genau aus diesem Grund habe ich ja auch die Horste verlassen. Und meine Familie. Weil ich deren brutalen Kurs nicht länger mittragen wollte. Ich war auf dem Empire State Building, um ein Friedensabkommen zwischen den Horsten und der Tiefe zu vermitteln. Ich bin gescheitert und viele sind ums Leben gekommen. Aber ich glaube noch immer an ein vereinigtes Manhattan. Wir dürfen uns nur nicht von den Drohungen meines

Bruders einschüchtern lassen. Wir müssen zusammenstehen und für unsere Überzeugungen kämpfen.«

Ein Mann tritt vor. »Kyle hat gesagt, wir sollen Sie ausliefern. Dann würde er auch dieses ... dieses *Ding* da verschwinden lassen.« Er zeigt hinauf zu der gigantischen grünen Kuppel, die sich in der letzten halben Stunde sogar noch vergrößert hat und deren Ausläufer bedrohlich herabzuwuchern beginnen. Sämtliche Blicke wandern gen Himmel. »Was hat er damit vor? Will er uns umbringen?«, fragt der Mann und funkelt mich wütend an. »Das ist alles Ihre Schuld!« Seine Stimme bebt vor Zorn.

Sie suchen nur einen Verantwortlichen, denke ich. In Wahrheit bist nicht du es, auf die sie wütend sind.

Aus den Augenwinkeln beobachte ich, wie sich einige der Mystiker kampfbereit machen. Fürchten sie etwa, die Lage könnte eskalieren und die Bühne gestürmt werden? Mir stockt der Atem.

»Warum haben die Roses rund um die Stadt Soldaten postiert?«, ruft eine Frau.

Gute Frage. »Das versuchen wir gerade herauszufinden«, antworte ich.

»Dann beeilt euch gefälligst!«, erwidert die Frau. Zustimmendes Gemurmel.

Die Luft ist stickig. Mir ist heiß und ich wische mir den Schweiß von der Stirn.

»Warum wenden Sie sich nicht direkt an ihre Familie?«, ruft jemand.

»Weil …«

»Wenn Sie uns wirklich helfen wollen, müssen Sie Ihren Bruder dazu bringen, diesen ganzen Wahnsinn zu stoppen!«

»Gibt es überhaupt noch einen Ort, an dem wir sicher sind?«

»Werden wir bald angegriffen?«

»Was geht hier vor?«

Fragen über Fragen prasseln auf mich ein, bis mir der Kopf schwirrt und ich nicht mehr weiß, wo ich zuerst hinsehen, was ich sagen soll. Ich schließe die Augen und bete, dass der Moment schnell vergeht.

»Helfen Sie uns!«

»Tun Sie was!«

»Ja, genau! Tun Sie endlich was!«

»RUHE!«

Sofort herrscht Stille.

Ich öffne die Augen. Neben mir steht Hunter. Er richtet das Wort an die Menge. »Aria ist nicht verantwortlich für die Probleme dieser Stadt!« Wenn nicht mir, dem reichen Mädchen aus den Horsten – ihm werden sie Glauben schenken. Er ist ein Mystiker von Geburt an, schon seine Eltern und seine Großeltern waren Rebellen. Und er ist Violet Brooks' Sohn.

»Aria ist auf unserer Seite«, fährt er fort. »Gemeinsam mit ihr werden wir euch vor Kyle Rose und seinen Eltern beschützen. Sie stecken hinter dem Anschlag auf das Empire State Building, egal was Kyle behauptet. Einer wie er würde über Leichen gehen, um seine Privilegien zu verteidigen. Wenn es nach ihm,

Johnny und Melinda Rose ginge«, sagt Hunter und breitet die Arme aus, »wären wir alle längst tot. Aber fürchtet euch nicht!« Seine Worte hallen von den umliegenden Gebäuden wider. »Wir werden euch beschützen!« Er greift nach meiner Hand und reißt sie in die Höhe. Seine Berührung lässt mich erzittern. »Das ist alles, was wir euch im Augenblick sagen können.«

Die Menge bombardiert uns weiter mit Fragen, aber Hunter ignoriert sie und dreht sich zu mir. Alles an ihm wirkt so vertraut: seine tiefblauen Augen, seine sanft geschwungenen Lippen, seine leicht gebogene Nase, die ich immer so schön fand. Und er strahlt so viel Stärke und Zuversicht aus, dass zum ersten Mal an diesem Tag alle Anspannung von mir abfällt und ich das Gefühl habe, ich selbst sein zu dürfen.

»Du siehst nicht gut aus«, sagt er.

Nicht unbedingt das, was man als Erstes von seinem Exfreund hören will. »Danke«, sage ich.

»So meine ich das doch nicht«, erwidert er. »Du siehst krank aus. Als hättest du Fieber.«

Ja, ich bin krank – krank vor Kummer, weil ich mit ihm Schluss gemacht habe, obwohl ich noch immer so viel für ihn empfinde. Ich würde ihm gern sagen, dass ich meinen Entschluss bereue. Dass ich ihn vermisse. Dass ich keine Ahnung habe, was ich jetzt tun soll. Wie ich mit meinem Bruder und meinen Eltern umgehen soll. Wie ich diese Stadt retten soll. Dass ich ihn in meinem Leben brauche, als guten Freund oder …

»Aria?« Hunter legt seine Hand auf meine Stirn. Seine Finger sind glühend heiß. Dort, wo er mich berührt, brennt meine Haut plötzlich wie Feuer, und mein Kopf fühlt sich an, als würde er jeden Augenblick explodieren. »Du bist ...«
Das Letzte, was ich sehe, ist sein besorgter Blick.
Dann wird alles um mich herum schwarz.

»Erzähl schon, Davida, was gibt's Neues?« Meine Mutter sieht mich erwartungsvoll an.

Wir sitzen an einem gedeckten Tisch, in einem kleinen heruntergekommenen Apartment im Prächtigen Block, wo alle registrierten Mystiker wohnen müssen. Auf den ersten Blick könnte man meinen, hier säße eine glückliche Familie beisammen – Vater, Mutter und Kind beim Abendbrot. Nur dass das hier in Wahrheit nicht unser Apartment ist und meine Eltern nur eines von mir wollen: Informationen.

»Liebling«, sagt mein Vater und streicht sich über den Schnurrbart, »irgendetwas musst du doch herausgefunden haben.«

Obwohl meine Eltern im Untergrund leben und nicht abgeschöpft werden, statten sie dem Prächtigen Block regelmäßig Besuche ab. So kriegen sie immer mit, was vor sich geht. Vertrauliche Informationen, Gerüchte, Geheimnisse – sie sind ein kostbares Gut und ein lukratives Geschäft in diesen Tagen. Und der einzige Lebensinhalt meiner Eltern. Sobald sie mitbekommen, dass ein Apartment frei wird, ziehen sie für ein paar Tage dort ein und hören sich um. Treffen sich mit Leuten. Sammeln Informationen.

Wir sitzen in einem Raum mit kahlen Wänden. Es gibt eine winzige Kochnische mit tropfendem Wasserhahn, einen kleinen runden Tisch und eine durchgelegene Matratze auf dem Boden. Eine Mystikerin namens Rosa hat hier gewohnt. Vor zwei Tagen ist sie an den Folgen der Abschöpfung gestorben. Das Apartment wurde bislang noch nicht weitervermietet.

Ich nehme einen Schluck Suppe, die aus wenig mehr als Wasser und Salz zu bestehen scheint. Ein paar verlorene Steckrübenwürfel schwimmen darin herum. Meine Mutter muss die Rübe auf dem Markt ergattert haben. Eine karge Mahlzeit im Vergleich zu dem, was die Roses essen – was ich esse, wenn ich in den Horsten bin. Heute hatte ich Omelett mit Paprika und Pilzen und eine Scheibe Toast mit Blaubeermarmelade zum Frühstück. Ich frage mich, ob meine Eltern seit dem Großen Feuer jemals wieder so etwas wie ein Marmeladenbrot gegessen haben.

»*Es gibt nicht viel zu erzählen.*« *Ich starre in mein Suppenschälchen, damit meine Eltern nicht merken, dass ich lüge. Ich habe nicht gern Geheimnisse vor ihnen, insbesondere da es erklärtermaßen mein Job ist, die Roses auszuspionieren. Nur deshalb bin ich in den Horsten. Und es macht mir auch nichts aus, Johnny und Melinda zu bespitzeln – im Gegenteil. Sie sind schrecklich grausam. Aber ich hasse es, Aria zu belügen, denn sie ist meine Freundin.*

»*Du lebst bei diesen Bastarden, damit wir wissen, was sie wissen!*« *Die Stimme meines Vaters zittert und ich kann den Zorn in seinen Augen sehen. Was unterscheidet ihn eigentlich von Johnny Rose?*

Nicht viel. Wenn überhaupt.

»Sie haben Arias Gedächtnis gelöscht«, sage ich. »Ihre Erinnerungen an Hunter und daran, wie sie sich kennengelernt haben. Sie haben ihr erzählt, sie hätte nach einer Überdosis Stic vergessen, dass sie mit Thomas zusammen ist. Und sie haben mir Geld dafür gezahlt, dass ich den Mund halte.«

Kaum habe ich die Worte ausgesprochen, fühle ich mich schuldig.

»Sehr gut«, sagt meine Mutter. »Aber wir brauchen mehr.«

»Mehr? Was braucht ihr denn noch?«

»Beweise«, sagt mein Vater. *Eigentlich sollte ich froh sein, ihnen helfen zu können, doch stattdessen fühle ich mich wie eine Verräterin.* »Wenn wir Beweise haben«, fährt er fort, »können wir sie zu Geld machen. Und die Leute dazu bringen, uns anzuhören. Ich werde den anderen erzählen ...«

»Nein!«, sage ich entschieden. *Mein Vater sieht mich an, als hätte ich ihm eine Ohrfeige verpasst.*

»Nein?«, fragt er ungläubig. »Seit wann sagt eine Tochter ihrem Vater, was er zu tun und zu lassen hat?«

»Ich will nicht, dass Aria die Wahrheit erfährt«, sage ich. »Es würde ihr das Herz brechen.«

Johnny und Melinda Rose mögen böse Menschen sein, aber sie sind immer noch ihre Eltern. Aria würde ihnen nie verzeihen, was sie getan haben, und ich will nicht verantwortlich dafür sein, dass sie es erfährt. Und ich will auch nicht, dass sie mich ihr Leben lang hasst.

»Davida«, sagt mein Vater sanfter und legt mir eine Hand auf die Schulter, »ich weiß, dass du mit Aria befreundet bist, und ich werde tun, was ich kann, um sie zu schützen. Aber eine Information wie diese ist Gold wert. Wir könnten sie an den Höchstbietenden in den Horsten verkaufen. Wenn diese Geschichte die Runde macht, wird sie das Vertrauen der Bevölkerung in die Fosters und Roses nachhaltig erschüttern. Mit unserer Hilfe könnte Violet Brooks die nächste Wahl gewinnen! Willst du uns dabei etwa nicht unterstützen?

Ich schlucke. »Doch, natürlich.«

»Dann vertrau mir.« Er drückt mir einen Kuss auf die Stirn. Meine Mutter blickt mich aufmunternd an. »Geh zurück in die Horste und bring uns Beweise! Und pass auf, dass sie nicht merken, für wen du arbeitest.«

Ich überquere eine baufällige Brücke und laufe langsam durch die Straßen. Fast alle Fenster sind dunkel. Kein Wunder, es ist kurz vor vier Uhr morgens. Natürlich schläft eine Stadt wie Manhattan nie, aber es ist ruhiger als sonst. In der Ferne leuchten die Speichertürme, gigantische Glaszylinder, die die Stadt mit Energie versorgen. Energie, die meinen Leuten gewaltsam entzogen wird. Dabei fließt der Großteil davon nicht einmal in die Stromversorgung, sondern wird illegal auf dem Schwarzmarkt verkauft und zu Stic verarbeitet – eine beliebte Partydroge bei reichen Kids wie Kyle Rose.

Mein Vater hat Recht. Ich weiß, dass er Recht hat. Ich tue das

Richtige. Nur darum habe ich es so lange bei den Roses ausgehalten. Ich wünschte nur, die Dinge wären nicht so kompliziert.

Ich fühle mich hin- und hergerissen. Zwischen dem Prächtigen Block und den Horsten, zwischen meinen Eltern und Aria, meiner Freundin. Und ich habe ein schlechtes Gewissen, denn insgeheim war ich froh, als Arias Erinnerungen an Hunter gelöscht wurden. Ich hatte die Hoffnung, dass sie Thomas Foster heiraten würde – und Hunter und ich dann eine Chance hätten.

Hunter Brooks, der kleine Junge mit den strahlend blauen Augen, der immer mit mir in den verwaisten U-Bahn-Tunneln gespielt hat; der einen Strauß Wildblumen auf der Großen Wiese gepflückt und ihn mir zum Geburtstag geschenkt hat; von dem ich mit dreizehn meinen allerersten Kuss bekommen habe, in einer Gondel.

Er ist der Sohn von Violet, einer Freundin meiner Eltern, und schon vor meiner Geburt war ich ihm versprochen. Doch dann kam alles anders, denn vor ein paar Monaten verliebte er sich in Aria. Ich musste mit ansehen, wie der Junge, den ich liebe, einem anderen Mädchen sein Herz schenkte, jenem Mädchen, dessen Familie ich ausspionieren soll, um meinen Eltern zu helfen. Meinen Leuten.

Tränen laufen mir über die Wangen, als mir bewusst wird, dass mein Leben ein einziges Chaos ist. Wie konnte es nur so weit kommen?

Aria ist meine Freundin, die beste Freundin, die ich je hatte. Und ich habe nichts Besseres zu tun, als ihr den Jungen zu missgönnen, den sie liebt und der sie liebt? Wie kann ich nur froh darüber sein, dass Arias Eltern ihr Gedächtnis gelöscht haben! Wie selbstsüchtig bin ich eigentlich?

Ich ziehe meine Handschuhe aus und wische mir die Tränen weg. Dann höre ich plötzlich ein Knacken. Was war das? Ein Zweig? Jemand verfolgt mich!

Ich wirbele herum. Zuerst kann ich niemanden erkennen.

Doch dann schält sich eine Gestalt aus der Dunkelheit, ein Junge in einem dunkelblauen Pullover. Er hat die Kapuze ins Gesicht gezogen, aber ich kann seine Augen sehen.

»Hunter?«, flüstere ich. »Verfolgst du mich?«

»Vielleicht.« Er kommt einen Schritt auf mich zu und das Licht der Straßenlaterne fällt auf sein Gesicht. Ich kann helle Bartstoppeln erkennen. Er sieht wunderschön aus – und erschöpft.

»Alles in Ordnung?«, frage ich.

Er schüttelt den Kopf. »Nicht wirklich. Sie kann sich nicht mehr an mich erinnern.«

Ich strecke meine Arme aus und er lässt sich hineinfallen. »Schon gut, ist schon gut«, murmele ich. »Wir stehen das gemeinsam durch.«

»Ich liebe sie einfach so sehr«, flüstert er, das Gesicht in meiner Schulter vergraben. Ich drücke ihn fester an mich. Ich weiß nur zu gut, wie es sich anfühlt, jemanden zu verlieren, den man liebt.

5

Ich öffne die Augen und sehe ... Turk?

»Aria?« Er rüttelt mich sanft an der Schulter. Ich blinzele und schaue mich um. Ich liege zusammengerollt in einer Sitznische in irgendeinem heruntergekommenen Diner. Wo ist Hunter?

»Was ist passiert?«

»Du bist ohnmächtig geworden«, sagt Turk. »Den Schwestern sei Dank, es geht dir gut!«

Auf der anderen Seite des Tisches sitzt Shannon und richtet sich die Haare. Unwillkürlich fasse ich mir an den Kopf.

»Spar dir die Mühe«, sagt Shannon spöttisch. »Du hast eine Glatze, schon vergessen?«

»Lass sie in Ruhe, Shannon«, zischt Turk. »Die Kundgebung ist außer Kontrolle geraten«, sagt er zu mir. »Die Leute sind auf dich losgegangen. Hunter hat sich dazwischengeworfen, aber ... ich glaube, das war alles zu viel für dich.«

Wir sind die einzigen Gäste in dem Lokal. Durch eine schmutzige Fensterscheibe kann ich Jarek sehen, der sich mit ein paar anderen Mystikern vor dem Eingang postiert hat und Wache hält.

»Wie bin ich hierhergekommen?« Ich reibe mir die Schläfen. Der Kopfschmerz hat nachgelassen, aber ansonsten tut mir alles weh, jeder einzelne Muskel. Ich bin total fertig.

Turk spannt demonstrativ seinen Bizeps an.

»Du hast mich getragen?«, frage ich.

Shannon schnaubt. »Nein, dafür waren natürlich vier starke Männer nötig, bei deinem Gewicht! Turk hat ihnen nur gezeigt, wo sie langmüssen.«

»Na herzlichen Dank auch«, erwidert Turk. »Aber im Ernst, Aria, du musst was essen, damit du wieder zu Kräften kommst.« Er ruft die Kellnerin und gibt eine Bestellung auf.

Das Einzige, woran ich denken kann, ist Davida. Kurz bevor sie starb, vertraute sie mir ihre wahre Identität an. Wir hatten keine Gelegenheit mehr, ausführlich über alles zu reden – über unsere Familien und darüber, wie es für sie war, als Mystikerin bei uns aufzuwachsen. Über alles, was wir miteinander teilten.

Nun weiß ich, wie ähnlich sich unsere Eltern gewesen sind. Und Davida und ich waren in denselben Jungen verliebt – eine Liebe, die uns beide verzehrte.

Und jetzt ist sie tot. Und Hunter ist …

»Ich muss los«, sagt Turk.

»Das ist doch nicht dein Ernst!«, protestiert Shannon.

»Wieso?«, fragt Turk verdutzt. »Werde ich dir etwa fehlen?«

»Ja«, erwidert Shannon trocken und nippt an ihrer Wasserflasche. »Ich werde sterben vor Sehnsucht.«

»Nicht doch.« Turk grinst. »Das wäre echt jammerschade. Wenn du sterben würdest, meine ich.«

»Zisch ab!« Shannon hebt drohend die Faust. »Wir kommen schon klar. Stimmt's Aria?«

Ich nicke. »Wo willst du denn hin?«, frage ich Turk.

»Hab noch was zu erledigen«, erwidert er ausweichend.

»Nach dem Essen solltest du dich dringend ausruhen. Ich sage Jarek Bescheid, dass ihr zwei noch hierbleibt.« Dann wendet er sich an Shannon. »Kannst du Aria danach zurück ins Versteck bringen?«

»Klar doch. Es gibt ja auch echt nichts Cooleres, als für Aria das Kindermädchen zu spielen.«

»Doch«, erwidert Turk. »Dabei auch noch verdammt gut auszusehen.« Er kneift sie liebevoll in die Wange. »Falls es Probleme gibt – ihr wisst, wie ihr mich erreichen könnt.« Er klopft auf die Gesäßtasche, in der sein TouchMe steckt. »Wir sehen uns später.« Dann beugt er sich zu mir herunter, als wollte er mir einen Kuss geben, doch in letzter Sekunde überlegt er es sich anders, macht auf dem Absatz kehrt und rauscht aus dem Lokal.

»Jungs!«, seufzt Shannon.

»Ja«, sage ich. »Jungs.«

Die Kellnerin bringt unser Essen, das überraschend appetitlich aussieht. Shannon bekommt einen Salat mit reichlich Fleisch, Käse und Früchten, und für mich hat Turk einen Burger, Salat und Pommes bestellt.

»Na dann«, sage ich und beiße in meinen Burger.

»Na dann«, sagt Shannon und schiebt sich eine Gabel Salat in den Mund.

»Ist alles okay zwischen uns?«, frage ich. »Mir ist schon klar, dass wir niemals beste Freundinnen werden, aber ich dachte, dass wir zumindest ... Als Ryah verletzt wurde, da haben wir doch ... Keine Ahnung. Ich dachte, wir hätten einen Draht zueinander gefunden.«

Shannon sieht mich an, als würde ich Chinesisch reden. »Hör zu, Aria, ich finde, du bist echt okay.«

»Okay?«

»Ja. Okay«, erwidert sie. »Aber das heißt noch lange nicht, dass ich stundenlang mit dir auf dem Bett hocken, dir dein nicht vorhandenes Haar flechten und über Jungs quatschen muss. Das bin einfach nicht ich.«

»Ich verlange ja auch gar nicht von dir, jemand anders zu sein«, sage ich. »Ich möchte nur gern das Gefühl loswerden, dass du mich nicht leiden kannst. Und dass wir uns in Zukunft auf die wirklich wichtigen Dinge konzentrieren, anstatt uns permanent anzuzicken. Einverstanden?«

Shannon schiebt sich die nächste Portion Salat in den Mund und kaut gemächlich. »Einverstanden«, sagt sie schließlich.

»Dann sind wir also Freunde?«, frage ich. In Bezug auf Shannon und mich klingt dieses Wort reichlich seltsam.

Sie senkt den Blick und öffnet den Mund, ohne etwas zu sagen. Aber dann streckt sie die Hand aus und klaut mir ein Pommesstäbchen vom Teller. »Freunde.«

Die Sonne ist hinter den Wolken verschwunden, dennoch ist es drückend heiß und ich schwitze.

Den Osten von Manhattan kenne ich kaum. Ich war nur ein

paarmal hier – um Thomas zu besuchen. Die Gegend unterscheidet sich nicht wesentlich vom Westen, es ist vielleicht ein bisschen sauberer hier, die Apartmenthäuser aus Glas sind höher, einfache Wohnhäuser sieht man seltener, zumindest entlang des Madison-Kanals, an dem Shannon, Jarek und ich gerade stehen.

Die anderen Rebellen, die mit Jarek Wache geschoben haben, sind verschwunden. Ein paar Häuser weiter gibt es ein Geschäft, in dem man Konserven, Milch, Eier und welkes Gemüse kaufen kann. Auf dem Kanal herrscht Ruhe, kein einziger Gondoliere weit und breit.

»Wohnt hier überhaupt noch jemand?« Ich schaue nach oben. Zwischen zwei Häusern hängt eine leere Wäscheleine.

»Die Leute haben Angst«, sagt Jarek leise. »Manche kommen nur noch aus ihren Wohnungen, um Lebensmittel zu besorgen. Oder um abzuhauen.«

»Sie verlassen Manhattan?«

Er nickt. »Einige schon.«

»Los, komm.« Shannon streift mich flüchtig an der Schulter. »Gehen wir.«

Ich sehe die Straße hinunter, auf der sich leere Flaschen und allerlei Plastikmüll türmen, die der Wind in den Kanal weht. Und plötzlich möchte ich nur noch allein sein, um mal in Ruhe nachzudenken.

»Wir sehen uns im Versteck«, sage ich.

Shannon verschränkt die Arme vor der Brust und sieht mich an, als wäre ich ein störrisches Kleinkind. »Glaubst du ernsthaft, ich lasse dich allein in der Tiefe herumspazieren, obwohl du eben noch ohnmächtig warst? Nix da!«

»Mir geht's gut!« Ich versuche, möglichst überzeugend zu klingen.

Jarek blickt zwischen Shannon und mir hin und her. »Aria, es ist keine gute Idee von dir, jetzt allein loszuziehen. Das soll kein Vorwurf sein, aber dein letzter Ausflug hat ziemlich beschissen geendet. Für uns beide.«

Jarek spielt auf den Tag an, an dem Hunter »nur zu meinem Besten« sämtliche Ausgänge des Rebellenverstecks blockierte und Jarek mir über einen unterirdischen Geheimgang zur Flucht verhalf. Durch ein Schlupfloch gelangte ich nach draußen und fand Davidas Herz – die ganze Aktion hätte uns fast das Leben gekostet.

»Ich brauche einfach nur Zeit zum Nachdenken, okay?« Ich sehe Jarek flehend an. »Wenn du willst, kannst du auch gern hier auf mich warten und ich drehe derweil ein paar Runden. Hauptsache, ich habe ein paar Minuten für mich.«

Dass ich die ganze Zeit an Davida denken muss, verschweige ich. Ich weiß nicht, ob ihre Erinnerungen mich zufällig heimsuchen oder ob sie sie mir bewusst hinterlassen hat. Davida kannte mich besser als ich mich selbst. Es mag verrückt klingen, aber nach allem, was geschehen ist, werde ich das Gefühl nicht los, dass sie einen bestimmten Plan verfolgte, als sie mir auftrug, ihr Herz in mich aufzunehmen. Wer weiß, vielleicht war alles, was danach geschah, auch Teil dieses Plans.

Jarek sieht nicht so aus, als könnte mein Flehen ihn erweichen, darum blicke ich Hilfe suchend zu Shannon. »Freunde?«, frage ich. »Ich passe auf mich auf, versprochen.«

Sie lässt seufzend die Arme sinken. »Na schön, von mir aus. Dann gehen wir ohne dich. Aber wenn du in einer Stunde nicht im Unterschlupf bist, schicken wir einen Suchtrupp los. Unsere besten Leute. Und das wird kein Spaß für dich, glaub mir.«

»Abgemacht«, sage ich.

Shannon zieht ihre Jacke aus und reicht sie mir. »Hier, die hat eine Kapuze. Setz sie auf und sieh zu, dass dich keiner erkennt, okay?«

Aufgrund des mit mystischer Energie behandelten Materials wiegt die Jacke so gut wie nichts. Und sie ist wirklich eine gute Tarnung.

Shannon zerrt den völlig verwirrt dreinblickenden Jarek hinter sich her. »Was denn?«, höre ich sie sagen. »Es ist ihr Leben.« Jareks Antwort verstehe ich nicht mehr, denn ich habe bereits kehrtgemacht und laufe in Richtung Fifth Avenue.

Ich bin allein. Mehr oder weniger. Denn egal wie verlassen diese Gegend auch zu sein scheint, hier gibt es immer noch mehr Leben als in den Horsten. Als ich durch die Straßen laufe, höre ich Stimmen hinter den Fenstern. Vielleicht machen die Leute gerade Essen oder spielen mit ihren Kindern oder packen Koffer und bereiten sich auf ihre Flucht vor. Aber wohin könnten sie fliehen? In eine andere Stadt?

Der einzige Weg aus der Tiefe führt übers Wasser. Entweder

auf einer der meist völlig überfüllten Fähren, die – wie alle öffentlichen Verkehrsmittel – von meiner Familie überwacht werden, oder in einer Gondel, aber so eine Fahrt ist teuer. Und selbst wenn sie es sich leisten könnten, kämen sie kaum durch: Die gesamte Insel scheint von Soldaten umstellt. Und ich glaube nicht, dass sie die Leute einfach so passieren lassen würden, immerhin suchen sie nach mir. Ich wette, die Soldaten kontrollieren jedes einzelne Schiff, um sicherzugehen, dass sich kein blinder Passagier an Bord befindet. Zumindest würde ich dafür sorgen, wenn ich Kyle wäre.

Aber ich habe nicht vor, die Stadt zu verlassen. Ich bleibe hier, um zu kämpfen. Und zu siegen.

Auf der Fifth Avenue, dem größten Kanal der East Side, herrscht hektisches Treiben. Mütter mit Kindern in Lumpenkleidern eilen über die Brücken, während die Männer lautstark mit den Gondolieri um die Preise feilschen. Ein Mann läuft hastig an mir vorbei. Er hat seine Habseligkeiten zu einem Bündel geschnürt und ans Ende eines Stocks gebunden, den er über der Schulter trägt.

Umringt von einer Menschentraube, steht eine Händlerin mit einem Einkaufswagen am Straßenrand und verkauft Trockenfleisch und Becher mit Wasser.

Ein paar Leute drehen sich nach mir um, als ich an ihnen vorbeilaufe. Es grenzt an ein Wunder, dass mich niemand erkennt, aber wahrscheinlich sind die meisten hier einfach viel zu sehr mit ihrem eigenen Überlebenskampf beschäftigt.

Ich folge dem Kanal Richtung Downtown, zur 59. Straße, wo ich auf die West Side komme, ohne den Prächtigen Block durchqueren zu müssen. In der Ferne sehe ich den Circle, ein von einer Glaskuppel überdachtes Shoppingparadies in den Horsten. Dort war ich früher oft mit Kiki und Bennie bummeln und essen und habe mich dabei ausgiebig über mein ach so stressiges Leben beklagt. Wir dachten, wir hätten das härteste Los von allen, besonders wenn wir mal wieder für irgendeine Prüfung lernen mussten oder eines der Mädchen von der East Side gemeine Lügen über uns verbreitet hatte.

Ich hatte ja keine Ahnung, wie hart das Leben wirklich sein kann.

Ich bin etwa seit einer halben Stunde unterwegs, als ich plötzlich vor dem *Java River* stehe. Keine Ahnung, wieso ich ausgerechnet hier gelandet bin, aber als ich das verblasste Schild über dem Eingang des Cafés gesehen habe, musste ich sofort wieder an Hunter denken.

Ich kann mich noch lebhaft an jene Nacht erinnern, in der er mir das Leben gerettet hat, nachdem ich mich von zu Hause fortgeschlichen hatte, um Thomas Foster zu treffen. Thomas und ich waren seit Kurzem verlobt, und das, obwohl ich mich nicht einmal daran erinnern konnte, ihn vor der Verlobungsfeier jemals gesehen, geschweige denn mich in ihn verliebt zu haben. Das lag natürlich daran, dass wir tatsächlich nie ein Paar gewesen waren, wie ich später herausfand. Die ganze Story entpuppte sich als Intrige meiner Eltern. An dem Abend wusste ich davon jedoch noch nichts. Ich wollte Thomas allein treffen, um mir über meine Gefühle klar zu werden.

Auf dem Weg zu ihm wurde ich überfallen, denn als reiches, privilegiertes Töchterchen von Johnny Rose war ich das Hassobjekt all jener, die in der Tiefe lebten. Wenn Hunter mir in jener Nacht nicht gefolgt wäre, wäre ich wahrscheinlich nicht mehr am Leben. Er schlug die Angreifer in die Flucht und brachte mich anschließend hierher, ins *Java River*, wo ich mich Hals über Kopf in ihn verliebte, obwohl ich damals noch dachte, wir wären uns an diesem Abend zum ersten Mal begegnet.

Was Hunter heute für mich getan hat, rechne ich ihm hoch an. Er hätte mich nicht vor der Menge verteidigen müssen, nicht, nachdem ich ihm so wehgetan habe. Wieder einmal bereue ich unsere Trennung und ich frage mich, ob es womöglich ein Zeichen ist, dass mein Weg mich ausgerechnet hierhergeführt hat. Ich spähe durch die Scheibe und mir bleibt fast das Herz stehen.

Da sitzt Hunter und trinkt Kaffee.

Allein.

Ich weiche zurück und verschwinde in der Gasse, in der ich einmal Tabitha begegnet bin, einer Mystikerin. Sie hat mir verraten, dass die Energie, die in den Speichertürmen pulsiert und leuchtet, lebendig ist und zu mir spricht, wenn ich nur lerne, die verschiedenen Codes aus Helligkeit und Farbe zu entschlüsseln.

»Folge den Lichtern«, sagte sie zu mir.

Und nun bin ich wieder hier. Genau wie Hunter. Das kann kein Zufall sein.

Ich könnte jetzt ins Rebellenversteck zurückkehren, ohne dass Hunter je erfährt, dass ich hier gewesen bin. Aber wann werde ich wieder Gelegenheit haben, ihn unter vier Augen zu sprechen?

Würde er überhaupt mit mir reden wollen? Nachdem er mir sein Herz zu Füßen gelegt und ich ihn zurückgewiesen habe? Mein Verstand sagt noch immer, dass es besser wäre, er und ich würden getrennte Wege gehen, aber mein Herz spricht eine andere Sprache. Vielleicht war ich zu hart zu ihm. Zu voreilig. Vielleicht hätte ich mehr Verständnis für ihn aufbringen sollen, nachdem er seine Mutter verloren hatte, anstatt mich immer nur vernachlässigt zu fühlen und ihn für seinen Rachefeldzug zu verurteilen.

Als ich auf meine grün schimmernden Finger blicke, kommt mir plötzlich die Idee: Ich habe Davidas Kräfte! Sie war eine mächtige Mystikerin und fähig, die Gestalt einer anderen Person und sogar ihre Stimme anzunehmen!

Genau das könnte ich jetzt tun: mich verwandeln und unerkannt ins Café gehen. Das wäre nicht besonders ehrenhaft, ganz sicher nicht, aber auf diese Weise könnte ich herausfinden, was Hunter wirklich über mich denkt.

Doch wessen Gestalt sollte ich annehmen? Jareks? Nein, bisher vertraut ihm keiner so richtig. Bei Ryah würde man Verdacht schöpfen: In ihrem Zustand kann sie nicht allein unterwegs sein. Ich könnte mich natürlich in Turk verwandeln, aber diese Vorstellung ist mir dann doch zu schräg.

Da fällt es mir ein: Shannon. Shannon wäre die perfekte Wahl. Sie und Hunter sind befreundet und Shannon ist ständig allein unterwegs. Außerdem habe ich bereits ihre Jacke an.

Okay, aber was muss ich tun? Ich habe keinen blassen Schimmer, wie der Zauber funktioniert, Davida hat mir ja bedauerlicherweise keine Anleitung hinterlassen.

Ich schließe die Augen und rufe mir das Bild von Shannon ins Gedächtnis: ihre roten Haare, ihre dunklen, durchdringenden Augen und ihre blasse Haut, die noch blasser wirkt, wenn sie die silberfarbene Uniform trägt, so wie heute Nachmittag.

Ich höre ihre Stimme in meinem Kopf: *Freunde.*

Und dann spüre ich etwas.

Zuerst ein Kribbeln in den Zehen, als würde ich von tausend winzigen Nadeln gestochen, dann ein Prickeln auf der Haut, ein warmes Gefühl im Bauch, das sich in meinem ganzen Körper ausbreitet. Ich kann spüren, wie meine Knochen sich strecken und bewegen, wie mein Körper sich verformt, als wäre er aus Lehm. Es zwickt überall. Ich kriege kaum noch Luft. Meine Kopfhaut kribbelt, und dann beginnen meine Haare zu wachsen, werden länger und länger.

Und schon Sekunden später, ebenso plötzlich, wie er begonnen hat, ist der Spuk vorbei.

Ich wanke zur Hauptstraße, spähe nach links und rechts, um sicherzugehen, dass niemand mich beobachtet, dann renne ich zu einem Schaufenster, setze die Kapuze ab und betrachte fasziniert mein Spiegelbild.

Ich bin Shannon.

»Shannon? Was machst du denn hier?« Hunter sieht überrascht zu mir auf.

»Hi«, sage ich und überlege fieberhaft, was Shannon wohl auf diese Frage antworten würde. »Du wirst es nicht glauben, aber für eine Tasse Kaffee begebe sogar *ich* mich hin und wieder freiwillig in Gesellschaft.« Du liebe Zeit, was rede ich denn da?

Hunter lacht. Ich weiß gar nicht mehr, wann ich ihn das letzte Mal so herzlich und unbeschwert habe lachen sehen. »Okay, okay, verstanden«, sagt er. »Komm, setz dich.«

Ich nehme neben Hunter Platz und bestelle einen Cappuccino. Der Kellner starrt mich an, als wäre ich ein dreiköpfiges Monster. »Cappu-was?«

»Cino«, sage ich. »Cappuccino.«

Der Kellner sieht Hunter verständnislos an und zuckt mit den Schultern. »Sie hätte gern einen Kaffee«, sagt Hunter. »Mit Milch.« Kaum ist der Kellner verschwunden, fragt Hunter: »Seit wann trinkst du denn Cappuccino?«

»Ich … ich wollte halt mal was Neues ausprobieren«, stammele ich. »Und warum bist du hier?«

Hunter spielt mit dem Henkel seiner Tasse. »Um nachzudenken.«

»Worüber?«

Er legt den Kopf schief. »Über Kaffee?«

Ich lache. »Nein, im Ernst.«

»Über das Leben, schätze ich.« Er trinkt einen Schluck von der matschbraunen Flüssigkeit. »Ich hätte nie gedacht, dass ich am Ende allein dastehen würde.«

»Du bist nicht allein.« Es tut mir weh, ihn so reden zu hören. »Du hast Freunde – Turk, Ryah, Jarek ... und all die anderen Menschen, für die es sich lohnt, zu kämpfen. Und du hast mich.«

»Du weißt, was ich meine«, erwidert er. »Meine Mutter ist tot und Aria habe ich auch verloren. Das Einzige, was mir geblieben ist, ist die Revolution. Sie ist es, die mich antreibt und die mich um den Schlaf bringt.«

»Aber das ist doch gut, oder?«

»Im Moment schon.« Er betrachtet eins der Bilder an der Wand. Ein Gebirgspanorama. »Aber was passiert, wenn es vorbei ist?«

»Sorry, ich kann dir gerade nicht ganz folgen. Wenn *was* vorbei ist?«, frage ich.

Hunter starrt auf die Tischplatte. »Alles hängt davon ab, ob wir Kyle zur Strecke bringen. Und wenn die letzte Schlacht geschlagen ist – und so, wie es aussieht, wird das schon bald sein –, tja ...« Er seufzt. »Was bleibt mir dann noch? Nichts.«

»Das glaubst du doch nicht wirklich!«, erwidere ich erschrocken, und es ist mir egal, ob ich dabei klinge wie Shannon oder nicht. »Du hast viel zu hart gekämpft, um jetzt einfach aufzugeben!«

»Ich gebe nicht auf«, sagt er.

»Klingt aber ganz danach.« Ich beuge mich vor und wähle jedes meiner Worte wieder mit Bedacht: »Du bist gut so, wie du bist, Hunter, und es warten große Herausforderungen auf dich. Wenn wir diesen Krieg gewinnen, muss Manhattan wieder aufgebaut werden. Und die Leute werden einen Anführer brauchen.«

Er verdreht die Augen. »Sie haben bereits einen Anführer. Aria.«

»Nein«, erwidere ich, und ich meine, was ich sage. »Dich.«

Als wir aus dem Café kommen, scheint die Nachmittagssonne hell auf uns herunter. Am liebsten würde ich Hunter fragen, wo er die letzten Tage gewesen ist, aber damit würde ich mich verraten. Ich streiche mir die ungewohnt langen Haare aus der Stirn.

»Da lang.« Mit einem Kopfnicken lotst mich Hunter in eine dämmrige Seitenstraße. Ob er meine Tarnung durchschaut hat? Hat mich meine leidenschaftliche Rede verraten? Ich trotte ihm hinterher.

Hinter einer Mülltonne, in der sich der Abfall türmt, bleibt er stehen. Gegenüber befindet sich der Seiteneingang zum *Java River*. Unter der Tür ist ein schmaler Streifen Licht, Geschirr klappert.

»Was machen wir hier?«, frage ich. »Hier stinkt's.«

Hunter packt mich am Handgelenk. Ich schließe die Augen und erwarte, dass er mich jeden Moment anschreit, weil ich versucht habe, ihn zu täuschen.

Stattdessen küsst er mich.

Und weckt tausend Erinnerungen.

Seine Küsse schmecken nach Kaffee und Zimt, nach Lust und Begierde, prickeln wie Brausepulver in meinem Mund, schmecken vertraut und fremd zugleich. Er schlingt seine Arme um meine Hüften, zieht mich an sich, bedeckt meine Lippen wieder und wieder mit Küssen.

Ich kralle meine Finger in sein Shirt und ziehe ihn noch enger an mich, spüre, wie sein Brustkorb sich hebt und senkt, und darunter seinen wilden Herzschlag.

Und dann stoße ich ihn weg.

»Was hast du denn?«, fragt er atemlos. »Stimmt was nicht?«

»Wieso küsst du mich?«

Er sieht mich verwirrt an. »Gefällt es dir nicht?«

»Darum geht es nicht«, erwidere ich. »Wir sind Freunde! Und du bist mit Aria zusammen!«

»Ich *war* mit Aria zusammen«, verbessert er mich und streichelt mir über den Arm. »Was hast du denn auf einmal?«

»Mir ... mir ist das alles einfach eine Nummer zu krass«, antworte ich. Es macht mich fix und fertig, wie gut es sich angefühlt hat, ihn zu küssen – und dass er wirklich denkt, ich sei Shannon. Warum küsst er sie überhaupt?

»Jetzt komm schon.« Hunter verschränkt seine Finger mit

meinen. Ich rühre mich nicht und versuche noch immer zu begreifen, was gerade geschehen ist. »Gestern Abend hattest du doch auch kein Problem damit, mich zu küssen.«

Auf einmal wird mir klar, weshalb Hunter mich nicht sehen wollte, weshalb er mich nicht darum gebeten hat, meine Entscheidung noch einmal zu überdenken.

Weil er sich schon ein anderes Mädchen gesucht hat. Shannon.

6

Ich denke nicht mehr nach.

Ich renne einfach nur noch.

So schnell ich kann. Blind vor Tränen. Und stoße dabei fast mit einem Mann zusammen, der einen Einkaufswagen voller Äpfel durch die schmutzigen Straßen Manhattans schiebt.

Hunter und Shannon?! Hunters süße Küsse schmecken plötzlich bitter. Was habe ich mir – nein, was haben *die beiden* sich bloß dabei gedacht? Hat Hunter den ersten Schritt gemacht oder sie? Und wann?

Die können mich mal! Alle beide!

Am Broadway-Kanal bleibe ich stehen, lehne mich gegen eine Hauswand und starre aufs Wasser, das nach dem Regen angestiegen ist und nun droht, die Straße zu überschwemmen.

Ich atme tief durch, versuche, mich zu beruhigen und die Bilder von Shannon und Hunter in inniger Umarmung abzuschütteln. Aber es geht nicht.

Natürlich habe ich überhaupt kein Recht, sauer auf ihn zu sein. Hunter und ich sind kein Paar mehr, und Shannon fühlt sich mir gegenüber offensichtlich zu keinerlei Loyalität verpflichtet. Wie sonst konnte sie beim Mittagessen zu mir sagen, wir seien Freunde, obwohl sie hinter meinem Rücken etwas mit

Hunter angefangen hat? Ich komme mir vor wie der letzte Trottel.

Aria Rose, das arme kleine, reiche Mädchen, das dem Druck nicht gewachsen ist.

Aria Rose, das Mädchen, das handelt, ohne nachzudenken.

Aria Rose, die neuerdings über mystische Kräfte verfügt, die sie nicht verdient hat, geschweige denn sinnvoll einzusetzen weiß.

Ist es das, was die zwei in Wirklichkeit über mich denken? Liegen sie manchmal im Bett und lachen sich beim Küssen darüber schlapp, wie naiv ich bin? Ist Hunter in Wahrheit froh darüber, dass er mich los ist?

Wieder schießen mir Tränen in die Augen, doch diesmal reiße ich mich zusammen. Genug geheult, Aria!

Ich blicke auf Shannons Hände, doch sie sehen wieder aus wie meine eigenen, nur dass sich der grüne Schimmer inzwischen über die gesamte Handfläche ausgebreitet hat und meine Fingerspitzen nun in dunklem Smaragdgrün leuchten. Das wird sich nicht verbergen lassen. Dann betaste ich meinen Schädel. Er ist wieder kahl. Und das kann nur bedeuten, dass ich mich vollständig zurückverwandele. Ich husche in eine ruhige Seitenstraße, wo niemand mich dabei beobachten kann.

Als ich wieder normal aussehe – okay, normal für *meine* Verhältnisse –, fliege ich nach Hause, wobei ich einen großen Bogen um die Ballungszentren mache, denn ich will nicht doch noch entdeckt werden. Es ist genauso aufregend wie beim ersten Mal: durch die Lüfte zu gleiten, die Welt von oben zu betrachten, die Häuser und die Menschen, die aussehen wie bunte Farbkleckse. Nur dass ich diesmal die ganze Zeit an Hunter und Shannon denken muss. Will ich Hunter zurück? Und wenn ja, will ich ihn womöglich nur zurück, weil er jetzt mit einer anderen zusammen ist?

Dank Davidas Kräften kann ich das Kraftfeld, von dem das Rebellenversteck umgeben ist, problemlos durchdringen.

Ich vergrabe die Hände in den Hosentaschen und gehe ins Haus.

»Bist du das, Aria?«, höre ich Jarek aus dem Wohnzimmer rufen.

Er und Shannon hocken auf dem Sofa und wirken sichtlich nervös. Neben ihnen sitzt Ryah auf einem Stuhl, ihre Krücke lehnt an einem Beistelltisch. In der Hand hält sie ein Häufchen Kristalle.

»Ich hab dir ja gesagt, dass ich meine Krücke verschönern werde.« Ryah grinst mich an. Ihre linke Gesichtshälfte ist frisch verbunden. »Jetzt müssen die Dinger nur noch irgendwie halten.«

Shannon springt vom Sofa auf. »Wir wollten dich gerade suchen lassen.« Sie tigert im Zimmer auf und ab. »Du kommst zu spät. Eine Stunde hatten wir gesagt!«

»Jetzt bin ich ja da«, erwidere ich. »Ich brauche keinen Aufpasser.«

»Ich weiß.« Shannon lächelt mich an. In dieser Sekunde wird

mir bewusst, dass sie ja gar keine Ahnung hat, was ich getan habe: dass ich ihre Gestalt angenommen und Hunter geküsst habe. Sie denkt noch immer, wir seien jetzt *Freunde*, so wie wir es uns im Diner versprochen haben.

Aber sie hat mich angelogen. Oder zumindest versäumt zu erwähnen, dass sie jetzt mit Hunter zusammen ist. Hat sie überhaupt vor, mir die Wahrheit zu sagen?

»Ich glaube *nicht*, dass du das weißt«, erwidere ich bissig. »Du weißt nämlich *gar nichts* über mich.«

Shannon krempelt sich die Ärmel hoch. »Was redest du denn da?«

»Ich bin nun mal kein einfacher Mensch«, sage ich ausweichend. »Ich ... ich bin ziemlich emotional.«

»Das sehe ich. Ich habe schließlich zwei Augen im Kopf.« Shannon verstummt und blickt erschrocken zu Ryah. »Oh Mann, tut mir leid.«

»Schon okay.« Ryah lässt die Kristalle von einer Hand in die andere rieseln. »Zwei Augen habe ich ja auch. Nur dass das eine gerade ... na ja, ihr wisst schon.«

Ich sehe mich um und lausche. Im Haus ist es still. »Wo ist Turk?«, frage ich.

Jarek zuckt mit den Schultern. »Noch nicht wieder da. Dein Glück. Er wäre ziemlich angepisst, wenn er wüsste, dass wir dich allein zurückgelassen haben.«

»Ich bin kein Baby mehr«, sage ich. »Ich bin eine erwachsene Frau.«

»Das wissen wir«, sagt Ryah.

»Die Betonung liegt auf *erwachsen*«, schiebe ich hinterher.

»Okay, schön für dich«, sagt Shannon und fragt sich garantiert, was zur Hölle gerade in meinem Kopf vorgeht. Allerdings bin ich mir nicht sicher, ob ihr die Antwort gefallen würde. Jarek sieht zwischen uns beiden hin und her. »Ich koche mir jetzt einen Tee. Wollt ihr auch irgendwas?«

»Ich nehme einen«, antworte ich. Shannon sagt gar nichts. Jarek nickt mir kurz zu und verschwindet in Richtung Küche.

Shannon und ich starren uns schweigend an. Ryah starrt auf ihre Krücke.

»Was ist mit dir los?«, fragt Shannon. »Warum bist du so komisch?«

»Ich bin nicht komisch«, erwidere ich heftig. »Ich bin total normal.«

»Ich hab von der Kundgebung gehört …«, klinkt Ryah sich ein. »Tut mir leid, dass die Sache so aus dem Ruder gelaufen ist.«

»Schon okay«, sage ich. »Mir geht's gut.«

Shannon mustert mich argwöhnisch. »Erzähl keinen Scheiß. Dir geht's überhaupt nicht gut. Du bist total fertig, du bist … Setz dich hin, du machst mich nervös.«

Ich will mich nicht hinsetzen, denn dann müsste ich meine Hände aus den Hosentaschen nehmen und alle würden sehen, dass sie leuchten. »Mir geht es gut«, sage ich noch einmal.

»Willst du darüber reden, was auf der Kundgebung passiert ist?«, fragt Ryah. »Vielleicht würde dir das guttun.«

Sie streckt ihre Hand nach meinem Arm aus und ich weiche instinktiv zurück. Ich will nicht, dass jemand mich anfasst, nicht einmal Ryah. Und ich will auf keinen Fall, dass jemand meine Hände sieht.

»Aria!«, faucht Shannon. »Was ist dein Problem?«

»Du bist mein Problem!«, schreie ich.

Shannon sieht mich verwundert an. »Ich dachte, wir wären Freunde.«

»Von wegen!« Ich weiche langsam zurück zur Treppe. »Das hast du keine Sekunde lang gedacht!«

»Habe ich wohl«, entgegnet sie trotzig. »Aber es ist echt schwer, deine Freundin zu sein, wenn du dich aufführst wie eine Irre.«

»Wie eine …?« Ich schnappe nach Luft. »*Ich* führe mich auf wie eine Irre?« Die anderen starren mich an, als hätte ich wirklich den Verstand verloren. Aber ich kann mich nicht beherrschen.

»Na ja …«, sagt Ryah vorsichtig, »um ehrlich zu sein, kommst du mir gerade schon ein bisschen …«

»Tee ist fertig!«, ruft Jarek aus der Küche. »Aria, dein …«

»ICH WILL KEINEN TEE!«, schreie ich, rasend vor Wut, jedes meiner Worte ist scharf wie eine Waffe. »ICH WILL KEINEN TEE, UND ICH WILL AUCH KEINE FALSCHEN FREUNDE! SO WIE DICH!« Ich zeige auf Shannon.

Ich wünschte, der Erdboden würde mich verschlucken oder ich könnte mich in Luft auflösen. Ich bin wie von Sinnen.

Kurz herrscht betretenes Schweigen, dann höre ich Turks Stimme. »Aria, was ist mit deinen Händen?«

Ich sinke erschöpft zu Boden. »Ich weiß es nicht«, sage ich matt und merke, wie mir die Tränen über die Wangen laufen. »Ich weiß es nicht.«

Turk setzt sich neben mich. Ich kann sein Bein an meinem spüren. »Hab keine Angst. Alles wird gut.«

Ich wische mir die Tränen weg und presse mein Bein gegen seines. Ich bin so froh, dass es dich gibt, denke ich.

Dann kommt Jarek zurück ins Wohnzimmer. Er hockt sich vor mich und hält mir eine Tasse Tee hin. »Vorsicht, heiß.«

Ich nehme ihm die Tasse ab. *Sie* fühlt sich nicht heiß an – meine Hände sind es, die glühen. Und wo sie nicht grün leuchten, sind sie von roten Flecken und Blasen übersät. Ich ertrage den Anblick nicht länger und starre auf die Holzdielen. Ich wage es nicht, Shannon anzusehen, denn die Wut – oder schlimmer: das *Mitleid* – in ihrem Blick könnte ich noch viel weniger aushalten.

Ich nippe an meinem Tee. Honig und Minze. Normalerweise hat Tee eine beruhigende Wirkung auf mich, gerade jedoch wird mir einfach nur noch heißer.

»Fühlst du dich besser?«, fragt Turk. »Komm, ich bringe dich hoch. Du musst dich hinlegen und eine Runde schlafen.«

Doch anstatt seinen Arm zu nehmen, umklammere ich die Teetasse nur noch fester. Der Dampf sieht aus wie Nebel, der an einem warmen Sommerabend über einem Fluss schwebt.

Und dann zerspringt die Tasse plötzlich zwischen meinen Fingern und Keramikscherben fliegen durch die Luft. Nach dem ersten Schock schaue ich auf meine Hose, doch sie ist trocken. Stattdessen bin ich in eine Dampfwolke eingehüllt. Ich habe meinen Tee zum Verdampfen gebracht.

Wow!, formt Jarek lautlos mit den Lippen, während Shannon mich anstarrt, als wäre ich gemeingefährlich.

»Alles okay?«, fragt Turk. Ich habe einen Schnitt in der Handfläche, aber davon abgesehen bin ich unverletzt.

Turk reicht mir seine Hand und ich lasse mich hochziehen. Die Blasen an meinen Fingern tun weh. Als ich den besorgten Ausdruck auf seinem Gesicht sehe, zwinge ich mich zu einem Lächeln. »Vielleicht sollte ich ja doch eine Runde schlafen.«

Ich nicke lang genug ein, um lauter wirres Zeug zu träumen: von Hunter und Shannon, von meinem Bruder, von Danny, Bennie und Kiki. Immer wieder sehe ich bruchstückhafte Bilder von Davida mit ihren schwarzen Handschuhen, die sie nie auszog, um ihre wahre Identität zu verbergen.

Dann fliegen plötzlich Wolkenkratzer an mir vorüber und ich sitze mit Turk auf dem Motorrad. Ich streichele ihm über den kahlen Kopf, auf dem schon die ersten dunklen Stoppeln nachwachsen. Ohne seinen Iro sieht er viel netter aus – nicht mehr wie der knallharte Typ. Er blickt mir tief in die Augen, doch ich weiß nicht, was er darin sieht.

Liebt er mich, so wie Davida Hunter geliebt hat? Verspürt er dieselbe brennende Sehnsucht? Oder gehört sein Herz längst einer anderen? So wie Hunter sich einer anderen zugewendet hat?

Ich wünschte, ich wüsste, was er in mir sieht. Denn dann könnte ich versuchen, es selbst zu sehen.

Als ich die Augen aufschlage, geht draußen gerade die Sonne unter.

»Ähm ...«, räuspert sich jemand. Turk sitzt auf einem Stuhl neben meinem Bett. Es gibt wahrlich schlimmere Arten, geweckt zu werden.

»Hey«, sagt er sanft.

»Hey. Wie lange war ich weg?«

»Ein paar Stunden. Wie geht es dir?«

Abgesehen von den Kopfschmerzen, an die ich mich inzwischen fast gewöhnt habe, geht es mir gut. Ich rappele mich hoch und lehne den Kopf an das eiserne Bettgestell. »Meinst du körperlich oder gefühlsmäßig?«

Turk beugt sich vor und stützt die Ellbogen auf die Knie. »Beides?«

»Körperlich geht es mir gut«, antworte ich. »Aber davon abgesehen ... bin ich ziemlich durcheinander.«

Ich bin ihm sehr dankbar, dass er nicht weiterfragt. Stattdessen greift er nach einer Schale, die auf dem Nachttisch steht. »Kalte Gemüsesuppe«, sagt er. »Vielleicht sollte ich lieber die

Schüssel halten und dich füttern? Du weißt schon – nicht dass uns gleich wieder die Scherben um die Ohren fliegen.«

Ich lache. »Es geht mir gut, wirklich.«

Er reicht mir die Schale und einen Löffel. Vorsichtig tauche ich ihn in die rote Flüssigkeit und führe ihn zum Mund.

»Hör mal«, sagt Turk, während ich esse, »du bildest dir vielleicht ein, dass du wieder fit bist, aber …« Er verstummt und blickt auf meine Hände. Meine grün verfärbten Hände.

»Das kommt von Davidas Herz«, sage ich. »Sieht komisch aus, aber keine Sorge: Mir fehlt nichts.«

»Ich weiß, dass du das glaubst«, sagt er noch einmal. »Aber was spricht dagegen, dich von jemandem untersuchen zu lassen?«

»Von wem?«, frage ich. »Der letzte Arzt, bei dem ich gewesen bin, hat mich belogen und mir meine Erinnerungen gestohlen. Du verstehst also sicher, dass ich kein allzu großes Vertrauen in die Medizin habe.«

Turk grinst schief. »Ich will dich ja auch nicht zu einem Arzt schicken, sondern zu einer Freundin.«

Ich lasse die Schale sinken. »Zu welcher Freundin?«

»Lyrica.«

Der Klang ihres Namens weckt sofort Erinnerungen. Lyrica ist eine alte Mystikerin, die ich bereits zweimal getroffen habe. Ich schließe die Augen und sehe sie wieder vor mir: ihr freundliches Gesicht, ihren klugen, geheimnisvollen Blick, ihre langen grauen Zöpfe.

»Du hast mit ihr gesprochen?«, frage ich überrascht. Lyrica bleibt nie lange am selben Ort, deshalb ist sie ziemlich schwer aufzuspüren.

»Ja, und sie will, dass ich dich zu ihr bringe.«

»Aber wozu? Was könnte sie für mich tun?«

»Weiß nicht«, erwidert Turk niedergeschlagen.

Das ist nicht der Turk, den ich kenne. Wo sind sein Tatendrang und seine Begeisterung geblieben?

»Aber wir können auch nicht einfach rumsitzen und warten, bis du …«

»Bis ich was?«

»Bis du stirbst.«

»Ich werde nicht sterben.«

»Woher willst du das wissen?« Er steht auf, geht zum Fenster und blickt hinaus in den blaugrünen Himmel. Selbst von unserem Versteck aus können wir das Kraftfeld sehen. »Davidas Herz vergiftet dich langsam. Warum willst du das nicht wahrhaben? Sieh dich doch nur mal an!«

Ich betrachte meine Hand. Sie sieht aus, als gehörte sie nicht zu mir.

»Lyrica kann dir bestimmt helfen«, beharrt Turk. Er dreht sich zu mir um und sieht mich flehend an. »Ich weiß nicht, was wir sonst machen sollen. Ich habe ja auch schon versucht, die Schwester … aber egal. Lyrica wird wissen, was zu tun ist. Auf alle Fälle müssen wir dieses Herz aus dir rausholen. Ich hoffe, es ist noch nicht zu spät.«

»Rausholen?« Tief in meinem Inneren habe ich längst geahnt, dass ich Davidas Herz früher oder später wieder hergeben muss, aber das würde auch bedeuten, dass ich meine mystischen Kräfte und den Zugang zu Davidas Erinnerungen verliere. Ich beginne doch gerade erst zu begreifen, was für ein Mensch sie gewesen ist. Es ist einfach noch zu früh.

»Nein«, sage ich zu Turk.

»Nein?«

»Ich will das Herz behalten.« Ich weiß, wie kühn das klingt, aber ich bin fest entschlossen. »Ich brauche es.«

»Das Wichtigste ist, das du am Leben bleibst«, erwidert Turk.

Nein, denke ich, das Wichtigste ist, Manhattan vor meiner Familie zu schützen, und dafür muss ich so stark wie möglich sein. Wie kann ich Turk das nur begreiflich machen? Doch als ich ihm in die Augen sehe, weiß ich, dass er es niemals verstehen würde.

»Komm her.« Ich klopfe neben mich aufs Bett. Er setzt sich zu mir und legt seine Hand auf die Bettdecke, dorthin, wo mein Knie ist.

»Ich mache mir Sorgen um dich«, murmelt er.

Er liebt mich. Er sorgt sich um mich. Was wäre falsch daran, mich auf ihn einzulassen? Auf einen der wenigen Menschen, denen ich wirklich etwas bedeute? Meiner Familie bin ich egal. Und Hunter interessiert sich auch nicht mehr für mich. Ihm gegenüber bräuchte ich nun wirklich kein schlechtes Gewissen zu haben.

»Wir werden uns mit Lyrica treffen, dir zuliebe«, sage ich. »Versprochen.«

Turk beugt sich vor und gibt mir einen Kuss. Er schmeckt anders als Hunters Küsse, süßer, nach Malzkaffee mit Vanillesirup, so wie ihn Magdalena, die Dienerin meiner Mutter, immer für mich gemacht hat, bevor ich zur Schule musste.

Er hält kurz inne. »Ist das okay?«

»Mehr als okay.« Ich hebe die Bettdecke hoch, sodass er darunterschlüpfen kann.

Diesmal küsse ich ihn, lasse meine Hände über seine Brust wandern und male mit den Fingerspitzen die Umrisse seiner Tattoos nach. Er ist kräftiger gebaut als Hunter und er hat breitere Schultern.

Während wir uns tief in die Augen sehen, schiebt Turk sich auf mich und ich schlinge meine Beine um ihn. Er bedeckt meinen Hals und meine Schultern mit federleichten, behutsamen Küssen. »Wie sehr ich mich nach diesem Augenblick gesehnt habe«, sagt er mit rauer Stimme.

Ich ziehe ihn noch enger an mich, will seine Haut auf meiner spüren, und es ist mir sogar egal, ob er den grün leuchtenden Strahlenkranz über meinem Herzen sieht. Turk liebt mich, denke ich.

Unsere Küsse werden fordernder, leidenschaftlicher, und mit einem Mal bekomme ich Angst – Angst, mich in seinen Küssen, in seinen Armen zu verlieren. Mein Herz ein zweites Mal zu verschenken und verletzt zu werden.

Da fliegt die Tür auf und knallt krachend gegen die Wand. Erschrocken schiebe ich Turk von mir weg und hebe den Kopf. Im Türrahmen steht Jarek – und er ist feuerrot im Gesicht.

»Was?«, fragt Turk genervt.

»Ähm ... also«, stammelt Jarek. »Ich ...«

»Jetzt spuck's schon aus«, sagt Turk.

»Es ... es gibt da was, das solltet ihr euch unbedingt ansehen.«

7

»Leider muss ich Ihnen heute Abend mitteilen, dass Manhattan von unserer Nachbarstadt Philadelphia bedroht wird«, beginnt Kyle seine Fernsehansprache an die Bevölkerung.

Er trägt einen adretten grauen Tweedanzug und hat sich die Haare zurückgegelt. Seine grünen Augen funkeln auf dem Bildschirm. Bennie, die neben ihm steht, trägt ein blassblaues Kleid und himmelt ihn an. Die beiden sehen aus wie eine jugendliche Version von Johnny und Melinda Rose. Gruselig.

Wir haben uns alle in der Bibliothek versammelt und schauen fassungslos auf den TouchMe-Screen. Sogar Ryah ist da, auf ihre Krücke gestützt. Shannon steht hinter ihr.

»Ich will Sie, die tapferen Bewohner Manhattans, mit dieser Nachricht nicht in Panik versetzen. Im Gegenteil: Ich will Sie darüber informieren, dass wir bereits einen Verteidigungsplan haben.«

»Verteidigung?«, sagt Shannon verächtlich.

»Beruhig dich, Shannon.« Turk steht so dicht neben mir, dass ich seine Körperwärme spüren kann. »Alles wird ...«

»Gut?!«, knurrt sie und wirft ihm einen giftigen Blick zu.

»Leute, seid doch mal leise!«, beschwert sich Ryah.

»Wie Ihnen vielleicht bereits aufgefallen ist, werden unsere Grenzen durch Soldaten gesichert. Des Weiteren werden morgen Früh sämtliche Zufahrtswege nach Manhattan gesperrt«, sagt Kyle. »Nur wer über eine Sondergenehmigung verfügt, darf ein- oder ausreisen. Allen anderen ist es vorerst nicht gestattet, die Stadt zu verlassen. Diese Maßnahme dient selbstverständlich nur Ihrer eigenen Sicherheit.«

»Der sperrt uns ein«, sagt Jarek.

»Zumindest jeden, der keinen eigenen Hubschrauber hat«, bemerkt Shannon. »Also alle Bewohner der Tiefe.«

»Vom morgigen Tag an wird unsere Stadt komplett abgeriegelt sein«, bekräftigt Kyle noch einmal. »Das ist unsere einzige Chance, potenzielle Angreifer abzuwehren. Ich danke Ihnen für das Vertrauen, das Sie mir und meiner Familie, insbesondere meinen Eltern Johnny und Melinda Rose entgegenbringen. Ich verspreche Ihnen: Wir werden Sie nicht enttäuschen.«

Kyle nickt ernst in die Kamera, dann ist die Sondersendung zu Ende.

Sekunden später fangen sämtliche TouchMes im Raum an zu piepen. Shannon verzieht sich flüsternd in den hinteren Winkel der Bibliothek, während Jarek sich seinen TouchMe ans Ohr presst und immer wieder nickt, als empfange er Anweisungen vom anderen Ende der Leitung. Ryah, die ein nahezu unsichtbares Headset trägt, macht sich hastig Notizen. In der Bibliothek summt es wie in einem Bienenstock.

»Was soll das heißen – sie haben sie noch nicht gefunden?«, sagt Turk, ebenfalls den TouchMe am Ohr.

»Sie? Wen?«, frage ich leise, aber er ist so ins Gespräch vertieft, dass er mich gar nicht bemerkt.

Und dann vibriert mein TouchMe.

Ich schaue aufs Display. VERSCHWINDE VON HIER, SOLANGE DU NOCH KANNST.

Genau wie beim ersten Mal ist die Nummer unterdrückt. WER SIND SIE?, schreibe ich hastig und warte auf eine Antwort, doch nichts passiert. Wer immer mir diese Nachricht geschrieben hat, will mich beschützen, aber warum gibt er sich nicht zu erkennen?

»Was ist hier los?«, frage ich Shannon, nachdem sie ihren TouchMe ausgeschaltet hat, und stelle verwundert fest, dass meine Wut auf sie verflogen ist. »Mit wem redet ihr alle?«

Kurz sieht es so aus, als wollte sie mir keine Antwort geben, doch dann seufzt sie und sagt: »Mit anderen Rebellen.« Ich bin froh, dass sie mir meinen Wutausbruch von heute Nachmittag offensichtlich verziehen hat. »Wir müssen wissen, was in Philadelphia vor sich geht – ob wirklich ein Angriff bevorsteht.«

»Was, wenn es stimmt?«

Shannon fährt sich durch die Haare, die dringend eine Wäsche nötig hätten. »Dann müssen wir uns für den Kampf wappnen.«

»Ich habe gerade mit jemandem aus dem Versteck am Hafen gesprochen«, sagt Jarek. »Er meinte, dort wimmele es nur so von Rose-Soldaten, genauso wie auf der East Side.«

»Im Westen stehen sie auch«, sagt Ryah. »Und im Norden.«

Ich erinnere mich an das Militär, das ich auf dem Weg zur Friedenskundgebung gesehen habe. »Diesmal hat Kyle nicht gelogen«, sage ich. »Wir sind umzingelt. Die Grenzen sind komplett dicht.«

Turk lässt seinen TouchMe sinken. Shannon stellt sich ans Kopfende des langen Tisches. »Nein, nicht ganz«, sagt sie. »Es gibt einen alten U-Bahn-Tunnel, der in den East River mündet.«

»Ja, ich erinnere mich«, sagt Turk.

»Das Ufer wird zwar auch bewacht«, fährt Shannon fort, »aber es sollte möglich sein, ein paar unserer Leute unbemerkt durchzuschmuggeln. Hunter kümmert sich mit einem Trupp Rebellen darum, dass abgeschöpfte Mystiker die Stadt auf diesem Weg verlassen können – wenigstens die Frauen und Kinder. Wir werden es wahrscheinlich nicht schaffen, allen zur Flucht zu verhelfen, aber wir können es zumindest versuchen.

Es gibt eine Rebellin, die unter Wasser atmen kann«, erklärt Shannon weiter. »Sie hilft uns, in den Tunneln U-Boote zu bauen. Die können dann durch den East River bis zur Bucht von Long Island und von dort rauf nach Connecticut fahren, wo die Mystiker um Asyl bitten können. Hunter hat geahnt, dass so was früher oder später passieren würde. Er arbeitet schon eine ganze Weile an diesem Plan.«

Bedauerlicherweise brauche ich Shannon ja nicht danach zu fragen, warum sie davon weiß …

»Und was ist mit all den anderen Leuten, die in der Tiefe leben?«, frage ich. »Mit den Nichtmystikern?«

Einen Moment herrscht Stille. Dann sagt Ryah: »Da wird uns schon noch was einfallen.«

»Natürlich müssen wir unsere Leute retten«, erwidere ich, »aber auch die Menschen in der Tiefe werden uns um Hilfe bitten. Was sollen wir denen sagen?«

»*Unsere Leute?*«, fragt Shannon spitz.

Da wird mir klar, dass sie meinen Wutausbruch keineswegs vergessen hat. »Was meinst du?«

»Du sagtest ›unsere Leute‹. Das klingt, als wärst du eine von uns, aber das bist du nicht.« Sie beugt sich vor und funkelt mich herausfordernd an. »Nur weil du jetzt Davidas Kräfte hast, weißt du noch lange nicht, was es bedeutet, ein Mystiker zu sein. Wie es ist, gequält und verfolgt zu werden. Und du wirst keinem der Anwesenden hier ein schlechtes Gewissen einreden, weil wir versuchen wollen, *unsere Leute* zu retten. Kapiert?«

»So ... so habe ich das nicht gemeint«, sage ich. »Aber wir sind doch ein Team ...« Ich werfe einen Blick in die Runde. »Oder etwa nicht?«

»Natürlich sind wir das«, sagt Turk.

»Ich versuche nur zu helfen, Shannon«, sage ich. »Das ist alles.«

»Das hättest du tun sollen, bevor du uns dieses ganze Chaos eingebrockt hast«, erwidert Shannon wütend. »Dein Bruder will die Horste mithilfe mystischer Energie vom Rest der Stadt abschotten. Hast du auch nur irgendeine Vorstellung davon, wie viel Energie notwendig ist, um ein Kraftfeld dieser Größe zu erzeugen?«

»Hört mal«, mischt Jarek sich ein, »wegen dieses …«

»Nein«, unterbreche ich ihn, »habe ich nicht. Aber die Stadt hat noch Reserven, oder? Jahrzehntelang sind Mystiker abgeschöpft worden, da muss doch genug Energie da sein.«

»Die Vorräte wurden zum größten Teil in den letzten Wochen aufgebraucht, um die Stadt mit Strom zu versorgen«, sagt Turk. »Die Menge an Energie, die notwendig ist, um so ein Ding zu erschaffen … Kyle muss Hunderte unserer Leute bis zur Bewusstlosigkeit ausgesaugt haben.« Turk wendet sich an Jarek und Ryah. »Hab ich Recht?«

Er bekommt keine Antwort. Bei der Vorstellung, dass Mystiker auf diese Weise missbraucht werden, wird mir schlecht.

»Ich muss euch was sagen«, verkündet Jarek und schiebt sich verlegen eine dunkle Haarsträhne hinters Ohr. »Ich weiß etwas über dieses Kraftfeld.«

Alle halten erstaunt den Atem an.

»Was soll das heißen: Du weißt etwas über dieses Kraftfeld?«, fragt Shannon gereizt. »Und wieso rückst du erst jetzt damit raus?«

»Ich wollte euch schon ein paarmal davon erzählen«, sagt Jarek, »aber ich wurde immer unterbrochen.«

Shannon fallen fast die Augen aus dem Kopf. »Und da dachtest du dir: ›Na gut, so wichtig ist es nun auch wieder nicht‹, oder was?!«, keift sie.

Jarek schluckt.

»Schon okay«, sagt Ryah. »Shannon, lass ihn. Also, was weißt du, Jarek?«

»Elissa Genevieve hat von dem Kraftfeld gesprochen, damals, als sie mich gefangen genommen hat«, erzählt er. »Sie hat gesagt, sie braucht Davidas Herz, um genauso mächtig zu werden wie eine Schwester. Und dass sie die Horste mit einem Kraftfeld abschirmen will, das nur sie allein kontrollieren kann.«

»Aber Elissa ist tot«, wendet Turk ein.

»Und sie hat das Herz nicht bekommen«, füge ich hinzu. Doch dann fällt mir wieder ein, dass wir schon einmal dachten, Elissa wäre tot: nach der großen Schlacht im U-Bahn-Tunnel. Aber sie hatte überlebt. »Oh nein«, sage ich, »was, wenn Elissa gar nicht tot ist?«

»Doch, sie ist tot«, sagt Jarek. »Ich habe sie sterben sehen.«

»Und warum sollten wir *dir* das glauben?«, faucht Shannon.

»Weil wir ihm vertrauen«, sagt Ryah streng. Dann wendet sie sich wieder an Jarek. »Du glaubst also, dass nun Kyle Elissas Plan in die Tat umsetzt?«

»Ich weiß es nicht genau«, erwidert er. »Was meinst du dazu, Aria?«

»Elissa war eng mit meinem Vater befreundet«, sage ich nachdenklich. »Schon möglich, dass sie ihm von ihrer Idee erzählt hat. Vielleicht hat sie ihm sogar verraten, wie man solch ein Kraftfeld erzeugen kann. Aber das erklärt noch nicht, wo die Massen an Energie herkommen, die man dafür braucht.«

»Dein Bruder könnte ein paar Mystiker umgebracht haben, um an ihre Herzen zu kommen«, überlegt Ryah laut.

»Aber davon hätten wir doch bestimmt gehört, oder?«, wendet Shannon ein.

»Ich könnte versuchen, Kontakt zu meinen Eltern aufzunehmen«, schlage ich vor.

»Deine Eltern haben wir schon überprüft.« Shannons schönes Gesicht ist wutverzerrt. »Sie verlassen Manhattan. Dein Vater hat nichts mit dem Kraftfeld zu tun. Sondern Kyle.«

»Sie verlassen Manhattan? Wovon redest du?«

»Ich habe da so meine Quellen …«, erwidert Shannon geheimnisvoll. »In den Horsten. Deine Eltern werden die Stadt verlassen. Noch heute Nacht.«

Das kann ich nicht glauben. Meine Eltern haben ihr ganzes Leben hier verbracht, genau wie meine Großeltern und meine Urgroßeltern. Nie und nimmer würden sie einfach so abhauen, erst recht nicht, wenn der Stadt ein Krieg bevorsteht.

Haben Jarek und Ryah davon gewusst? Aber die beiden scheinen genauso überrascht zu sein wie ich. Dann drehe ich mich zu Turk um. »Ist das wahr?«

»Ich habe auch schon davon gehört.« Er dreht an dem silbernen Ring in seinem Ohr. »Es tut mir leid.«

»Aber das ergibt doch überhaupt keinen Sinn! Meine Eltern sind doch gar nicht in Gefahr!« Ich muss an die Bodyguards meines Vaters denken, die, ohne zu zögern, auf seinen Befehl hin töten würden.

Aber das war früher.

Und nichts ist mehr so wie früher.

»Überleg doch mal«, sagt Shannon zu mir. »Wann hat sich dein Vater das letzte Mal in der Öffentlichkeit gezeigt?«

»Ich ... ich kann mich nicht mehr daran erinnern.«

»Eben. Er macht sich vom Acker. Er weiß, dass diese Stadt schon bald in Schutt und Asche liegen wird, und er lässt Kyle die Drecksarbeit an seiner Stelle erledigen.«

Das klingt ganz und gar nicht nach dem Mann, der mich großgezogen hat. Nach dem Mann, für den im Leben nur eines zählte: Macht, Macht und nochmals Macht, und der keinerlei Skrupel hatte, wenn es darum ging, aus dem Elend anderer Profit zu schlagen. Dem Mann, der Manhattan als seine persönliche Spielwiese und seine Familie als sein Eigentum betrachtete. Ein Mann, dem es deshalb auch nicht das Geringste ausmachte, das Gedächtnis seiner eigenen Tochter zu löschen, um sie dann politisch gewinnbringend zu verheiraten.

»Vielleicht kann ich ihn dazu überreden hierzubleiben«, höre ich mich plötzlich sagen. »Vielleicht kann er Kyle zur Vernunft bringen und ihn davon abhalten, die Stadt zu zerstören.« Schon während ich das sage, weiß ich, wie absurd dieser Vorschlag klingen muss.

Shannon lacht. »Selbst wenn das eine gute Idee wäre, was es nicht ist – warum sollte dein Vater sich von dir irgendwas sagen lassen? Er hasst dich.«

»Shannon«, knurrt Turk, »komm mal wieder runter, okay?«

»Wieso? Stimmt etwa nicht, was ich sage?«, entgegnet sie.

»Da ist schon was Wahres dran«, meldet sich Jarek zu Wort. »Ich kann mir auch nicht vorstellen, dass dein Vater sonderlich großen Wert auf deine Meinung legt.« Er hüstelt. »Nicht böse gemeint.«

»Ja, ich fürchte, Jarek hat Recht«, sagt Ryah vorsichtig. »Selbst wenn du ihn höchstpersönlich bitten würdest, hierzubleiben – ich glaube auch nicht, dass du weit kommen würdest.«

Turk will seinen Arm um mich legen, aber ich drehe mich weg. »Ja, stimmt«, sage ich. »Ich allein würde nicht weit kommen.« Ich taste nach meinem TouchMe, der in meiner Gesäßtasche steckt.

Jemand will, dass ich die Stadt verlasse und mich in Sicherheit bringe, und plötzlich habe ich das Gefühl, zu wissen, wer es sein könnte.

»Und genau aus diesem Grund brauche ich jemanden, der mir hilft.«

Ich ziehe meinen TouchMe hervor und blicke auf das leere Display. Dann gebe ich einen Namen in die Tastatur ein.

»Was machst du da?«, fragt Turk. »Aria?«

HIER IST ARIA, tippe ich hastig. KÖNNEN WIR UNS TREFFEN? WIR MÜSSEN REDEN.

Die Antwort lässt nicht lange auf sich warten.

ICH DACHTE SCHON, DU FRAGST NIE.

Die Nachricht kommt von Kiki.

8

»Und du bist dir sicher, dass du das packst?« Turk und ich stehen vorm *Greenhaus*.

»So sicher wie noch nie.«

Vor einer knappen Stunde habe ich Kiki geschrieben. Es muss jetzt so gegen zehn sein. Wir haben uns in einer Bar verabredet, in der wir uns in alten Zeiten ab und zu getroffen haben. Es ist schwül draußen und das blaue Kleid, das ich mir von Ryah geliehen habe, klebt mir jetzt schon auf der Haut.

Leider habe ich immer noch keine Idee, wie ich Kiki am besten auf ihre kryptischen Nachrichten ansprechen soll. Weiter als bis: »Kiki, was zum Teufel soll das?«, bin ich noch nicht gekommen. Nicht sonderlich raffiniert, ich weiß.

Ich lege einen behandschuhten Finger auf den Scanner, der in die Wand eingelassen ist. Glücklicherweise besitze ich noch ein Paar von Davidas Handschuhen mit eingestickten Fingerabdrücken. Sie verbergen meine Identität und ermöglichen es mir, unerkannt die Horste aufzusuchen. Sie verhüllen aber auch meine bizarr leuchtenden Hände.

Der Scanner blinkt und die Tür zum *Greenhaus* öffnet sich. »Auf geht's.« Ich ziehe Turk hinter mir her.

Die kalte Luft aus der Klimaanlage lässt mich frösteln. Die Beleuchtung ist dafür umso angenehmer: hell genug, damit man nicht über seine eigenen Füße stolpert, dunkel genug, um kleinere Schönheitsfehler zu kaschieren. Als ich Turks Hand nehme und wir uns zwischen den Tischen hindurchschlängeln, muss ich plötzlich an Kikis und meinen letzten gemeinsamen Abend hier denken: Wir haben mit Tequila auf das Ende des Schuljahres angestoßen, geflunkert, was unser Alter betraf, und mit irgendwelchen Jungs geflirtet, die bestimmt zwei oder drei Jahre älter waren als wir. Dann sind wir abgehauen und haben sie auf der Rechnung sitzen lassen. Wir waren echt völlig überdreht und als wir draußen standen, haben wir Tränen gelacht.

»Abgefahrene Location«, murmelt Turk.

Allerdings. Die *Greenhaus*-Bar sieht aus wie ein Treibhaus: Die Backsteinmauern sind mit Efeu überwuchert und die exotischen Blumen, die überall in den Vasen stehen, haben riesige Blüten und sind fast so groß wie ich. Die verspiegelte Wand an der Rückseite der Bar wird von grünen Scheinwerfern angestrahlt, damit die Flaschen mit Hochprozentigem, die im Regal stehen, noch teurer aussehen, als sie sowieso schon sind.

Heute ist es erstaunlich voll. Die Gäste trinken, essen und plaudern vergnügt miteinander, als wäre alles in bester Ordnung – als müssten die Bewohner der Tiefe nicht um ihr letztes bisschen Freiheit oder gar um ihr Leben fürchten. Vor dem Fenster kann ich das Kraftfeld über den Horsten sehen, das sich leuchtend grün vor dem Nachthimmel abzeichnet.

Aber hier drinnen herrscht Partystimmung. Mädchen, kaum älter als ich, tragen megakurze, mystisch gefärbte Designerkleider und ihre nackten Beine zur Schau, die Jungs ihre Muskeln und Tattoos. Ihre Shirts, in die mystische Fäden eingewebt sind, schillern mit den grellbunten Haaren um die Wette.

Ich bahne uns einen Weg zu dem Tisch, an dem Kiki und ich immer saßen – und bleibe abrupt stehen. Da sitzt sie: meine beste Freundin. Während sie mit violett lackierten Fingernägeln auf der Tischplatte herumtrommelt und an ihrem Drink nippt, checkt sie Nachrichten auf dem TouchMe. Ihr blondes Haar ist inzwischen von mystisch blauen Strähnchen durchzogen und auf ihrem Hals funkelt ein violettes Fake-Tattoo in Herzform. Sehen und gesehen werden – nur darum geht es, wenn man hier etwas gelten will. In diesem Moment spüre ich, wie fremd mir dieses Leben geworden ist.

Endlich blickt Kiki auf. »Aria?«

Obwohl es ungefähr eine Million Dinge gibt, die ich ihr gern sagen würde, bringe ich nicht mehr als ein »Hi« heraus.

Kiki springt auf, kommt auf mich zu und dann fallen wir uns in die Arme. Sofort umfängt mich ein vertrauter Duft nach Rosenblüten. Sie benutzt immer noch dasselbe Parfüm wie früher.

»Oh Mann, wir haben uns ja ewig nicht mehr gesehen! Na ja, zumindest ist in der Zwischenzeit ziemlich viel passiert, oder?«

Bevor ich etwas erwidern kann, wendet sie sich an Turk. »Und wer bist du?«

»Kiki, das ist Turk.«

Als er ihr zur Begrüßung seine Hand hinstreckt, schiebt sie

sie lachend weg und umarmt ihn stattdessen. »Wer begrüßt sich denn heutzutage noch mit Handschlag?«

Turk lacht nervös. Die ganze Situation scheint ihn komplett zu überfordern, das finde ich echt süß. Ich muss daran denken, wie er mich geküsst hat, und lächele ihn an. Er lächelt zurück.

»Ähm, wie sieht's aus, wollen wir uns vielleicht mal hinsetzen?« Kiki zeigt auf die freien Stühle neben sich und wir nehmen Platz.

Als ich die gläserne Tischplatte berühre, leuchtet sie auf und die Speisekarte erscheint. Ich hatte schon fast vergessen, wie bequem das Leben in den Horsten ist. Dass man hier alles bekommt, was das Herz begehrt, jeden Snack und jeden Drink – per Knopfdruck.

»Was wollt ihr trinken?«, fragt Kiki. »Oh, ihr solltet unbedingt diesen neuen Chlorophyll-Drink probieren! Der ist superlecker und soll supergesund sein. Stärkt die Abwehrkräfte oder so.« Sie sieht mich mit leuchtenden Augen an. »Hättest du darauf Lust?«

»Klar, warum nicht.« Ich scrolle durch die Getränkekarte.

»Für dich auch einen?«, fragt Kiki Turk, der gerade mit den buschigen Blättern eines Farns kämpft, die ihn im Nacken kitzeln.

Turk wirkt wenig begeistert. »Ich glaube, ich nehme … einfach nur ein Wasser.«

Kiki wirft dramatisch die Arme in die Höhe. »Wie laaangweilig! Aber wie du meinst. Und du heißt wirklich Turk?«

Er grinst. »Jep.«

»Ich meine, mich nennen auch alle Kiki, aber das ist nur mein Spitzname. Eigentlich heiße ich Claudia, aber das klingt total ... öde. Die Einzigen, die mich so nennen, sind meine Eltern und Arias ...«

Kiki verstummt. *Arias Mutter.*

»Ist ja auch egal. Namen sind Schall und Rauch, oder wie war das noch mal? Falls du Appetit auf was Süßes hast, Turk, die haben hier total leckere Desserts.« Kiki lacht nervös und klimpert mit den Wimpern. »Oh Mann, was rede ich denn da für einen Unsinn! Tut mir leid. Ich bin einfach immer noch total durch den Wind wegen deiner Nachricht.«

Geht mir genauso, möchte ich sagen, aber Kiki redet schon weiter.

»Ich habe Ewigkeiten auf ein Lebenszeichen von dir gewartet.« Und an Turk gerichtet fügt sie hinzu: »Aria und ich konnten immer über alles reden. Dachte ich zumindest.«

Ich kann gut verstehen, dass Kiki sauer auf mich ist. Wir hatten nie Geheimnisse voreinander – bis Hunter in mein Leben trat.

Ich habe ihr und Bennie nichts von ihm erzählt, weil ich dachte, sie würden nicht verstehen, warum ich mit ihm zusammen sein will. Ich glaube, dieses eine große Geheimnis, das so viele weitere nach sich zog, führte dazu, dass wir uns irgendwann nichts mehr zu sagen hatten. Tja, und nun sitzen wir uns hier gegenüber wie Fremde. Es ist erst ein paar Wochen her, seit ich Kiki zum letzten Mal gesehen habe, aber es fühlt sich an, als wären Monate oder Jahre vergangen.

»Ich muss mich bei dir entschuldigen, Kiki.«

Sie nickt. »Ja, das musst du.«

»Ich hatte Angst, du würdest versuchen, mir Hunter auszureden«, sage ich. »Nur deshalb habe ich dir nichts von uns erzählt.«

»Das hätte ich ja auch versucht«, erwidert Kiki prompt. »Er tut dir nicht gut, Aria. Oder merkst du gar nicht, wie sehr du dich verändert hast? Du bist irgendwie so ... radikal geworden. Und deine Haare! Die waren so schön und so lang und so voll! Und jetzt ... diese Glatze.« Sie wendet sich an Turk. »Dir steht das ja, aber ihr? Eher nicht.« Sie seufzt. »Wie auch immer ... Wo steckt eigentlich Hunter?«

»Wir sind nicht mehr zusammen.« Ich bin gespannt auf ihre Reaktion.

»Wie bitte?« Kikis Stimme überschlägt sich fast. »Nach allem, was du für ihn aufgegeben hast? Ich dachte, das zwischen euch wäre die ganz große Liebe?«

»Das dachte ich auch«, erwidere ich leise. Ich will, dass Kiki weiß, wie viel mir Hunter bedeutet hat und dass ich die Freundschaft mit ihr nicht für irgendeine x-beliebige Romanze aufs Spiel gesetzt habe.

Kiki scheint aufrichtig erschüttert. Sie sagt sekundenlang keinen Ton, dann senkt sie den Blick und scrollt durch die Speisekarte. »Ich brauch noch was zu trinken«, murmelt sie. »Habt ihr schon mal diesen Caipirinha mit Kaktusfeige getrunken? Ich glaube, der ist mit richtigen Früchten. Schmeckt jedenfalls supersüß.«

Die Kellnerin kommt und stellt meinen Chlorophyll-Drink auf den Tisch. Er ist grasgrün und dickflüssig, fast wie Suppe.

Turk rümpft die Nase. »Sieht aus wie die Brühe, die durch die Kanäle in der Tiefe fließt.«

»Dann ist es ja gut, dass ich keine Ahnung habe, wie die Brühe da unten aussieht«, bemerkt Kiki spitz und bestellt sich noch einen Cocktail.

»Und ich bin froh, dass ich keinen Schimmer habe, was ein Caipirinha ist«, erwidert Turk im selben Tonfall.

Kiki verdreht die Augen. »Wer ist der Typ?«, fragt sie mich, als wäre Turk nicht anwesend. »Scheint ja ein echter Spaßvogel zu sein.«

»Er ist mein ... Er ist ...«

Was ist Turk für mich? Er ist mehr als nur ein Kumpel, so viel steht fest. Aber ist er mein fester Freund? Ich weiß, dass er es gerne wäre, doch was will ich?

»Spaßvogel?«, sagt Turk. »Ist das ein Kompliment?«

»Weiß nicht. Was meinst du?«, entgegnet Kiki bissig. Dann bemerkt sie meine Handschuhe. »Oh, ist das dein neuestes Accessoire? Hast du dir die von deiner Dienerin geborgt?«

Kiki hat keine Ahnung, dass Davida tot ist. »Hör mal, Kiki«, sage ich und verstecke meine Hände unter dem Tisch, »der Grund, warum ich dir geschrieben habe ...«

»Lass uns zum Punkt kommen«, unterbricht mich Kiki und tupft sich vornehm mit einer Serviette den Mund ab. »Ich weiß deine Entschuldigung sehr zu schätzen, obwohl sie ein bisschen zu spät kommt. Ich habe dich in den Nachrichten gesehen. Du bist durch die Luft geflogen! Ganz ehrlich, ich habe keine Ahnung mehr, wer du bist. Wo ist meine beste Freundin hin?«

»Willst du die Wahrheit wissen?«

»Ja.«

»Die alte Aria gibt es nicht mehr«, sage ich. »Ich habe Sachen erlebt, die mich verändert haben. Die mir die Augen geöffnet haben. Ich bin nicht mehr derselbe Mensch wie früher. Und das habe ich vor allem meinen Eltern zu verdanken.«

»Deinen Eltern? Wieso das denn?«, fragt Kiki. »Was haben sie getan?«

Ich sehe zu Turk. Er nickt mir ermutigend zu.

»Sie wollten mich für ihre eigenen Zwecke opfern.«

Und dann erzähle ich ihr die ganze Geschichte – die wahre Geschichte – und lasse nichts aus: wie ich Hunter kennengelernt und mich in ihn verliebt habe. Wie meine Eltern gewaltsam versucht haben, all meine Erinnerungen an ihn auszulöschen und mich mit Thomas zu verheiraten. Wie ihr Plan scheiterte und Menschen dafür ihr Leben ließen. Wie Davida sich für mich und Hunter geopfert und mir ihr Herz hinterlassen hat. Und schließlich erzähle ich Kiki auch, dass ich jetzt zu den Menschen gehöre, vor denen man uns immer gewarnt hat: den Mystikern.

»Aber es gibt keinen Grund zur Furcht«, sage ich.

Sie sieht mich fassungslos an. Denkt sie etwa, dass ich lüge? Oder verrückt geworden bin?

»Sag was.« Ich strecke meine Hand nach ihr aus. »Bitte.«

Kikis Blick wandert zu Turk, dann zu mir, dann verzieht sie den knallrot geschminkten Mund. Ich weiß schon gar nicht mehr, wann ich das letzte Mal Lippenstift getragen habe. Wann ich überhaupt irgendetwas von den Dingen getan habe, die wir früher immer zusammen gemacht haben.

Zögernd streckt sie die Hand aus und legt sie in meine. Ich drücke sie kurz.

»Das hab ich alles nicht gewusst«, sagt sie. »Ehrlich.«

»Wie solltest du auch?«, erwidere ich. »Ich hab ja nie mit dir darüber geredet.«

»Du hast mir nie so richtig vertraut«, sagt Kiki. Leider kann ich ihr da nicht einmal widersprechen. »Und ich bin echt froh, dass du mir das jetzt alles erzählt hast, aber ... aber wieso? Warum kommst du damit ausgerechnet jetzt zu mir? Dafür muss es doch einen Grund geben.«

»Ja, das stimmt«, erwidere ich. »Ich will, dass du mir hilfst, an meine Eltern ranzukommen.«

Kiki lacht laut auf. »Deine Eltern? Du willst dich mit ihnen treffen? Wozu?«

»Wegen Kyle«, antworte ich. »Er ist ...«

»... völlig durchgeknallt?«, ergänzt Kiki. »Geisteskrank?«

Turk lacht und nippt, ohne zu fragen, an Kikis Cocktail. »Du bist witzig«, sagt er.

»Und du anscheinend schlecht erzogen.« Sie zieht ihr Glas wieder zu sich. »Aber mal im Ernst: Kyle hat sie echt nicht mehr alle.«

»Ich muss ihn sehen«, sage ich. »Und um rauszufinden, wo er steckt, brauche ich meine Eltern.«

Kiki sieht sich vorsichtig um. »Das willst du nicht wirklich«, flüstert sie mir zu, »Kyle sehen, meine ich. Der Typ ist echt daneben. Und ständig auf Stic. Der schluckt das Zeug wie andere Leute Medizin.«

Turk rutscht näher an den Tisch heran. Ich wusste schon länger, dass mein Bruder ein Drogenproblem hat, aber dass es inzwischen so schlimm ist, war mir nicht klar.

Kiki beugt sich vor und flüstert: »Du bist nicht die Einzige, die plötzlich übermenschliche Kräfte hat. Ich hab gehört, dass Kyle so viel Stic nimmt, dass er selbst diese … diese mystischen Sachen machen kann.«

»Wie zum Beispiel?«, fragt Turk.

»Das weiß ich nicht, echt nicht.« Kiki trinkt ihren Cocktail aus und nippt anschließend an meinem Chlorophyll-Drink. »Ich hab das nur von Bennie gehört, aber der muss man zurzeit jedes Wort aus der Nase ziehen, wenn es um deinen Bruder geht. Manchmal kommt es mir so vor, als hätte sie überhaupt keine eigene Meinung mehr. Sie redet ihm nur noch nach dem Mund. Als wäre Kyle ein Bauchredner und sie seine hübsche Puppe. Das geht schon eine ganze Weile so. Finde ich echt traurig. Um nicht zu sagen: tragisch.«

Ich muss daran denken, wie Bennie im Fernsehen an Kyles Seite stand und zu ihm aufblickte wie ein perfektes kleines Frauchen. Sie wirkte so anders als die Bennie von früher. Hat Kiki Recht? Schreibt Kyle Bennie vor, wie sie sich zu verhalten hat? Doch warum sollte sie da mitspielen?

»Was ist mit Danny?«, frage ich Kiki. »Könnte er Kyle nicht zur Vernunft bringen?«

»Danny ist schon eine ganze Weile abgetaucht«, sagt sie. »Genau genommen seit dieser krassen Party bei Bennie.«

Bilder aus jener Nacht blitzen vor meinem inneren Auge auf: wie ein Mädchen fast an einer Überdosis Stic gestorben wäre. Wie ich meinen Verlobten Thomas mit einer anderen knutschend erwischt habe. Was für eine Horrornacht.

»Ich hab ein paarmal versucht, Danny zu erreichen, aber er geht nie ans Telefon.« Kiki verdreht die Augen, sichtlich empört darüber, dass jemand einen Anruf von *ihr* verschmäht. »Wir haben sogar bei seinen Eltern angerufen, aber die machen wohl gerade Urlaub oder so. Vielleicht ist er ja längst raus.«

»Raus?«, frage ich.

»Na, raus aus der Stadt«, antwortet Kiki. »Kann ich mir zwar kaum vorstellen, so dicke wie er und Kyle immer waren, aber wo sollte er sonst sein?« Sie verengt die Augen zu schmalen Schlitzen. »Vielleicht hatte Danny ja Angst vor Kyle und ist deshalb abgehauen.« Sie kichert, als wäre dieser Gedanke vollkommen lächerlich.

Aber das ist er ganz und gar nicht. Vor Kyle kann man wirklich Angst haben.

»Ich muss mit Kyle reden«, sage ich. »Die Situation in der Tiefe ist unerträglich. Das muss aufhören.«

»Er wird aber nicht mit dir reden wollen«, sagt Kiki bestimmt.

»Das wissen wir«, sagt Turk. »Er hasst Aria. Aber dich hasst er ganz sicher nicht.«

Kiki denkt kurz nach. »Nein, ich schätze, das tut er nicht. Aber selbst wenn ich dir helfen wollte, ich habe keine Ahnung, wo dein Bruder steckt. Bennie meinte, er hat eine neue Nummer und sorgt auch ansonsten dafür, dass man ihn nicht erreicht. Und bevor du fragst: Nein, ich weiß nicht, wie es Bennie geht. Sie schickt ab und zu mal eine Nachricht und schreibt, wie super alles ist, aber irgendwie glaube ich ihr das nicht so richtig.« Sie presst die Lippen zusammen. »Ich sehe sie eigentlich nur noch im Fernsehen. Darum weiß ich auch nicht, wo sie ist – oder Kyle.«

»Aber garantiert wissen meine Eltern das.«

»Ja, wahrscheinlich.« Kiki nippt geräuschvoll an ihrem zweiten Cocktail. »Allerdings werden sie das ihrer abtrünnigen Tochter wohl kaum verraten. Außerdem haben sie bestimmt gerade Wichtigeres zu tun. Kofferpacken und so.«

»Kofferpacken?«

Dann hat Shannon die Wahrheit gesagt. Mein Vater, der große Johnny Rose, lässt Manhattan im Stich. Ich fühle mich wie betäubt.

»Du hast das wohl nicht gewusst«, sagt Kiki geknickt. »Aber es stimmt. Und man munkelt, dein Vater hätte bereits all sein Hab und Gut in Sicherheit gebracht. Ich weiß nicht, wo sie hinwollen, nur dass Kyle von nun an das Ruder übernehmen soll. Und da die Fosters ... na ja, so gut wie ausgestorben sind, kann Kyle jetzt ganz allein entscheiden, wohin die Reise geht. Und alle Unterstützer deines Vaters haben ihm ihre Gefolgschaft zugesichert.«

Meine Eltern verlassen die Stadt.

Kyle hat die alleinige Macht. Mein irrer, sticsüchtiger Bruder, der gerade mal drei Jahre älter ist als ich.

Er will die Tiefe vernichten – und alle, die dort leben.

»Ich muss mit meinen Eltern reden, bevor sie abreisen. Aber sie werden mich wohl kaum freudestrahlend hereinbitten, wenn ich bei ihnen auftauche. Kannst du mir helfen?«

Eigentlich verrückt, dass ich andere Leute brauche, um meine eigenen Eltern zu kontaktieren. Doch was bleibt mir anderes übrig?

Kiki betrachtet mich mit einer Mischung aus Besorgnis und Mitgefühl. »Mal sehen, was ich tun kann.«

Sie nimmt ihren TouchMe, steht auf und verschwindet.

»Na also, das lief doch schon mal ganz gut«, sagt Turk trocken und grinst. Ich weiß, dass er versucht mich aufzuheitern, und grinse zurück.

»Sieht aus, als hätte Kiki mir wirklich verziehen«, sage ich. »Irgendwie blöd von mir, sie gleich um einen Gefallen zu bitten, kaum dass wir mal wieder drei Worte miteinander gewechselt haben.«

»Fragen kostet nichts«, erwidert Turk lächelnd. »Und Kiki bedeutet dir viel. Du musstest ihr die Wahrheit sagen. Mach dir nicht so viele Gedanken. Das wird schon alles.«

Je länger ich ihn ansehe, desto bewusster wird mir, wie vollkommen deplatziert Turk in dieser superstylishen, superteuren, extravaganten Bar wirkt, aber dafür mag ich ihn nur umso mehr. Er ist einfach so *echt*.

Und ich bin so froh, ihn bei mir zu haben, dass ich darüber fast vergesse, wieso wir eigentlich hier sind – bis Kiki zurückkommt und sich in ihren Stuhl plumpsen lässt. Ihre Miene verheißt keine guten Nachrichten. »Sie wollen dich nicht sehen«, sagt sie niedergeschlagen. »Tut mir leid.«

»Oh«, sage ich matt.

Turk sieht zwischen uns hin und her. Dann steht er auf und verkündet, er müsse mal zur Toilette. »War nett, dich kennenzulernen«, sagt er zu Kiki und verschwindet.

»Kiki, was ich dich noch fragen wollte ...«, beginne ich. »Können wir trotz allem noch Freundinnen sein?«

Kiki lächelt mich an und wirft ihr Haar zurück. »Irgendwann ... klar«, sagt sie. »Das fänd ich schön. Übrigens, ich hab schon gezahlt. Du bist eingeladen.«

Sie beugt sich vor und wir umarmen uns fest. Da muss ich wieder an die Nachrichten denken, die sie mir geschickt hat.

»Ach ja«, sage ich, als wir uns wieder loslassen, »danke für deine Nachrichten. Aber du brauchst dir wirklich keine Sorgen um mich zu machen.«

»Welche Nachrichten?«, fragt sie verwundert.

»Na ja, die mit unterdrückter Nummer«, sage ich.

»Aber ich hab dir doch gar keine Nachrichten geschickt.« Kiki tätschelt ihr Portemonnaie, dann springt sie auf. »Ich muss jetzt los.« Sie beugt sich zu mir herunter, haucht mir einen Kuss auf die Wange und flüstert: »Viel Glück.«

Ich sehe ihr verwirrt hinterher.

Wenn Kiki mir diese Nachrichten nicht geschrieben hat – wer dann?

9

Kiki winkt uns noch einmal über die Schulter zu, dann verschwindet sie in Richtung der Brücke, die zum Apartment ihrer Eltern führt. Das mystische Kraftfeld taucht die Wolkenkratzer ringsum in einen grünlichen Schein. Obwohl es bereits spät am Abend ist, herrscht noch immer unerträgliche Hitze.

Zögernd streife ich mir die Handschuhe ab und nehme Turks Hand. Wir stehen auf der schmalen Brücke vor dem *Greenhaus*, umringt von gigantischen Gebäuden, deren erleuchtete Fenster in der Dunkelheit strahlen wie Sterne. Turks Haut fühlt sich warm an. »Ich hatte ganz vergessen, wie es hier oben ist«, sage ich. »Wie hoch wir sind und wie tief unten der Rest der Welt.«

Ich umklammere das Geländer der Brücke fester und schaue hinunter. Es ist so dunkel, dass man weder die Häuser noch die Kanäle in der Tiefe sehen kann – nur Schwärze mit einem Hauch Grün. Plötzlich vernehme ich ein Geräusch hinter mir und wirbele herum.

»Keine Panik«, sagt Turk, »die Leute sind ungefährlich.«

Er hat Recht. Zwei Frauen mit Kopftüchern laufen an uns vorbei. Jede von ihnen hat zwei Kinder an der Hand. Ihnen folgen drei Männer mit Rollkoffern. Anscheinend wollen sie aus den Horsten fliehen. Aber wie? Mit dem Hubschrauber? Oder mit dem Boot durch die Tiefe? Oder über eine der alten Brücken?

»Was meinst du, wo wollen die alle hin?«, fragt Turk.

Die Menschenströme bewegen sich zur Leichtbahnstation. Ich muss wieder an Kyles Ankündigung denken, morgen Früh sämtliche Brücken sperren zu lassen.

»Raus aus Manhattan«, antworte ich.

Man kann den Leuten diese Entscheidung wirklich nicht verübeln, denke ich, als ich den Blick über den Horizont schweifen lasse: Die riesigen Speichertürme sind fast leer. Sie leuchten nicht mehr hell wie einst, sondern verströmen nur ein gedämpftes Licht, gerade genug, um die Scharen von Menschen erkennen zu können, die wie Ameisen über die Brücken wuseln.

»Mach dir keine Sorgen.« Turk zieht mich zu sich heran. Seine Nähe fühlt sich überraschend vertraut an, so als wären wir schon seit Monaten ein Paar und nicht erst seit – nun ja – einem Tag.

»Natürlich mache ich mir Sorgen!«, erwidere ich. »Los, komm!« Ich sehe mich kurz um und versuche, mich zu orientieren. Das *Greenhaus* liegt im Stadtteil Chelsea, das heißt, wir müssen nach Norden.

»Was hast du vor?«, fragt Turk, während ich ihn hinter mir her in Richtung Leichtbahnstation ziehe.

»Ich will zu meinen Eltern.«

»Aber ich dachte, die wollen dich nicht sehen«, erwidert Turk verwirrt.

»Na und?«, sage ich so lässig wie möglich, greife in meine Handtasche und ziehe einen pinkfarbenen TouchMe heraus. »Kommt der dir irgendwie bekannt vor?«

Seine braunen Augen weiten sich. »Ist das etwa ...«

»Kikis?«, frage ich grinsend. »Ja.«

Turk sieht mich fassungslos an. »Das ist jetzt nicht dein Ernst, oder? Du hast Kikis TouchMe geklaut?«

»Sie kriegt ihn doch wieder! Aber ... aber vorher brauche ich ihn.«

»Wozu?«, fragt Turk.

Als ich mir sicher bin, dass uns niemand beobachtet, ziehe ich Turk über die Brücke und in einen dunklen Winkel. »Pass gut auf.«

Ich halte den TouchMe fest umklammert und schließe die Augen. Dann rufe ich mir Kikis Aussehen ins Gedächtnis – ihre schimmernde Haut mit dem mystischen Fake-Tattoo, ihr goldblondes Haar mit den dunkelblauen Strähnchen, ihr lächelndes Gesicht.

Und dann spüre ich es.

Meine Zehen beginnen zu kribbeln, meine Haut fängt an zu brennen, ich weiß nicht, ob vor glühender Hitze oder eisiger Kälte. Etwas zerrt an meinem Kopf und an meinen Gelenken, als wäre ich eine Marionette, und plötzlich wird mein Brustkorb zusammengequetscht wie in einem viel zu engen Korsett. Mir bleibt fast die Luft weg. Ich spüre meine Fingernägel wachsen, spüre, wie die Knochen in meinen Beinen knirschend aneinanderreiben und wie mein ganzer Körper fast taub wird.

Ich versuche, mich zu entspannen, und öffne die Augen.

Turks verblüfftem Gesichtsausdruck nach zu urteilen, hat meine Verwandlung funktioniert.

Ich vollführe eine kleine Drehung. »Sag was.«

Turk schließt die Augen und öffnet sie wieder. »Wow! Ich hab ja schon viel gesehen, aber das ... wow!«

»Und nun zum zweiten Teil meines Plans.« Ich scrolle durch die Kontakte in Kikis TouchMe, bis zum Eintrag: ROSE, MELINDA.

Dann drücke ich auf den Namen und schreibe eine Nachricht: DANKE FÜR DAS GESPRÄCH EBEN. KANN ICH KURZ VORBEIKOMMEN UND IHNEN AUF WIEDERSEHEN SAGEN? ICH MÜSSTE AUCH NOCH MAL GANZ DRINGEND MIT IHREM MANN SPRECHEN.

Während wir auf eine Antwort warten, laufen Turk und ich zur Leichtbahnstation, einem rechteckigen Spiegelglasbau, der die Hitze reflektiert. Im smaragdgrünen Licht des Kraftfelds wirkt die einst so vertraute Umgebung fremd. Und dann fällt mir auf, dass meine Hände in genau derselben Farbe leuchten wie diese unheimliche Lichtkuppel über den Horsten.

»Du siehst wirklich aus wie sie«, sagt Turk, noch immer fassungslos. »Das ist echt voll schräg.«

»Keine Sorge«, erwidere ich, »sobald ich mit meinem Vater geredet habe, verwandele ich mich wieder zurück.«

»Hat deine Mutter sich schon gemeldet?«, fragt Turk. Ich werfe einen Blick auf Kikis TouchMe und schüttele den Kopf. Bis jetzt keine Antwort, aber ein bisschen Zeit bleibt uns ja noch.

»Du bist echt noch durchgeknallter, als ich dachte«, sagt Turk.

»Ist das gut oder schlecht?«, frage ich.

Er antwortet nicht.

Als wir bei der Leichtbahnstation ankommen, gebe ich Turk einen von meinen Handschuhen. »Hier, zieh an«, sage ich. Dann lege ich meine Hand auf den Scanner und die Türen zu dem geräumigen Wartebereich öffnen sich. In der Station herrscht immer viel Betrieb, aber so viele Leute wie heute habe ich hier noch nie gesehen. Trotzdem ist es so still, dass man eine Stecknadel fallen hören könnte.

Eltern mit ihren Kindern stehen bereits Schlange und warten auf einen freien Wagen, der sie aus Manhattan herausbringt.

Wir reihen uns in die Schlange für einen Wagen nach Uptown ein, während Turk möglichst unauffällig versucht, seine große Hand in den Handschuh zu zwängen. Ihm bleibt nichts anderes übrig, denn er ist nicht registriert. Ich brauche diesmal keinen Handschuh, denn ich bin ja jetzt Kiki.

An beiden Seiten der Station gibt es Terminals für Wagen nach Uptown und Downtown. Die Leichtbahn ist so schnell, dass man sich normalerweise nur wenige Minuten gedulden muss, aber heute sieht die Sache anders aus.

»Kiki? Kiki, bist du das?«, fragt plötzlich eine Frau vor uns in der Schlange.

Ich drehe mich weg und starre auf den Boden »Stell dich vor mich«, sage ich zu Turk. »Sie soll mich nicht sehen.«

»Oh, wahrscheinlich eine Verwechslung«, höre ich die Frau zu ihrem Begleiter sagen.

Ich schaue zu den verschiedenen Terminals, über denen Lampen aufleuchten, sobald ein freier Wagen bereitsteht. Im Augenblick herrscht Hochbetrieb.

»Es kommen immer mehr Leute«, sagt Turk. Und tatsächlich: Die Leute stehen inzwischen schon bis zur Brücke.

Dann sind wir an der Reihe. Ich lege meine Hand wieder auf den Scanner. CLAUDIA SHOBY steht in Leuchtbuchstaben auf dem Screen, die Türen öffnen sich und ich steige in den Wagen. Als Turk seine Hand auf den Scanner legt, erscheint der Name EVAN LYCUS auf dem Bildschirm.

»Danke, Evan«, flüstert Turk und steigt zu mir in den Wagen. Dann schließen sich die Türen.

»Zur Broadway Station an der 86.«, teile ich dem Autopiloten mit und der Wagen setzt sich in Bewegung.

Turk schaut durch den gläsernen Boden unseres Fahrzeugs hinunter in die Tiefe. »Cool. Mit so einem Teil bin ich noch nie gefahren.« Dann setzt er sich auf einen der gepolsterten Sessel und ich folge seinem Beispiel. »Weißt du, was komisch ist?« Turk sieht aus dem Fester, hinter dem die Lichter der Stadt vorüberziehen. »In einer anderen Welt wäre das hier alles voll romantisch. Stell dir vor, wir säßen erst in einem sauteuren Fünf-Sterne-Restaurant und würden dann losziehen, um die Nacht zum Tag zu machen ...«

»Wir würden Kaviar essen ...«, sage ich versonnen lächelnd und wundere mich, dass mein neues Äußeres ihn gar nicht mehr zu irritieren scheint. »... und Champagner trinken ... rosa Champagner.« Ich lasse mich gegen seine Schulter sinken und spüre, wie sich sein Brustkorb hebt und senkt. »Und danach gehen wir in irgendein cooles, lautes Musical.«

»Und ich könnte einen Umhang tragen«, sagt Turk. Ich sehe ihn verdutzt an. »Hast du was dagegen? Ich wollte schon immer mal einen Umhang tragen.«

Ich muss lachen und lasse meine Finger – Kikis Finger, um genau zu sein – über sein Bein kreisen, während die Bahn so sanft dahingleitet, dass man die hohe Geschwindigkeit gar nicht spürt. »Ja, so könnte es sein. In einer Welt ohne Soldaten oder grässliche Eltern oder Brüder oder Ungerechtigkeit. In einer Welt, in der es allen gut geht.«

»Wo es keine Horste und keine Tiefe gibt«, sagt Turk. »Sondern einfach nur Manhattan.«

»Eine andere Welt«, sage ich noch einmal. »Ja, das klingt schön.«

Die Fahrt vergeht sprichwörtlich wie im Flug. Wir steigen an der Broadway Station aus und laufen zum Haus meiner Eltern, wo ich aufgewachsen bin. Wo mein Zuhause war.

Kikis TouchMe vibriert. Eine Nachricht von meiner Mutter. DU KANNST JETZT KOMMEN.

»Immerhin werden sie mich reinlassen«, sage ich.

»Bist du dir sicher, dass ich nicht mitkommen soll?«, fragt Turk besorgt. »Du könntest ja sagen, ich bin dein Freund oder ...«

»Zu riskant. Sie könnten dich wiedererkennen«, entgegne ich. »Mir wird nichts passieren. Meine Eltern würden Kiki nie was tun.«

Ihrer Tochter allerdings schon. Und zwar ohne mit der Wimper zu zucken. Für den Anfang würden sie mich wahrscheinlich einsperren und mein Gedächtnis löschen. »Ich warte dort auf dich.« Turk zeigt zu der Brücke, über die man vom Haus meiner Eltern zu einem Gebäude auf der West End Avenue gelangt. »Ach, und Aria ...«

»Ja?«

Er haucht mir einen Kuss auf die Lippen, wobei unsere Nasenspitzen sich berühren. »Sei vorsichtig.«

»Du auch.« Und dann laufe ich langsam los und öffne die Tür.

In der Lobby sieht alles noch genauso aus wie früher: von den Marmorfliesen im Schachbrettmuster – italienische Importware – bis zu dem klobigen Schreibtisch aus Walnussholz. Nur der Portier, der dahintersitzt, ist neu. Auf seinem Namensschild steht ROBERT. Robert ist etwa Mitte vierzig und trägt einen dünnen grauen Schnurrbart.

»Miss Shoby?«, fragt er.

Ich nicke.

Er zeigt zu den Fahrstühlen. »Die Herrschaften erwarten Sie bereits.«

Ich fahre hinauf ins Penthouse. Im Grunde genommen gehört meinen Eltern das gesamte Gebäude. Die obersten drei Etagen bewohnen sie selbst, in den Stockwerken darunter wohnen ihre Angestellten: Bodyguards und Köche und Buchhalter und all die anderen Leute, die mein Vater als nützlich erachtet, wenn es um die Interessen der Roses geht. Nur die persönlichen Diener meiner Eltern wohnen ganz oben.

Die Fahrstuhltür öffnet sich mit einem *Pling* und ich klopfe leise an die Tür zum Apartment. Magdalena, die Dienerin meiner Mutter und zeitweise mein Kindermädchen, nimmt mich in Empfang. Ihr graues Haar ist dünner geworden und sie hat noch mehr Falten im Gesicht als früher. Sie lächelt mich an und zieht mich in ihre Arme. »Miss Kiki«, sagt sie. »Kommen Sie herein.«

Ich kann mich nicht daran erinnern, dass Magdalena jemals irgendjemanden umarmt hätte, das war einfach nicht ihre Art, aber die Zeiten haben sich wohl geändert. Sie schließt die Tür hinter mir und ich sehe mich um. Es kommt mir vor, als wäre ich in einem Museum. Die Einrichtung ist selbstverständlich nur vom Allerfeinsten, angefangen bei dem teuren Kronleuchter bis hin zu der gewundenen, ausladenden Treppe, die hinauf in den zweiten Stock führt. Vom Wohnzimmer mit Panoramafenster gelangt man hinaus auf eine Terrasse, die einmal um das Gebäude herumführt. Von hier drinnen hat man einen besseren Blick über Manhattan als von der Brücke aus.

»Mrs und Mr Rose sind oben«, sagt Magdalena. »Darf ich Ihnen etwas zu trinken anbieten? Wasser, Kaffee?«

»Nein, vielen Dank.«

»Schön, dass Sie noch einmal vorbeigekommen sind, um sich persönlich zu verabschieden«, sagt sie in sanftem Tonfall und wendet sich zum Gehen. »Sie werden uns fehlen.«

Mir fällt auf, dass das Apartment nicht so blitzblank und ordentlich ist, wie ich es in Erinnerung habe. Auf den Fensterbänken liegt Staub, und neben einer der Lieblingsstatuen meines Vaters – einer über zwei Meter hohen Bronzeplastik eines Jungen, der versucht, sich einen Dorn aus dem Fuß zu ziehen – türmen sich Koffer.

Hier zu sein, weckt Erinnerungen an mein altes Leben, und sie erfüllen mich mit Wehmut. Ich muss an Kiki und Bennie und meine Freundinnen aus der Schule denken. Daran, wie ich frühmorgens aufgestanden bin, um zusammen mit Davida Schokopfannkuchen zu machen, obwohl meine Eltern ausgeflippt wären, wenn sie gesehen hätten, dass ich mit einer Dienerin in der Küche Essen zubereite. An die Partys meiner Eltern, die das sonst so sterile Apartment mit Leben und Musik erfüllten und auf denen es von schicken weißen Smokings und kostbaren, schillernd bunten Kleidern aus mystischen Fasern nur so wimmelte.

Doch dann holen mich andere Erinnerungen ein: wie ich mit Handschellen ans Bett gefesselt war, damit ich nicht weglaufen konnte. Wie mein Vater vor meinen Augen einen Mann erschoss, nur um mir eine Lektion zu erteilen, und wie der leblose Körper in den Kanal klatschte. Das Geräusch werde ich nie vergessen.

Nein, das hier ist keine lustige Reise in die Vergangenheit, ermahne ich mich selbst. Du bist hier, um herauszufinden, wo Kyle steckt, und *nur* deshalb.

»Claudia?«

Ich blicke auf. Meine Mutter beugt sich über das schmiedeeiserne Geländer und sieht zu mir herunter. »Da bist du ja.«

Sie bedeutet mir mit einer Handbewegung hinaufzukommen.

Während ich die Stufen hochlaufe, schießt mir eine andere Erinnerung durch den Kopf: der Tag meiner Verlobungsfeier. Ich klammerte mich nervös ans Treppengeländer und an Kiki, die mich in den Empfangsbereich führte, der von Gästen und Rosen nur so überquoll und wo mein Verlobter Thomas Foster auf mich wartete.

»Nett, dass du noch mal vorbeischaust«, sagt meine Mutter. Sie wirkt gehetzt, zerstreut. So kenne ich sie gar nicht. Ihre platinblonden Haare, die sie sonst immer zu einer kunstvollen Hochsteckfrisur auftürmt, fallen ihr strähnig über die Schultern. Sie trägt ein einfaches blaues Kleid und weder Make-up noch Schmuck, abgesehen von Ehe- und Verlobungsring. »Mein

Mann ist in der Bibliothek. Du hast geschrieben, du musst ihn dringend sprechen?«

Ihr Blick fliegt hektisch hin und her. Ich schätze, die Frage, was sie noch alles in ihre Koffer quetschen könnte, beschäftigt sie im Augenblick mehr als das Anliegen einer Freundin der Familie. »Es dauert auch nicht lange«, sage ich.

Sie haucht mir einen Kuss auf die Stirn. Ich muss mich zwingen, nicht zurückzuweichen. »Mach's gut, Claudia. Und richte deinen Eltern schöne Grüße aus. Wir sehen uns bald wieder.«

Dann dreht sie sich um und verschwindet im Schlafzimmer. Ich betaste meine Stirn. Ich kann mich gar nicht mehr daran erinnern, wann meine Mutter mir das letzte Mal einen Kuss gegeben hat.

Als ich an meinem Zimmer vorbeilaufe, widerstehe ich dem Impuls, einen Blick hineinzuwerfen. Ich will sie nicht sehen, all die Kleider in meinem Schrank, feinste Seide, handgenäht, extra aus Paris, Mailand und Wien eingeflogen, jedes einzelne ein Symbol für unvorstellbaren Überfluss. All den Schmuck, all die Annehmlichkeiten, die meine Herkunft mir beschert hat – Annehmlichkeiten, die nur wenigen zuteilwerden und für die so viele leiden mussten.

Am Zimmer meines Bruders stürme ich regelrecht vorbei. Ich will nicht daran erinnert werden, wie oft wir zusammen herumgealbert und unsere Eltern mit lauter Musik aus unseren AmuseMes zur Weißglut gebracht haben. Bis der Tag kam, an dem wir plötzlich keine Freunde mehr waren, sondern Fremde. Ich weiß bis heute nicht, warum Kyle nichts mehr mit mir zu tun haben wollte. Was mich von Menschen wie Bennie oder Danny unterschied.

Vor der Bibliothek meines Vaters hält sein Bodyguard Klartino Wache.

»Ich muss mit Johnny Rose sprechen«, sage ich.

Klartino antwortet nicht, sondern drückt bloß auf das Touchpad an der Wand. Die Tür öffnet sich und ich trete ein.

In der Bibliothek hat sich nichts verändert. Genau wie früher schüchtert mich dieser Raum ein – trotz der lavendelfarbenen Wände, die man wohl eher in einem Mädchenzimmer erwarten würde. Die Einrichtung aus schwarzen Ledersesseln, einem wuchtigen Glastisch und Bücherregalen bis unter die Decke strahlt für mich vor allem Macht aus.

Als ich klein war, durfte ich mir jeden Abend einen der schweren, in Leder gebundenen Wälzer im Regal aussuchen und mein Vater las mir vor dem Schlafengehen daraus vor. Ich verstand zwar nie, worum es in den Büchern ging – mein Vater hielt nicht viel von Kinderbüchern –, aber allein der vertraute Klang seiner Stimme ließ mich friedlich einschlummern.

Mein Vater sieht genauso aus wie früher. Nur ein bisschen erschöpft. Er trägt einen cremefarbenen Leinenanzug, ein weißes Hemd und sein Haar ist zurückgelegt. Unter den Ärmeln seines Anzugs lugen die Manschettenknöpfe aus Lapislazuli hervor, die ich ihm vor drei Jahren geschenkt habe.

»Hallo, Kiki«, sagt er. Sein tiefer, rauer Bariton lässt mich erschaudern. Schon so lange habe ich nicht mehr seine Stimme gehört. Ich muss daran denken, dass er mir einmal sagte, wir beide seien aus demselben Holz geschnitzt und dass ich deshalb eines Tages seine Nachfolge antreten und über ganz Manhattan herrschen würde.

An jenem Tag war er auf dem Gipfel seiner Macht. Eine der einflussreichsten Persönlichkeiten der Stadt. Und einer ihrer mächtigsten Drogenbosse.

»Du bist doch sicher nicht nur hergekommen, um dich zu verabschieden.« Er tritt zum Fenster, von wo aus man über den Hudson blickt. »Ich habe dich immer sehr geschätzt. Du bist wirklich ein nettes Mädchen, wenn auch ein wenig sprunghaft.«

»Vielen Dank«, sage ich.

»Du weißt, wo du hingehörst. Und du gehorchst.« Er lächelt. »Darauf kommt es an. Vor allem in Zeiten wie diesen.« Er deutet auf einen der schwarzen Ledersessel. »Setz dich.«

»Danke, ich stehe lieber«, antworte ich. »Ich will auch gar nicht lange stören.«

»Wenn du wissen willst, wohin wir reisen, hast du dich leider umsonst hierherbemüht.«

»Dann ist es also kein Gerücht? Sie wollen die Stadt wirklich verlassen?«

Er lacht leise. »Natürlich. Hast du denn nicht die Koffer gesehen, die überall herumstehen?«

»Ja, schon«, erwidere ich, »aber ich kann es trotzdem nicht

glauben. Die West Side, diese Stadt … das war doch immer ihr Leben! Ich kann einfach nicht fassen, dass sie das alles aufgeben wollen.«

Mein Vater steht mit dem Rücken zu mir und blickt schweigend aufs Wasser. Seine Hand liegt an der Fensterscheibe. Mit einem unangenehmen Quietschen lässt er sie an dem Glas herabgleiten.

»Manhattan ist Geschichte«, sagt er, mehr zu sich selbst als zu mir.

»Wie bitte?«

Er dreht sich um. »Hin und wieder muss man Bilanz ziehen«, sagt er. »Als Geschäftsmann ist man nun mal dazu gezwungen, Kosten und Nutzen abzuwägen, bevor man eine Entscheidung trifft. Nur so kann man in der Zukunft erfolgreich sein.«

»Aber was hat das mit dieser Stadt zu tun?«, frage ich. »Mit all den Menschen, die hier leben?«

Er schüttelt den Kopf, als wäre er enttäuscht, dass ich ihn nicht verstehe. »Um die Bewohner mache ich mir weniger Sorgen«, sagt er. »Mehr um mich. Bliebe ich hier, würde ich einen zu hohen Preis zahlen. Und ich kann dir und deinen Eltern nur empfehlen, meinem Beispiel zu folgen.«

»Was ist mit Kyle?«, frage ich.

Als der Name meines Bruders fällt, huscht ein Ausdruck über sein Gesicht, den ich nicht deuten kann. Was ist das? Reue? Bedauern? Doch schon im nächsten Moment ist seine Miene wieder völlig unbewegt.

»Kyle darf eine Runde König spielen, bis das Königreich untergeht. Gönnen wir ihm das Vergnügen.« Er geht hinüber zu seinem Schreibtisch und setzt sich in seinen Ledersessel. »Das geht mich nichts mehr an.«

Mein Vater schließt die Augen und ich habe das ungute Gefühl, dass er mich gleich bitten wird zu gehen.

»Wissen Sie zufällig, wo Kyle ist?«

Mein Vater öffnet die Augen. »Nein.«

»Und Sie haben auch keine Idee, wo er sein könnte?«, hake ich nach. »Ich muss ihn dringend sprechen.«

Mein Vater legt den Kopf schräg und mustert mich eindringlich. »Nein.«

»Es ist nur ... ich habe gehört, dass Manhattan vielleicht angegriffen wird. Von Philadelphia.«

Mein Vater verzieht keine Miene. »Und?«

»Denken Sie nicht, dass wir ... ich meine, dass Kyle etwas unternehmen sollte? Vielleicht würde es etwas nützen, wenn ich mit ihm rede?«

Mein Vater hebt die Augenbrauen. »Seit wann interessierst du dich denn für Politik?«

Mein Herz beginnt zu rasen. Durchschaut er meine Maskerade? »Tu ich doch gar nicht. Nicht wirklich. Ich bin bloß ... neugierig.«

»Neugierig«, wiederholt mein Vater. »Soso.« Plötzlich erhebt er sich aus dem Sessel. »Gefällt dir das Bild?« Er zeigt auf ein Ölgemälde, auf dem ein Mädchen in einem Löwenzahnfeld zu sehen ist. Ich habe nie verstanden, was dieses Bild in seiner Bibliothek zu suchen hat. Es passt nicht zu ihm. Aber vielleicht erinnert es ihn einfach an alte, unbeschwerte Zeiten.

»Das ist ein sehr schönes Bild«, sage ich. »Aber Mr Rose ...«

»Es wurde mit mystischen Farben gemalt«, sagt er. »Ich persönlich kann damit ja überhaupt nichts anfangen, aber Melinda wollte es unbedingt haben, weil eine ihrer Freundinnen auch eins besitzt und es ihr so gut gefiel. Sie meinte, die Farben seien satter. Und weißt du was? Sie hatte Recht.«

»Wegen Kyle, Sir ...« Ich mache einen Schritt auf ihn zu. »Ich muss dringend wissen, wo er ist.«

»Wenn ich dieses Bild betrachte, kommt es mir manchmal so vor, als würde sich das Mädchen bewegen.« Mein Vater blickt mich aus seinen ausdruckslosen, tief liegenden Augen an. »Kyle mochte das Bild immer sehr gern.«

»Ja, gut, aber ...«

»Du solltest jetzt besser gehen.«

Ich weiche einen Schritt zurück. War es das etwa? Wirft er mich jetzt raus?

»Mr Rose ...«, sage ich flehend, »es ist wirklich, *wirklich* wichtig, dass ich mit Kyle spreche. Wenn Sie mir einfach sagen, wie ich ihn erreichen kann, dann ...«

Plötzlich spüre ich, wie zwei massige Arme mich von hinten packen, hochheben und aus der Bibliothek tragen. Sosehr ich mich auch dagegen wehre – gegen Klartinos Pranken habe ich nicht die geringste Chance. Er ist einfach zu stark.

Ich werfe noch einen Blick über die Schulter. Wahrscheinlich ist es das letzte Mal, dass ich meinen Vater sehe. Und in diesem Moment wird mir klar, dass er noch immer die Fäden in der Hand hält. Kyle steht nur deshalb im Rampenlicht, weil mein Vater es so will.

»Mach's gut, Kleine«, sagt er. Und schließt die Tür.

10

»Mach dir nichts draus«, sagt Turk, als wir vom Haus meiner Eltern zum nächstgelegenen AP laufen, um uns in die Tiefe bringen zu lassen. Ich will so schnell und so weit weg von meinem Vater wie möglich. »Wir finden einen anderen Weg, um Kontakt zu Kyle aufzunehmen.«

Ich bin so wütend auf meinen Vater, dass ich am liebsten in den Himmel fliegen und explodieren möchte wie eine Rakete. Gleichzeitig fühle ich mich total schwach. Ich habe hämmernde Kopfschmerzen, Schweißausbrüche und mein Bauch tut weh.

Der einzige Trost ist, dass Turk meine Hand hält.

»Ich habe versagt, Turk. Ich habe überhaupt nichts rausgefunden. Gar nichts. Er hat die ganze Zeit nur über dieses blöde Gemälde geredet.«

»Ärger dich nicht«, sagt Turk ruhig. »Wir werden auch ohne die Hilfe deines Vaters zurechtkommen, versprochen.«

Auf den Brücken herrscht inzwischen noch mehr Gedränge als vorhin. Hunderte Familien hasten zu den Leichtbahnstationen und ziehen ratternd und polternd ihr Gepäck hinter sich her. Väter tragen ihre Kinder auf den Schultern. Aufgeregte Rufe und Gemurmel hallen durch die Nacht. Die Bewohner der Horste fliehen. Aber wohin?

Das Kraftfeld ist weiter gewachsen und scheint allmählich

herabzusinken. Dabei pulsiert es, genau wie früher das Licht in den Speichertürmen. Die ersten grünen Ausläufer sind fast auf Höhe der Wolkenkratzer angelangt. Wenn sich das Kraftfeld weiter in diesem Tempo ausbreitet, wird es die Horste in ein paar Tagen vermutlich wie eine gigantische Blase umschließen und völlig von der Tiefe abschirmen.

Über uns dröhnen Hubschrauber. Die wohlhabendsten Horstbewohner werden heute Nacht einfach wegfliegen. Die anderen wollen wahrscheinlich in die Tiefe und von dort aus über die Brücken fliehen, solange sie noch nicht vollständig gesperrt sind. Denn bestimmt werden Kyles Soldaten nicht zulassen, dass jemand die Stadt auf dem Wasserweg verlässt. Doch selbst wenn es ihnen gelingt, aus Manhattan herauszukommen – wer weiß, ob sie jenseits der Stadtgrenze nicht von Truppen aus Philadelphia erwartet werden.

»Sie haben Angst«, flüstere ich.

»Wundert dich das?«, fragt Turk.

»Nein ... leider nein.«

Ich bin unglaublich wütend. Auf meine Eltern. Auf meinen Bruder. Auf mich selbst, weil es mir nicht gelungen ist, den Irrsinn zu stoppen und Kyle zur Vernunft zu bringen.

Meine Beine tun weh. Ich bleibe stehen und lehne mich gegen das Geländer. »Weißt du, was das bedeutet?«, frage ich.

»Dass alle aus der Stadt rauswollen«, sagt Turk.

»Es bedeutet, dass niemand Kyle vertraut.«

Turk kratzt sich am Kopf. »Wie kommst du darauf?«

»Sonst würden sie bleiben. Sie würden daran glauben, dass er sie beschützt. Aber sieh dich doch mal um.« Wir beobachten eine Weile das hektische Treiben um uns herum. »Vielleicht würden die Menschen sich anders verhalten, wenn mein Vater zu ihnen gesprochen hätte. Dem großen Johnny Rose vertrauen sie ... zumindest haben sie ihm mal vertraut. Kyle macht ihnen wahrscheinlich nur Angst.«

Turk bekommt leuchtende Augen. »Vielleicht ist ja genau das unsere Chance! Wenn wir die Menschen davon überzeugen können, dass die Rebellen auf ihrer Seite stehen und für sie kämpfen, vielleicht verbünden sie sich mit uns!«

»Ja, aber dafür müssen wir sie erst mal dazu bringen, hierzubleiben«, entgegne ich. »Hunter und Shannon könnten versuchen, die Leute in der Tiefe zu mobilisieren. Sie müssen sie davon überzeugen, dass wir unsere Stadt nur verteidigen können, wenn wir alle zusammenhalten. Und wir müssen Kyle finden. Wenn er nicht mitspielt, haben wir keine Chance.«

»Aber was ist mit den geschwächten Mystikern?«, fragt Turk. »Wäre es nicht besser, sie in Sicherheit zu bringen, so wie Hunter es geplant hat?«

»Wir können sie beschützen«, sage ich. »Aber dafür müssen wir so schnell wie möglich meinen Bruder finden. Hilfst du mir?«

Turk beugt sich zu mir herunter und küsst mich. Seine Augen funkeln im smaragdgrünen Schein des Kraftfelds. Zögernd strecke ich die Hand aus, streichele ihm über die Wange, fahre mit dem Zeigefinger seinen Nasenrücken entlang und lasse ihn auf seinen Lippen ruhen. Die Piercings in seinen Ohren und in der Augenbraue glitzern wie ein Sternbild vor dem dunklen Himmel.

»Du veränderst dich«, flüstert Turk.

Ich muss daran denken, wie fremd ich mich im Haus meiner Eltern gefühlt habe und wie seltsam es war, mit ihnen zu reden. Und dass ich jetzt hier mit Turk stehe anstatt mit Thomas oder Hunter. Ja, ich verändere mich. Ich bin nicht mehr dieselbe.

»Ich weiß«, sage ich. »Die Zeiten, in denen ich die Marionette meines Vaters war, sind vorbei. Ich bin endlich ich selbst.«

»Ja«, sagt Turk, »aber das meinte ich gar nicht. Ich meinte, dass du dich wieder in Aria zurückverwandelst.«

Ich weiche zurück und betrachte meine Hände. Die Konturen meiner Finger fangen an zu flirren. Meine Fingernägel werden kürzer. Die goldblonden Haare verschwinden. Meine Brüste werden kleiner, meine Beine länger. Mein Körper verformt sich, als wäre er aus Wachs. Ich schreie vor Schmerz.

»Alles okay mit dir, Aria?«, fragt Turk nervös, aber die Schmerzen sind so stark, dass ich kaum noch atmen, geschweige denn sprechen kann.

»Sag was, irgendwas.« Turk schüttelt mich leicht.

Ich ringe nach Luft. »Ich …«

Ein ohrenbetäubender Donner hallt durch die Horste, als würde jemand auf eine gigantische Pauke schlagen. Ich erkenne das Geräusch sofort wieder: eine Detonation.

Dann hören wir die Schreie.

Turk reißt mich zu Boden und wirft sich auf mich. »Nicht bewegen!«, ruft er.

Ich drehe den Kopf zur Seite, doch im ersten Moment sehe ich nichts als grelle Lichter: rote, weiße, gelbe und orangefarbene Flammen.

Rauch steigt zum Himmel auf, aber das Kraftfeld lässt ihn nicht entweichen. Wir werden alle ersticken.

Die Hitze ist kaum auszuhalten. Ich höre das Heulen von Sirenen und spüre, wie die Brücke unter den Schritten der Flüchtenden bebt.

»Na los, geh schon«, sage ich.

»Was?«, brüllt Turk über den Lärm hinweg.

»Die Leute brauchen deine Hilfe! Ich komme schon klar.«

»Ich lass dich nicht allein«, sagt Turk mit rauer Stimme. Ich spüre seinen warmen Atem in meinem Nacken.

»Doch, du musst, bitte«, erwidere ich. »Hilf den Leuten. Finde raus, was passiert ist.«

Er steht auf und zieht mich hoch. »Okay. Aber du musst hier auf mich warten«, ruft er in mein Ohr. »Versprich mir, dass du nicht wegläufst. Ich bin gleich wieder bei dir.«

»Versprochen«, antworte ich. Turk rennt los.

Ich lasse mich gegen das Metallgeländer sinken und ringe nach Atem. Jetzt kann ich auch sehen, was passiert ist: ein paar Blocks weiter ist ein Wolkenkratzer in Flammen aufgegangen. Die Fensterscheiben sind zersprungen und geben den Blick auf das Innenleben des Gebäudes frei. Wenn ich die Augen zusammenkneife, kann ich sogar einzelne Möbelstücke erkennen. In einigen Räumen brennt es, und in vielen drängen sich völlig verängstigte Menschen.

Ich spähe hinab in die Tiefe, wo die Flammen an der Fassade des Gebäudes lecken und immer höher züngeln. Ich wette, der Brandherd befindet sich in den unteren Etagen. Wenn es uns nicht gelingt, das Feuer dort zu löschen, droht eine noch viel größere Katastrophe, denn das Kraftfeld wird dafür sorgen, dass sich noch mehr giftiger Rauch in den Horsten sammelt. Und man kann jetzt schon kaum noch atmen.

Ich beuge mich vor, reiße den Saum meines Kleides ab, was mir mühelos gelingt, da der Stoff so fein ist, und wickle ihn mir um den Kopf, sodass Mund und Nase bedeckt sind und ich so wenig Qualm wie möglich inhaliere. Eine Brücke weiter zerrt eine Gruppe von Männern mit vereinten Kräften einen dicken Feuerwehrschlauch aus dem Hintereingang des brennenden Gebäudes. Ich halte Ausschau nach Turk, kann ihn aber nirgendwo sehen.

Panisch schnappe ich mir meinen TouchMe, der auf den Boden gefallen ist, und schreibe eine Nachricht an Turk, Hunter, Shannon, Jarek und Ryah. BIN VORM HAUS MEINER ELTERN. BRAUCHE HILFE. BOMBE, tippe ich, so schnell ich kann. Die Hitze und das Chaos ringsum machen mich ganz schwindelig. Ich kann kaum noch die Augen offen halten, während unzählige Menschen an mir vorbeirennen.

Bleib wach! Nicht einschlafen!, ermahne ich mich selbst und kneife mir ins Bein. Ich will weder totgetrampelt noch versehentlich von der Brücke gestoßen werden.

Dann höre ich die Soldaten kommen. In der Dunkelheit lässt sich nicht ausmachen, ob es sich um Rebellen oder Kyles Leute oder womöglich um feindliche Truppen aus Philadelphia handelt. Ich ziehe die Knie an die Brust und drücke mich dicht ans Geländer, als die Männer an mir vorbeimarschieren. Jeder von ihnen trägt eine Waffe. Befehle werden gebrüllt. Sie sind hier, um zu helfen, denke ich, doch schon kurz darauf muss ich feststellen, dass ich mich geirrt habe.

»Weg von dem Gebäude!«, schreit einer der Soldaten in ein Megafon. Ich drehe mich um und sehe, dass er die Männer mit dem Löschschlauch meint.

»Weg von dem Gebäude!«, schreit der Soldat noch einmal. »Oder wir schießen!«

»Wollen Sie, dass die Leute da drin sterben?«, ruft einer der Männer. »Oder wollen Sie sie selbst retten?«

Wieder schreit jemand Befehle. Trotz meines Mundschutzes muss ich von dem schwarzen Rauch, der uns alle einhüllt, würgen. Das Atmen tut so weh, dass ich fürchte, es könnte mir jeden Moment die Kehle zerreißen. »Zum letzten Mal!«, schreit der Soldat. »Weg von dem Gebäude!«

Statt einer Antwort höre ich das schrecklichste Geräusch, das ich mir vorstellen kann: Schüsse.

»Nein!«, schreit eine Frau. »Bitte nicht!«

Doch es wird weitergeschossen. Mir ist schlecht.

»Wollt ihr uns umbringen?«, schreit ein Mann.

Noch mehr Soldaten marschieren an mir vorbei – keine Ahnung, wohin – und ich erhasche einen flüchtigen Blick auf das Rose-Abzeichen auf ihren Uniformen. Das müssen die Soldaten meines Bruders sein, und sie sind ganz offensichtlich nicht hier, um das Feuer zu löschen. Was nur bedeuten kann, dass Kyle die Bombe hat zünden lassen.

Die dünnen Streben des Geländers umklammernd, muss ich alle Kraft aufbieten, um mich daran hochzuziehen. Aus irgendeinem Grund geben meine Beine immer wieder nach. Kaum hänge ich völlig erschöpft über der Brüstung, schießt mir ein stechender Schmerz durch den Kopf, der sich anfühlt, als hätte mir jemand ein Messer ins Hirn gerammt. Und dann sehe ich sie. Davida.

»Liebst du ihn?«, fragt sie mich. Wir sind in meinem Zimmer. »Glaube ich zumindest. Oder steht sie mit mir auf der Brücke? Ich kann es nicht sagen. Die Bilder – oder sind es nur Erinnerungen an Erinnerungen – verschwimmen ineinander und verblassen sogleich wieder.

Davida sieht mich aus großen braunen Augen eindringlich an. Das lange dunkle Haar fällt ihr in Wellen über die Schultern.

Schreie reißen mich aus meinen Gedanken. »Rettet uns! Helft uns!«

»Thomas?«, frage ich. »Ich ... glaube nicht.«
Davidas dunkle Augen füllen sich mit Tränen. »Nein, nicht Thomas. Hunter.«

Ich muss wieder an jene Nacht vor vielen Wochen zurückdenken. Als Davida noch am Leben war und ich noch bei meinen Eltern gewohnt habe und Thomas und ich verlobt waren. Die Nacht, als Davida gesehen hat, wie ich Hunter geküsst habe. Oder war das heute Nacht und ich habe Turk geküsst?

»Eigentlich weiß ich das selbst nicht«, höre ich mich antworten. »Hunter ist ein Fremder und trotzdem kommt es mir manchmal so vor, als würde ich ihn schon ewig kennen.«
Ich strecke meine Hand nach Davida aus, aber ich greife ins Leere. Ist sie wirklich hier oder ist sie nur ein Geist?

Eine zweite Detonation erschüttert die Horste und der brennende Wolkenkratzer beginnt zu kippen wie ein gigantischer Dominostein.
Ich sehe mich nach Davida um, aber sie ist verschwunden. Und wo bleibt eigentlich Turk?
Und dann sehe ich, wie das Dach eines weiteren Wolkenkratzers Feuer fängt und Trümmerteile wie ein todbringender Regen in die Tiefe fallen. Um mich herum wimmelt es von schreienden Menschen, die panisch umherrennen und versuchen, sich in Sicherheit zu bringen. Der Rauch ist inzwischen

überall – in meinen Augen, in meiner Lunge. Ich blinzele und erkenne mit Schrecken, dass sich nun beide Wolkenkratzer bedrohlich zur Seite neigen. Wenn niemand etwas unternimmt, wird der eine in den anderen hineinstürzen und weitere Gebäude mit sich reißen.

Ich schaue auf meine Hände. Die grüne Färbung ist inzwischen bis zu den Handgelenken hinaufgewandert.

Macht, denke ich. Ich trage das Herz einer unglaublich mächtigen Mystikerin in mir.

Ich versuche, mich daran zu erinnern, was Jarek und Shannon mir in der viel zu kurzen Trainingseinheit über den Einsatz mystischer Energie beigebracht haben. Den Blick starr auf meine Finger gerichtet, strecke ich die Hände aus und denke an die Kraft, die in mir schlummert.

Und dann passiert es: Aus meinen Fingerspitzen schießen zehn grüne Leuchtfäden, jeder dünn wie eine Nadel und etwa dreißig Zentimeter lang. Als ich die Hände schüttele, werden die Fäden länger und beginnen zu vibrieren, dann balle ich die Hände zu Fäusten und die Fäden verschlingen sich ineinander zu zwei kräftigen grünen Strahlen, die wie Leuchtschwerter in den Himmel ragen.

»Es mag lächerlich klingen, aber meine Gefühle für Hunter sind stärker als die für Thomas«, höre ich mich sagen. »Ist das Liebe? Ich weiß es nicht. Vielleicht.«

»Wenn es Liebe ist, beschütze ich euch beide«, sagt Davida.

»Solange ich kann.« In ihren Augen liegt eine tiefe Traurigkeit. Fast scheint es, als wollte sie noch etwas hinzufügen, doch dann wendet sie sich ab.

Ich spüre, wie das Blut durch meine Adern pulsiert, wie Davidas Herz in mir zum Leben erwacht. Mein Körper knistert, als strömten hundert Millionen Volt durch ihn hindurch.

Das linke Gebäude, in dem die erste Bombe detonierte, droht jeden Augenblick in sich zusammenzustürzen. Menschen springen vor Verzweiflung in die Tiefe. Ich muss sie retten, denke ich. Ich muss helfen.

Ich hole mit dem linken Arm aus, schleudere den Energiestrahl nach vorn wie ein Lasso und drehe die Hand, woraufhin sich der Strahl mehrmals um das Gebäude wickelt.

Ich stoße einen wilden Schrei aus und feuere den zweiten Energiestrahl ab, der durch den dichten Rauch schnellt und sich um den anderen Wolkenkratzer wickelt, dessen obere Etagen bereits ineinanderstürzen.

Ich ziehe das Lasso in meiner linken Hand straff, damit das wankende Hochhaus nicht ins Nachbargebäude kracht, und zerre aus Leibeskräften daran, bis sich der Wolkenkratzer allmählich wieder aufrichtet.

Gleichzeitig verwandele ich den rechten Strahl in ein Netz, das sich um die Fassade des zweiten Gebäudes legt und so verhindert, dass weitere Trümmer aus Glas, Beton und Stahl in die Tiefe stürzen können.

»Wenn es Liebe ist, beschütze ich euch beide«, höre ich Davida wieder sagen, nur dass ich ihr verschwommenes Gesicht diesmal direkt vor mir sehe.

»Davida?«, flüstere ich.

Sie lächelt mich an. »Halte durch«, sagt sie. *»Hilfe ist schon auf dem Weg.«*

Ich schließe die Augen und Davida verschwindet. Jetzt kann ich mich ganz darauf konzentrieren, dass der Energiestrom, der aus meinen Händen fließt, nicht versiegt. Es kommt mir vor, als würde ich bei lebendigem Leib verbrannt. Schweiß und Tränen rinnen mir über die Wangen. Meine Arme werden von Sekunde zu Sekunde schwerer. Ich halte nicht mehr lange durch, denke ich. Ich brauche Hilfe. Helft mir!

Hilfe ist schon auf dem Weg. Davidas Worte hallen in meinem Kopf wider.

Und dann vernehme ich noch eine andere Stimme. Eine tiefe Bariton-Stimme. »Aria!«

Hunter.

»Ich bin's«, sagt er und dann spüre ich seine Hände auf meinen Armen.

»Lass los.«

Und ich lasse los.

11

Ich schließe die Augen und Stille umfängt mich.

Ich kann alles um mich herum vergessen: die Hitze, den Rauch, die Schreie, die Verzweiflung. Hunter ist bei mir und gibt mir das Gefühl zu fliegen. Mein Herz wärmt mich von innen und ich beginne, mich zu entspannen. Ich spüre keine Schmerzen mehr, nur noch Ruhe. Ich bin frei und leicht wie eine Feder. Furchtlos.

Dann öffne ich die Augen. Hunter steht dicht hinter mir und hat die Arme nach vorn gestreckt. Pulsierende grüne Strahlen strömen aus seinen Fingern. »Nicht bewegen«, flüstert er. Seine Strahlen haben sich mit meinen Strahlen verwoben, und nun hindern wir die Wolkenkratzer mit vereinten Kräften daran einzustürzen. Schweiß tropft von seiner Stirn und landet in meinem Nacken.

»Aria!«, schreit Jarek vom anderen Ende der Brücke. »Alles okay?«

Ich blinzele ungläubig. Seit wann ist Jarek hier? Und Shannon? Sie steht auf der Nachbarbrücke. Ihr Haar leuchtet im Flammenschein noch röter als sonst und aus ihren Händen wirbeln grüne Strahlen, die sie zu einem Netz flicht. Sie schleudert es in Richtung des Wolkenkratzers, dessen gläserne Fassade bei der ersten Explosion fast vollständig zerstört worden ist. Die Leute, die noch immer im Gebäude gefangen sind, scheinen abzuwarten, was als Nächstes geschieht. Einige der flüchtenden Horstbewohner sind auf den Brücken stehen geblieben und beobachten uns. Ob sie begreifen, dass wir ihnen helfen wollen?

Shannons Netz gleitet die Fassade hinunter und hilft dabei, das Gebäude zu stabilisieren. »Jetzt nicht aufhören!«, schreit sie uns zu.

»Hatte ich nicht vor!«, schreit Hunter zurück und stöhnt auf.

Und dann sehe ich eine vertraute Gestalt aus dem dichten schwarzen Rauch treten.

Turk.

Gott sei Dank.

Er reißt den Arm hoch und schleudert gleißende Strahlen in den Himmel, die sich zu einem einzigen Strahl vereinen. Er schlingt ihn um den rechten Wolkenkratzer, damit dieser nicht in die benachbarten Gebäude kippt.

»Ich glaube, wir haben es geschafft«, flüstert Hunter hinter mir.

»Das glaube ich auch«, presse ich mühsam hervor, den Blick auf die Gebäude vor uns gerichtet. Davidas Kraft strömt noch immer aus meinen Fingern, auch wenn Hunter jetzt die Kontrolle übernommen hat. Doch ich werde immer schwächer. Davida. War sie wirklich hier? Ich könnte schwören, dass ich sie gesehen und mit ihr gesprochen habe. Aber es könnte genauso gut nur eine Erinnerung gewesen sein – eine Erinnerung an jenen Abend, an dem ich ihr gestanden habe, dass ich Hunter liebe.

Ich atme seinen vertrauten Duft ein, der sich mit dem Rauch und Staub vermischt. Davida hat sich für uns aufgeopfert. Doch wofür? Hunter und ich sind kein Paar mehr. Er ist jetzt mit Shannon zusammen. Und ich mit Turk.

Oder?

»Aria!«, ruft Hunter. »Du darfst jetzt nicht aufgeben! Bleib bei mir!«

Meine Arme beginnen zu zittern, während meinen Fingern noch immer mystische Energie entströmt, und ich spüre, dass ich jeden Augenblick ohnmächtig werde. »Bei dir bleiben?«, frage ich benommen.

Hunter erwidert etwas, aber ich bin abgelenkt, denn der Wolkenkratzer, über den Shannon ihr leuchtend grünes Netz geworfen hat, neigt sich bedrohlich in unsere Richtung.

»Macht, dass ihr wegkommt!«, schreit Shannon. »Ich kann ihn nicht mehr halten!«

Aber ich kann nicht wegrennen. Ich kann mich ja kaum noch rühren.

In der nächsten Sekunde löst sich Shannons Netz in Luft auf. Jetzt ist Hunters Lasso das Einzige, was das Gebäude noch hält, aber nicht mehr lange, denn sein Schwerpunkt hat sich verlagert. Entsetzt starre ich auf das Monstrum aus Metall, Stahl, Glas und Beton, das durch nichts – nicht einmal durch die Kraft von vier Mystikern – am Einsturz gehindert werden kann.

Möbelstücke fallen vom Himmel, schlagen in die Brücken ein und stürzen in die Tiefe. Die Stahlträger des kippenden Gebäudes ächzen und kreischen. Sie übertönen die Schreie der Menschen. Es ist eine Sinfonie des Todes.

»Weißt du noch, wie dein Vater uns zusammen auf dem Dach erwischt hat, nachdem Kyle uns verpfiffen hatte?«, fragt Hunter.

»Und wie er mich erschießen lassen wollte?«

»Ja«, sage ich.

»Wir machen jetzt genau dasselbe wie an diesem Abend. Halt dich einfach an mir fest.«

Er ballt die Hände zu Fäusten und seine Energiestrahlen verpuffen. Ich verspüre Erleichterung, als auch meine Energie erlischt – doch sie weicht nackter Panik, denn der Wolkenkratzer, den nun nichts mehr hält, kippt noch schneller auf uns zu. Ich halte hastig Ausschau nach Shannon, Turk und Jarek, aber ich kann nichts mehr sehen.

Da schlingt Hunter seine Arme um mich und hält mich fest.

Mein Blick ist gen Himmel gerichtet, der hinter dichtem Rauch und Staubwolken verschwunden ist. Riesige Stahltrümmer rasen auf uns zu.

Das war's, denke ich. Jetzt ist alles aus.

Und dann – *wusch!* – versinken wir im stählernen Boden der Brücke, tauchen darunter wieder auf und fallen in die Tiefe.

Ich hatte es fast vergessen: Hunter kann durch Wände gehen und sich durch Decken fallen lassen.

Mein Herz rast. Hunter lässt mich mit einer Hand los, streckt den Arm in die Höhe und erzeugt ein Seil aus mystischer Energie. Er zielt damit auf das Fenster eines nahe gelegenen Wolkenkratzers, an dem es wie durch ein Wunder kleben bleibt, und dann schwingen wir hinüber. Gerade noch rechtzeitig, denn im nächsten Augenblick zerbricht die Brücke, auf der wir eben noch standen, in zwei Hälften und stürzt in die Tiefe.

»Hunter!«, schreie ich, als wir geradewegs auf die Wand aus Glas zurasen. »Pass auf!«

In letzter Sekunde ballt er die Hand zur Faust und das mystische Seil verschwindet. Er streckt den Arm in eine andere Richtung, erzeugt ein neues Seil und heftet es an ein Gebäude schräg gegenüber. Einen Augenblick lang befinden wir uns im freien Fall, doch dann fängt uns das Seil auf und wir schwingen auf das andere Gebäude zu. Da weiß ich, dass Hunter alles unter Kontrolle hat. Er wird uns hier lebend rausbringen. Er hat einen Plan.

Es fühlt sich an, als würden wir fliegen. Den Metallbrücken und Leichtbahnstationen ausweichend, schwingen Hunter und ich von Gebäude zu Gebäude, während die Menschen ringsum schreien und weinen und fassungslos mit ansehen müssen, wie der Wolkenkratzer, den wir stützen wollten, nun doch in sich zusammenkracht. Bei dem Gedanken an all die Menschen, die noch im Gebäude sind, und jene, die auf der Flucht von den Trümmern erschlagen werden, zerreißt es mir fast das Herz. Und was ist mit Shannon, Jarek und Turk? Plötzlich muss ich an die letzte Einsturzparty denken, auf der ich gewesen bin.

Einsturzpartys waren unter reichen Horstbewohnern total angesagt: Man stand in sicherer Entfernung am Fenster, schlürfte Champagner und schaute zu, wie alte, einsturzgefährdete Gebäude gezielt gesprengt wurden und die Trümmer in die Tiefe fielen. Das war besser als Kino. Das hatte Unterhaltungswert.

Jetzt geht es um Leben und Tod.

Wir fliegen so schnell, dass ich schon gar nicht mehr weiß, wo wir überhaupt sind oder in welche Richtung wir uns bewegen. Im Gegensatz zu mir hat Hunter seine mystischen Kräfte zu einhundert Prozent unter Kontrolle. Und er manövriert uns so geschickt durch die Lüfte, dass es aussehen muss, als wären wir Akrobaten in einem Zirkus. Die Nähe in seiner Umarmung ist mir vertraut, genau wie sein warmer Atem in meinem Nacken.

Schließlich schwingen wir hinauf aufs Dach eines Wolkenkratzers, wo Hunter mit voller Wucht auf dem Rücken aufkommt und mich auffängt.

Eine Weile lang liegen wir einfach nur da und lauschen unserem Atem. Wir atmen! Ich kann nicht fassen, dass wir in Sicherheit sind. Dass wir noch leben.

»Alles noch heil und ganz?«, frage ich.

»Ja«, stößt er hervor und wischt sich den Schweiß von der Stirn. »Und bei dir?«

Ich nicke. »Ja ... du ... du ...« Ich blicke in seine tiefblauen Augen und verstumme. Ich bin durcheinander. Unendlich erschöpft. »Danke«, flüstere ich, weil ich nicht weiß, was ich sonst sagen soll.

»Du musst dich nicht bei mir bedanken.«

»Doch, muss ich«, erwidere ich sanft und lege meine Hand – sie ist inzwischen dunkelgrün – auf sein wild schlagendes Herz.

»Das hättest du nicht tun müssen. Nicht für mich.«

»Ich würde alles für dich tun«, sagt Hunter, »und das wird immer so bleiben.«

Seine Worte erinnern mich an den alten Hunter, jenen Hunter, in den ich mich verliebt habe. Bevor Lügen und Heimlichkeiten dieses Gefühl zerstörten, bevor er die Revolution über alles andere stellte.

»Du hast mir gerade das Leben gerettet.« Ich lächele zaghaft. »Damit wären wir wohl quitt.«

»Ich liebe dich, Aria. Auch wenn wir nicht mehr zusammen sind«, sagt Hunter. »Auch wenn wir vielleicht nie wieder zusammenkommen. Ich will nicht, dass dir etwas zustößt.«

Wenn ich jemals wütend auf ihn war, so ist in diesem Moment all meine Wut verflogen. Ich würde ihn gern nach Shannon fragen, doch dies ist nicht der richtige Augenblick. Nach langer Zeit genieße ich es, Hunter wieder so nahe zu sein.

»Weißt du noch, wie wir uns immer geschrieben haben?«, fragt er lächelnd.

»Wie könnte ich das jemals vergessen?« Ich denke an die Briefe zurück, in denen wir uns immer wieder unserer Liebe versicherten und uns fühlten wie Romeo und Julia.

Und was ist davon geblieben?

»Du fehlst mir«, sagt Hunter.

»Du fehlst mir auch«, sage ich und das ist die Wahrheit. Ich vermisse seine Gesellschaft. Sein Lachen. Den Menschen, der meine Gedanken lesen konnte. »Aber es gibt auch ein paar Sachen, die mir überhaupt nicht fehlen.« Ich denke daran, wie er heimlich Gespräche zwischen uns aufgezeichnet und sie für Propagandazwecke missbraucht hat. Wie er so besessen davon war, den Tod seiner Mutter zu rächen, dass er alle anderen um sich herum vergaß.

Vielleicht ist jetzt wieder Platz in seinem Herzen. Nur nicht für mich.

»Hast du dir schon mal gewünscht, du könntest dein Leben wie einen Film zurückspulen?«, fragt Hunter. »Die Zeit zurückdrehen?«

Ich lasse mein bisheriges Leben Revue passieren – ein Leben voller Partys, Klamotten und anderer Oberflächlichkeiten. Und dann denke ich an das Leben, das ich jetzt führe, an meinen Kampf für Gerechtigkeit und Freiheit. Es kommt mir so vor, als wäre es das allererste Mal überhaupt, dass ich für *irgendetwas* kämpfe. Oder es zumindest versuche.

»Nein«, sage ich.

Hunter denkt kurz nach. »Hm, stimmt. Geht mir genauso. Nur den Tod meiner Mutter würde ich schon gern rückgängig machen.«

Ich weiß, dass er einen viel größeren Verlust erlitten hat als ich, denn ganz gleich, wie sehr ich meine Eltern hasse, bin ich doch froh darüber, dass sie noch am Leben sind. Aber seine Mutter, die er über alles geliebt hat, ist tot. Zum ersten Mal empfinde ich nichts als Mitgefühl für Hunter. Keine Begierde. Keinen Wunsch nach körperlichen Zärtlichkeiten. Dabei war mein Verlangen nach ihm immer so stark und kaum zu stillen. Aber es ist weg. Einfach weg. Und ich glaube, es wird auch nicht wiederkommen, selbst wenn ich wollte.

Von Hunter habe ich meinen allerersten Kuss bekommen. Er war meine erste große Liebe. Aber wir haben uns auseinandergelebt und die Zeit, in der wir uns einmal alles bedeuteten, scheint Ewigkeiten her zu sein. Schon seltsam, wie die Erde sich einfach weiterdreht, obwohl der Mensch, um den einmal all deine Gedanken kreisten, nicht mehr da ist.

Ich blicke hinauf in den giftgrünen Himmel. Alle Sterne sind verschwunden. Der Rauch hat sich gelichtet, aber ich kann noch immer das leise Jaulen der Sirenen hören und male mir aus, wie die Überlebenden nun verzweifelt nach ihren Liebsten suchen, in den Trümmern nach den wenigen Habseligkeiten wühlen, die ihnen geblieben sind, oder einfach nur versuchen, die Nacht zu überstehen. Ich hoffe so sehr, dass meine Freunde unverletzt entkommen konnten.

Ich lege meine Hand auf Hunters Wange, beuge mich herunter und küsse seine Stirn.

Und dann wird um mich herum alles schwarz.

Ein Schuss fällt. Mein erster Gedanke: Aria.

Ich klappe mein Tagebuch zu, in das ich gerade geschrieben habe, und husche zu Arias Zimmer. Ihre Balkontür steht offen und von draußen dringen laute Stimmen herein. Ich schleiche vorsichtig näher und wage einen Blick auf den Balkon. Doch er ist leer.

»Wo sind sie hin?«, höre ich Johnny Rose schreien. Anscheinend befindet er sich auf dem Dach über mir. »Die können doch nicht einfach im Boden verschwinden!«

»Bestimmt wollen sie abhauen!«, ruft Kyle und ich zucke überrascht zusammen. Wer ist noch alles da oben? »Wir müssen hinterher!«

»Ich sage, was gemacht wird, nicht du«, herrscht ihn sein Vater an.

Bis jetzt hat mich noch niemand bemerkt, darum schleiche ich zurück und verstecke mich in einer Nische, um zu lauschen.

Plötzlich höre ich Lärm aus dem Wohnzimmer, wo Mrs Rose mit Thomas Foster und seiner Familie sitzt.

»Aria!«, höre ich Mrs Rose schreien. »Bei allen Horsten …«

Ich frage mich, was Hunter vorhat. Wahrscheinlich will er zusammen mit Aria aus den Horsten fliehen und irgendwo in der Tiefe untertauchen. Aber werden die beiden überhaupt so weit kommen? Ich erinnere mich an das Versprechen, das ich Aria gegeben habe: dass ich sie und Hunter beschützen werde. Sieht so aus, als müsste ich nun mein Versprechen einlösen.

Ich höre die Männer die Stufen hinunterpoltern und Mr Rose brüllt: »Schnappt ihn euch!«

Ich schleiche auf Zehenspitzen hinterher. Doch Aria und Hunter sind nirgends zu sehen.

»Was, um Himmels willen, geht hier vor sich, Johnny?«, fragt Mrs Rose nervös. Ich kann nicht einschätzen, ob sie sich gerade wirklich Sorgen um Aria macht oder nur darum, was die Fosters denken könnten.

Mr Rose fährt sich durch seine gegelten schwarzen Haare. »Stiggson, Klartino«, knurrt er. »Stellt einen Suchtrupp zusammen. Die beiden dürfen nicht entkommen. Durchkämmt alle Straßen, alle Kanäle. Dieses lächerliche Schauspiel muss heute Nacht ein Ende haben.«

Klartino und Stiggson beginnen sofort herumzutelefonieren, um die Verfolgung zu organisieren. Mich hat noch immer niemand bemerkt. Aber warum sollten sie auch? Ich bin ja bloß die Dienerin und nur dann sichtbar für sie, wenn sie etwas von mir wollen.

Die Roses haben mehr Leute, aber dafür kennt sich Hunter besser in der Tiefe aus. Genau wie ich. Wenn es mir irgendwie gelingen würde, mich aus den Horsten zu stehlen, Hunter und Aria zu warnen und Johnny Roses Männer auf eine falsche Fährte zu locken – vielleicht könnte ich meinen Freunden das Leben retten.

Ich eile zurück in mein Zimmer, ziehe mir unauffällige Sachen an und werfe mir einen schwarzen Umhang über. Ich muss unerkannt bleiben. Dann hole ich das lackierte Holzkästchen hervor, das meine Mutter mir gegeben hat, damit ich niemals vergesse, woher ich komme. Ich reiße eine Seite aus meinem Tagebuch, kritzele eine Nachricht für Aria darauf, stecke sie ins Kästchen und verschließe es. Auf ein anderes Stück Papier schreibe ich ihren Namen, klebe es auf den Deckel und verstecke das Kästchen tief unten in meinem Kleiderschrank. Auch mein Tagebuch verstecke ich an einem sicheren Ort.

Und dann verschwinde ich.

Ich schaffe es vor Johnny Roses Männern zu dem AP und kann dank meiner Handschuhe problemlos in die Tiefe fahren.

Es ist fast Mitternacht und niemand ist mehr auf den Straßen unterwegs – abgesehen von den patrouillierenden Soldaten, deren Schritte von Weitem auf dem Pflaster widerhallen. Aber so muss ich wenigstens nicht fürchten, ihnen versehentlich in die Arme zu laufen.

Auf dem Kanal treiben ein paar Gondeln. Ich verstecke mich unter der zerrissenen Markise eines alten Pfandleihhauses und warte, bis ein paar von Johnny Roses Schlägern um die Ecke biegen.

»Wo sind die Boote?«, schreit einer.

Ich sehe keine Boote, aber ich kann ihre kreischenden Sirenen hören.

»Hier lang!«, schreit ein anderer und dann marschiert der Trupp am Kanal entlang in Richtung Downtown. Vermutlich wurden Hunter und Aria dort irgendwo gesehen. In den Schatten der Häuser geduckt, nehme ich die Verfolgung auf. Es fängt an, wie aus Eimern zu schütten, und meine Kleidung ist sofort klitschnass.

Nach einer Weile kann ich die Polizeiboote sehen. Auf den Dächern der Kabinen rotieren rote und blaue Lichter. Mit gesenktem Kopf schleiche ich mich auf dem Gehweg heran. Weiter vorne hallen Gewehrschüsse von den Hauswänden wider. Kein gutes Zeichen.

Der Kanal zu meiner Linken mündet in einen noch größeren, breiteren Kanal, wo gerade ein paar Polizeiboote anlegen. Im matten Lichtschein der Straßenlaternen kann ich zwei mir vertraute Gestalten in der Ferne erkennen: Aria und Hunter, von Johnny Roses bewaffneten Männern umzingelt.

Dann höre ich Aria schreien. Einer der Männer packt sie und dreht ihr brutal die Arme auf den Rücken. Aria tritt um sich und versucht vergeblich, sich aus seinem Griff zu befreien.

»Hunter!«, schreit sie.

»Aria!«, ruft er zurück, während drei Männer ihn festhalten müssen. Jemand legt ihm Quecksilberhandschellen an, dann zeigt Stiggson auf eines der Polizeiboote und Klartino stülpt Hunter einen Sack über den Kopf.

Das ist der Augenblick, in dem ich begreife, was sie vorhaben: Sie wollen Hunter auf das Boot schaffen und ihn dann töten. Ich handele, ohne nachzudenken. Als niemand in meine Richtung sieht, krieche ich auf allen vieren hinüber zu den Polizeibooten am Kanalufer. Die spitzen Kiesel schneiden mir in die Handflächen, aber das ist mir egal.

Ich bin mir sicher, dass Stiggson auf das Boot gezeigt hat, das ganz am Rand vertäut ist. Darauf ist niemand zu sehen außer dem Fahrer. Ich drehe mich noch einmal kurz um, dann springe ich ins Heck des Bootes, bleibe zusammengekauert hocken und lausche, ob mich jemand bemerkt hat. Aber ich höre nichts außer dem Gebrüll auf der Straße. Also öffne ich flink die Luke und schlüpfe unter Deck.

Hier unten ist es so dunkel, dass ich mich über den Boden bis zur nächsten Wand vortasten muss, wobei ich fast über ein paar Kisten stolpere. Ich bleibe stehen und warte.

Meine Gedanken wandern zu Aria, die immer wie eine Schwester zu mir gewesen ist. Zu Hunter, meinem Verlobten, der mich wie ein Bruder liebt und auf dem nun alle Hoffnungen der Mystiker ruhen, weil er der Sohn der einzigartigen Violet Brooks ist und ein unglaublich kluger Kopf. Er vermag es nicht nur, Menschen für den Kampf zu gewinnen, sondern auch, sie zum Lachen zu bringen. Gemeinsam könnten er und Aria die Welt verändern – oder zumindest Manhattan. Gemeinsam könnten sie die Stadt für die Armen und die Mystiker wieder zu einem lebenswerten Ort machen. Den Abschöpfungen ein Ende bereiten. Gerechtigkeit erstreiten.

Wenn Hunter stirbt, wäre all das verloren. Die Roses würden Aria wieder einsperren und ihr Gedächtnis löschen. Sie würde Hunter vergessen und wie sehr sie ihn liebt.

Ich will nicht, dass das passiert. Und plötzlich beginnt ein Plan in mir zu reifen.

Da wird die Luke aufgerissen und Hunter stürzt neben mir auf den Boden. Dann höre ich Schritte an Deck. Der Motor startet.

»*Hunter*«, *flüstere ich.*
Er zuckt zusammen. »*Wer ist da?*«
»*Ich bin's, Davida.*«
»*Davida? Was machst du denn hier?*«
Ich ziehe ihm den Sack vom Kopf. »*Dir das Leben retten?*«
Seine Augen funkeln selbst in der Dunkelheit. »*Du musst von hier verschwinden! Die werden mich umbringen.*«
»*Ich werde es verhindern.*« *Ich strecke die Hand aus, greife nach seinem T-Shirt und ziehe ihn zu mir heran, sodass wir uns Auge in Auge gegenüberstehen. Hunter riecht nach Schweiß und Regen.* »*Es sind noch mindestens drei Männer an Bord*«, *flüstere ich.* »*Also sei leise. Und halt still.*«
Ich glaube zu erkennen, wie sein Blick auf seine Hände fällt, die noch immer in Handschellen stecken. Ich balle die rechte Hand zur Faust, ein Strahl aus grün leuchtender Energie beginnt um mein Handgelenk zu kreisen, schraubt sich nach vorn und zerschneidet die Handschellen.
»*Davida, was* ...«
»*Sch...*« *Zum Glück ist Hunter vom Quecksilber zu sehr geschwächt, um sich zu wehren, denn die eigentliche Arbeit beginnt jetzt: Ich denke an Hunter; an sein wunderschönes Gesicht; wie er immer regelrecht aufblühte, sobald er Aria erblickte. Wie oft habe ich mir gewünscht, er würde mich ein einziges Mal so ansehen wie sie, aber das hat er nie getan.*
Und wird es nun ganz sicher nie mehr tun.
Ich greife nach seiner Hand und spüre ein vertrautes Kribbeln,

als ich beginne, seine Gestalt anzunehmen. Nur wenige Mystiker besitzen diese Fähigkeit. Ich dachte immer, sie sei ein Fluch, doch nun wird genau diese Fähigkeit Hunter das Leben retten.

Ein schwaches Prickeln fährt mir durch Arme und Beine, durch meinen ganzen Körper. Als es nachlässt und schließlich ganz verschwindet, blicke ich blinzelnd auf meine Hände – es sind Hunters Hände.

Ich betaste mein Gesicht – Hunters Gesicht.

Dann drücke ich seine Hand und lasse meine Energie in ihn hineinströmen, um ihn in mich zu verwandeln. Ich habe bisher noch nie versucht, jemand anders eine neue Gestalt zu verleihen. Ich kann nur hoffen, dass es funktioniert.

Ich blicke auf und halte den Atem an. Hunter starrt an sich herunter, starrt auf seine neuen Finger. Auf seinen neuen Körper.

»Davida«, sagt er, nur dass es diesmal meine Stimme ist, mit der er spricht. Ich sehe ihm in die Augen, die nicht mehr blau sind, sondern braun. Meine Augen. »Was hast du getan?«

»Sie werden mich an deiner Stelle holen.« Ich lotse ihn hinter die Kisten, über die ich eben fast gestürzt bin. Dann streife ich meinen Umhang ab und breite ihn über Hunter aus. Zum Glück tragen wir beide unauffällige Kleidung. In der Dunkelheit wird niemand merken, dass Hunters Shirt nun viel enger sitzt als vorher. »Du rührst dich nicht vom Fleck und sagst keinen Mucks. Warte bis morgen Früh. Dann kannst du das Boot verlassen. Versuche so lange wie möglich meine Gestalt zu behalten, und offenbare dich Aria erst, wenn ihr Gedächtnis wieder zurück-

gekehrt ist. Sie würde dir sonst niemals glauben. Hast du verstanden?«

Hunter stöhnt auf. »Tu das nicht.«

Ich beuge mich vor und hauche ihm einen zärtlichen Kuss auf die Lippen – den letzten Kuss, den ich ihm je werde geben können.

»Zu spät.«

Ich hebe die Handschellen auf und lege sie mir um die Handgelenke. Kurz spüre ich, wie meine Kräfte durch die Berührung mit dem Quecksilber nachlassen, aber ich kämpfe dagegen an und ziehe mir den Sack über den Kopf. Eine Sekunde später wird die Luke geöffnet, ich werde grob bei den Schultern gepackt und an Deck gezerrt.

»Steh auf, Mystiker!«, schreit einer der Männer und tritt mir so fest in den Bauch, dass ich mich vor Schmerzen fast übergeben muss. Mühsam rappele ich mich hoch. »Aufstehen, hab ich gesagt!«, schreit der Mann wieder, packt mich am Shirt und reißt mir den Sack vom Kopf. Ich sehe mich suchend nach Aria um und entdecke sie auf der Straße. Ihr Vater steht neben ihr und hält ihr eine Pistole an den Kopf. Er sagt etwas zu ihr, was ich aber nicht hören kann.

Und dann spüre ich den Lauf einer Pistole am Hinterkopf. »Du bist so gut wie tot, kleines Mystikerarschloch«, sagt der Mann hinter mir. »Möchtest du noch etwas sagen, bevor ich dir den Schädel wegpuste?«

Und ob!, denke ich. Ich habe mir nie sonderlich viele Gedanken über den Tod gemacht. Warum auch? Ich bin jung und dachte, ich hätte mein ganzes Leben noch vor mir. Jetzt ist es vorbei, obwohl ich erst siebzehn bin und noch gar nicht richtig gelebt habe. Ich habe als Dienerin für die Roses gearbeitet und mich Tag für Tag an dem Versprechen meiner Eltern aufgerichtet, dass ich Hunter heiraten werde, wenn ich volljährig bin. Das wird niemals geschehen.

Dafür habe ich mit eigenen Augen gesehen, wie die Leute in den Horsten leben. Welche Privilegien man hat, wenn man reich ist. Ich habe die ganze Zeit geglaubt, meine Aufgabe bestünde darin, die Rebellen und meine Eltern mit Informationen zu versorgen. Jetzt wird mir klar, dass ich mehr tun kann als das. Viel mehr. Dass ich das größte Opfer von allen bringen kann – mein Leben. Es wird meine Eltern mit Stolz erfüllen. Wenn sie erfahren, was ich getan habe, werden sie wissen, dass ich eine von ihnen gewesen bin, dass ich auf ihrer Seite gestanden und meinen Teil dazu beigetragen habe, dass Menschen und Mystiker eines Tages wieder in Frieden miteinander leben können.

Ich wünschte nur, ich hätte mich noch einmal richtig von ihnen verabschieden können.

»Aria«, flüstere ich, »ich werde sterben. Mein Körper wird ins Wasser stürzen und davontreiben. Du musst ihn finden und vor allem musst du mein Herz finden, denn es wird der Schlüssel zu meinem Reliquiar sein. Folge den Anweisungen, die ich darin hinterlassen habe. Sie werden dir und Hunter dabei helfen, eure Ziele zu erreichen. Suche so bald wie möglich eine Schwester auf. Nur sie kann dich vor dem sicheren Tod bewahren. Auf Wiedersehen, Aria.«

Ich sehe, wie Johnny Rose die Hand hebt. Es blitzt und knallt.

Und dann erblicke ich das schönste Feuerwerk, das ich jemals gesehen habe: ein gigantischer Funkenregen in Zinnoberrot und Orange und Türkis und Violett und Pink färbt den schwarzen Himmel bunt, tanzt vor meinen Augen, und inmitten der funkelnden Lichter sehe ich Gesichter: Aria und Hunter, meine Mutter und meinen Vater. Es scheint, als würden sie mir zulächeln.

Mein Herz ist erfüllt von Liebe und ich spüre, wie ich falle, falle, falle ...

Teil II

Für manche Überzeugung lohnt es sich zu sterben, aber für keine lohnt es sich zu töten.

Albert Camus

12

Als ich aufwache, dröhnt mir der Schädel und ich weiß nicht, wo ich bin.

Ich sehe einen Schreibtisch und einen massiven weißen Kleiderschrank mit schwarzen Türknäufen. Dann spüre ich etwas Kaltes, Nasses auf der Stirn.

»Guten Morgen«, sagt Ryah.

»Oh …« Ich seufze erleichtert. »Du bist es.«

Ich blinzele und dann erkenne ich auch, wo ich bin: in unserem Schlafraum im Rebellenversteck. Ich liege unter einem weißen Laken, das frisch gewaschen duftet, und einer grün und pink gestreiften Wolldecke. Unwillkürlich taste ich nach meinem silbernen Herzmedaillon. Es ist noch da, zum Glück. Ich schließe meine Hand darum und halte es fest.

Ryah setzt sich neben mich aufs Bett und betupft mir mit einem feuchten Lappen die Stirn, die Wangen und die Schultern. »Wie fühlst du dich?«

»Wie von einer Gondel überfahren«, antworte ich. »Oder als wäre mir ein Hochhaus auf den Kopf gefallen.«

»Oh …«, sagt Ryah, »versuch einfach, nicht daran zu denken.«

Ryah sieht schon viel besser aus, nicht mehr so blass. Sie trägt ein Top in knalligem Pink und einen langen Jeansrock. Der

Verband über ihrem linken Auge ist verschwunden. Stattdessen ziert nun eine mit Glitzersteinchen besetzte schwarze Augenklappe ihr Gesicht. Ihre Verletzungen verheilen für eine Mystikerin nur sehr langsam.

»Na, wie gefällt dir meine Augenklappe?«, fragt sie.

»Sie ... glitzert.«

»Was du nicht sagst!« Sie lacht. »Das soll sie ja auch!«

»Was macht dein Auge?«, frage ich.

Sie betastet vorsichtig ihre Augenklappe. »Na ja, es ist noch da. Immerhin. Aber lass uns jetzt nicht über mich reden.« Sie wringt den Lappen über einer Metallschüssel aus und legt ihn zur Seite. »Wir haben uns alle große Sorgen um dich gemacht.«

»Wieso das denn?«, frage ich.

»Hm, mal scharf nachdenken. Vielleicht weil du zwei Tage durchgeschlafen hast?«

»Was? Niemals!«

»Doch. Zwei ganze Tage. Kannst du dich daran erinnern, was passiert ist?«

»Es gab eine Explosion«, antworte ich. »Häuser sind eingestürzt. Ich habe versucht, die Gebäude wieder aufzurichten, erst allein, dann sind mir die anderen zu Hilfe gekommen.«

»Du warst gerade mit Hunter auf einem Dach, als du ohnmächtig geworden bist«, sagt Ryah. »Er hat dich hergebracht und eine Krankenschwester aus der Notfallstation war gestern den ganzen Tag bei dir.« Sie schluckt. »Wir wussten nicht, ob du durchkommst.«

»Sei nicht albern.« Als ich versuche mich aufzurichten, schießt ein höllischer Schmerz durch meinen Körper. »Mir geht es gut.«

»Dir geht es überhaupt nicht gut«, erwidert Ryah. »Und ich weiß, wovon ich rede. Aber du lebst noch. Wir beide leben noch.« Sie bückt sich nach der Schüssel und dem Lappen. »Ich sage den anderen, dass du wach bist. Die werden ausflippen.«

»Sag mal, Ryah, das andere Hochhaus ... ist es etwa auch ...?«

Ryah greift mit der freien Hand nach ihrer Krücke und stemmt sich hoch. »Ruh dich aus. Damit du bald wieder fit bist.« Auf dem Weg zur Tür dreht sie sich noch einmal um. »Ich bin froh, dass wir dich wiederhaben.«

»Und ich bin froh, dass wir *dich* wiederhaben«, antworte ich.

Ryah lächelt und verlässt das Zimmer.

Zwei Tage, denke ich. Ich habe zwei Tage geschlafen.

Die Erinnerungen an die Nacht der Explosionen kehren bruchstückhaft zurück: Ich habe mich mit Kiki und mit meinen Eltern getroffen. Zwei Wolkenkratzer sind in Flammen aufgegangen. Ich habe Turk weggeschickt, damit er den Verletzten hilft, und habe selbst versucht, Leben zu retten.

Die Bilder aus jener Nacht werden schärfer: Hunter ist aufgetaucht auf und hat mir geholfen, die Gebäude zu stützen. Eines davon hätte uns fast unter sich begraben, wenn Hunter nicht gewesen wäre. Mein Retter.

Ich frage mich, wie groß die Verwüstung in den Horsten ist. Wie viele Menschen wohl gestorben sind. Ob Kiki und ihre

Eltern, ob Bennie, Kyle ... und meine Eltern noch leben. Und was mit Shannon, Jarek und Turk ist.

Ich habe Turk weggeschickt, dabei wollte er doch einfach nur bei mir bleiben und mich beschützen. Ist er dem Inferno entkommen? Ich erinnere mich auch wieder daran, dass ich Davida auf der Brücke gesehen habe. Zumindest habe ich es mir eingebildet. Schlagartig kehren die Erinnerungen an jene Nacht zurück, in der sie getötet wurde: Sie wusste, dass ich ihr Herz finden und mir einverleiben würde. Sie hat alles mehr oder weniger vorhergesehen. Sie wusste, dass ihre Kräfte auf mich übergehen würden und dass ich sie einsetzen würde. Wie lauteten ihre letzten Worte? Ich solle eine Schwester aufsuchen oder ich müsse sterben.

Ich ziehe meine Hände unter der Bettdecke hervor und betrachte sie. Sie sehen aus, als hätte sie jemand in einen Eimer mit grüner Farbe getunkt. Meine Fingerspitzen, bei denen die Verwandlung anfing, sind mittlerweile dunkelgrün. Die Handflächen sind etwas heller, avocadogrün, und meine Handgelenke wiederum schimmern hellgrün.

Jemand hat mir ein frisches weißes T-Shirt angezogen, das nach Vanille riecht. Ich ziehe es hoch. Der Strahlenkranz auf meiner Brust ist weitergewachsen. Er sieht aus wie eine riesige grüne Spinne.

Es braucht keinen Arzt, um festzustellen, dass das definitiv nicht gesund ist.

Ich weiß nicht wieso, aber plötzlich verschwimmt mein Blick

hinter Tränen. Davida hat für mich und Hunter ihr Leben gegeben. Sie glaubte, unsere Liebe wäre stark genug, um allen Widrigkeiten zu trotzen und ein Wunder zu wirken: einen Neuanfang für alle Bewohner Manhattans. Sie hat ihr eigenes Glück für das Wohlergehen anderer geopfert. Und sie konnte sich nicht einmal von ihren Eltern verabschieden.

Und wo stehen wir jetzt? Hunter und ich reden kaum noch miteinander. Wir sind getrennt. Zwar hat er gesagt, er würde mich immer lieben – ich erinnere mich an seine Worte auf dem Dach –, aber er muss von Freundschaft gesprochen haben, nicht von Leidenschaft. Warum hätte er sonst Shannon geküsst?

Natürlich hat sich nach Davidas Tod schon etwas verändert – aber ganz sicher nicht zum Guten. Die Bewohner der Horste und der Tiefe bekriegen sich noch immer und nun werden wir auch noch von außen bedroht. Meine Eltern sind auf der Flucht, genau wie Tausende anderer Menschen, und mein durchgeknallter, hasserfüllter Bruder hat das Ruder übernommen. Das ist nicht das Manhattan, das Davida vor Augen hatte, als sie sich opferte. Und ich bin es ihr schuldig, für ihre Vision einer friedlichen, vereinten und gerechten Gesellschaft zu kämpfen.

»Aria?«

Turk lehnt im Türrahmen. »Warum weinst du?«, fragt er und setzt sich zu mir aufs Bett.

Sein dunkelbraunes Haar ist inzwischen nachgewachsen und er ist frisch rasiert, dadurch wirkt sein Gesicht kantiger. Doch seine haselnussbraunen Augen blicken immer noch sanft.

»Ich habe sie enttäuscht«, sage ich.

»Wen?«

Ich schniefe. »Davida. Ich habe sie enttäuscht.«

Turk sieht mir tief in die Augen. »Du hast sie nicht enttäuscht. Das könntest du gar nicht. Sie hat dich geliebt.«

»So wie ich früher war vielleicht«, sage ich. »Aber ich bin nicht mehr wie früher. Guck mich doch mal an!« Ich zeige ihm meine Hände und den Fleck auf meiner Brust. »Irgendwas stimmt nicht mit mir. Ich muss unbedingt zu Hunter.«

»Du musst unbedingt zu Lyrica«, sagt Turk bestimmt. »Das habe ich dir schon vor ein paar Tagen gesagt. Und die Pflegerin, die gestern hier war, meinte auch, du bräuchtest dringend Hilfe.«

»Die Schwester …«, sage ich zu Turk, als mir Davidas letzte Worte wieder in den Sinn kommen. »Ich muss zu dieser Schwester. Weißt du, ich hatte da so einen Traum … na ja, es war nicht wirklich ein Traum … jedenfalls habe ich Davida auf der Brücke gesehen.«

»Du hast sie gesehen?«

»Ich glaube nicht, dass sie es wirklich war … eher eine Erinnerung an sie. Oder eine Vision. Jedenfalls hat sie gesagt, dass ich mich auf die Suche nach einer Schwester begeben solle.« Ich blicke auf. »Kannst du mir dabei helfen, sie zu finden?«

»Ich habe ja schon versucht, Kontakt zu ihr aufzunehmen, aber bislang ohne Erfolg«, antwortet Turk. »Wenn wir eine Chance haben, an sie heranzukommen, dann wahrscheinlich über Lyrica.«

»Dann bring mich zu Lyrica«, sage ich. »Und ich muss noch einmal zu den Bewohnern Manhattans sprechen.«

Turk schüttelt den Kopf. »Im Augenblick ist nur wichtig, dass du wieder gesund wirst. Und in deinem Zustand eine Pressekonferenz abzuhalten, wäre kompletter Wahnsinn.«

»Ich fühle mich gut«, sage ich und versuche aufzustehen. »Meine letzte Kundgebung war ein totaler Reinfall. Ich muss das wiedergutmachen.« Das Bild des einstürzenden Wolkenkratzers schießt mir durch den Kopf. »Ich weiß jetzt, was ich sagen muss ...«

»Eins nach dem anderen«, entgegnet Turk ruhig. »Zuerst besuchen wir Lyrica. Dann ist Hunter an der Reihe. Und dann die Bewohner von Manhattan. Okay?«

Turk schaut mich so flehend an, dass mir nichts anderes übrig bleibt, als seinem Vorschlag zuzustimmen. »Okay ...«

»Sehr gut. Und du musst dringend was essen, damit du wieder zu Kräften kommst.«

»Okay«, sage ich wieder. Und dann fällt mir etwas ein. »Turk, was ist eigentlich mit ...« Ich bringe es nicht über mich, die Namen laut auszusprechen.

»Du meinst mit Shannon und Jarek?« Er lächelt mich an. »Es geht ihnen gut. Und was deine Eltern betrifft –«, nimmt er meine nächste Frage vorweg, »denen ist auch nichts passiert. Zumindest steht das Gebäude, in dem sie wohnen, noch.«

Ich lächele erleichtert und plötzlich verspüre ich einen Bärenhunger.

Ein paar Stunden später fühle ich mich schon ein wenig gestärkt. Auf meinem Nachttisch liegen die beiden TouchMes. Mein eigener hat die Explosion überlebt, Kikis jedoch hat den Geist aufgegeben und ist zu einem kleinen, schwarzen Klumpen zusammengeschmolzen. Ich stecke meinen in die Tasche und gehe nach unten.

Über ein Schlupfloch gelangen Turk und ich ins Zentrum und machen uns auf den Weg zur Columbus Avenue, wo ich Lyrica zum ersten Mal begegnet bin.

Turk winkt einem Gondoliere, woraufhin der verhärmt aussehende Mann mit langem schwarzem Bart die Gondel ans Ufer steuert. Turk steigt zuerst ein und reicht mir dann die Hand.

»Glaub mir, in die Drecksbrühe willst du lieber nicht fallen«, sagt er, als wir einander gegenübersitzen.

Ich könnte ihn daran erinnern, dass ich bei meiner Suche nach Davidas Herz in den Kanälen getaucht bin, doch ich halte mich zurück.

Die Motorgondel pflügt in hohem Tempo durch das sich kräuselnde Wasser des Broadway-Kanals. Wir fahren an einem halb leeren Wassertaxi und einer Gruppe Gondolieri vorbei, die ihre Boote an den Docks vertäut haben. Sie rauchen Zigaretten und sehen sich misstrauisch um, als warteten sie nur darauf, dass sich die nächste Katastrophe ereignet. Es ist später Nachmittag. Normalerweise summt und brummt es um diese Zeit in den Straßen, aber heute gleicht die West Side einer Geisterstadt. Die Menschen verstecken sich in ihren Häusern und haben die

Fensterläden verrammelt. Viele der Geschäfte, an denen wir vorbeifahren, haben geschlossen. Bei manchen sind die Fensterscheiben eingeschlagen worden.

»Beim Einsturz der Wolkenkratzer sind Tausende Menschen ums Leben gekommen«, sagt Turk unvermittelt.

Bei dem Wort »Tausende« zucke ich zusammen. »Das heißt, das zweite Gebäude ist auch eingestürzt?«

Turk nickt. »Es gibt unzählige Verletzte. Die Krankenstationen platzen aus allen Nähten. Viele Menschen sind noch auf der Flucht. Aber die Brücken sind inzwischen gesperrt. Und Kyles Männer lassen keine Boote mehr raus. Die Leute sitzen also in der Falle.«

»Was ist aus Hunters Plan geworden, die Mystiker in U-Booten durch den East River nach draußen zu schleusen?«

»Vielleicht funktioniert's.« Turk kratzt sich am Kopf. »Aber auf diesem Weg können wir nur ein paar wenige Leute in Sicherheit bringen. Wir müssen uns also noch etwas anderes einfallen lassen und zwar schnell.«

Ich bitte den Gondoliere, nach links in eine schmale Wasserstraße einzubiegen. Hier ist es schattiger als auf dem breiten Kanal.

»Ich sehe überhaupt keine Hausnummern«, stellt Turk fest, während wir an den alten, heruntergekommenen Häusern vorbeifahren. Überall treibt Müll im Kanal. Sämtliche Eingangstüren sind verbarrikadiert, die Tore verschlossen und rostig.

»Ich auch nicht.«

»Voll eklig«, sagt Turk und zeigt auf die schleimigen grünbraunen Algen, die an den Mauern der Häuser kleben und im Wasser treiben. Er beugt sich vor und nimmt meine Hand. Die Wärme seiner Berührung tut gut. Ich spüre, wie ich unter seinem Blick dahinschmelze. »Es gibt niemanden, mit dem ich mir lieber eklige Algenteppiche angucke als mit dir.«

»Wow, Turk«, erwidere ich grinsend, »an dir ist ja ein Romantiker verloren gegangen!«

Wir fahren eine Weile schweigend weiter, bis ich eine Anlegestelle entdecke, die mir bekannt vorkommt.

»Können Sie uns bitte da drüben rauslassen?« Ich zeige auf einen morschen Pfahl am Ufer. Der Gondoliere brummt etwas vor sich hin, dann wirft er ein Seil über den Pfahl und befestigt das Boot. Turk kramt ein paar Münzen aus seiner Hosentasche und drückt sie dem Mann in die Hand. Dann steht er auf.

»Vorsicht«, sage ich.

Er lacht. »Vorsicht ist mein zweiter Name. Oder war es John? Keine Ahnung. Vergessen.«

Er landet mit einem schwungvollen Satz auf der Straße und streckt mir die Hände entgegen, um mir aus der Gondel zu helfen.

Immer wenn wir uns berühren, fühlt es sich an wie das erste Mal. In Turks Gegenwart werde ich wieder zu einem schüchternen Schulmädchen. Früher haben Kiki und ich uns ständig Nachrichten geschrieben, in denen es nur darum ging, wie gerne wir einen Freund hätten. Damals wollte ich um jeden Preis verliebt sein, obwohl ich gar keine Ahnung hatte, wie sich das anfühlen würde. Ich wusste noch nicht, dass wahre Liebe mit den kitschigen Schmachtfetzen, die Kiki und ich gerne schauten, nur wenig zu tun hat. Und dann kam Hunter und jetzt ...

Ich hake mich bei Turk unter und wir laufen los.

In diesem Teil der Stadt sind die Häuser zwar alt und schäbig, aber immerhin stehen sie noch.

»Wow, schau mal da!«, sagt Turk.

Auf einer der Mauern kleben noch die Reste alter Wahlkampfplakate. Eines ist in der Mitte durchgerissen. *FOST* und *RO*, lese ich. Ein paar Häuser weiter entdecken wir auch ein Plakat von Violet Brooks. Darauf trägt sie ein marineblaues Wickelkleid und das leuchtend blonde, volle Haar fällt ihr über die Schultern.

Turk fährt mit dem Finger über das vergilbte, schmutzige Papier. Das Plakat stammt aus der Zeit, als Violet Brooks bei der Wahl des Bürgermeisters gegen Garland Foster, Thomas' älteren Bruder, angetreten ist. Sie hätte gute Chancen gehabt, zu gewinnen. Doch es kam anders.

»Sie war wie eine Mutter für mich«, sagt Turk leise.

»Sie war eine großartige Frau.« Ich drücke seinen Arm.

»Ja, das war sie.«

Ich lasse den Blick über die plakatierte Mauer schweifen. Die meisten Plakate sind unter Graffiti oder Ruß verschwunden, halb heruntergerissen oder vom Wasser aufgeweicht. Und dann springt mir ein Schriftzug ins Auge: *Philadelphia kommt.*

»Was hat das zu bedeuten, Turk?«

Er zuckt mit den Schultern. »Keine Ahnung. Die Leute schreiben doch alles Mögliche auf solche Aushänge. Ich habe auch mal ein Plakat von dir und Hunter gesehen, auf dem euch jemand Teufelshörner gemalt hatte, und darunter stand: *Höllische Liebe.*« Er stupst mich in die Seite. »War ein Witz. Das Plakat gab es wirklich, aber ...«

»Ryah hat erzählt, dass auf der Krankenstation das Gerücht umging, dass Philadelphia einen Angriff versuchen will.« Ich starre weiter auf den Schriftzug. »Hast du davon gehört?«

Turk schüttelt den Kopf. »Nein, aber ich kenne auch niemanden in Philadelphia. Wir könnten Hunter fragen, wenn wir ihn das nächste Mal sehen. Los, lass uns weitergehen.«

Wir kommen zur Hauptstraße, von der aus früher eine Reihe von Brücken über den Kanal zum Prächtigen Block führte. Bis auf eine einzige sind sie während der Bombardements im letzten Monat zerstört worden. Hinter der Mauer, die den Prächtigen Block umgibt, ragt das Dach einer Mietskaserne auf.

Die andere Straßenseite ist von Wohnhäusern gesäumt, die wahrscheinlich einmal zu dem Schönsten gehörten, was Manhattan architektonisch zu bieten hatte. Wo früher große Fenster gewesen sein müssen, führen heute gähnende Löcher auf Balkone, von deren prächtigen Steinbalustraden und kunstvoll geschmiedeten Geländern nicht mehr viel übrig ist. Der Putz bröckelt und die Fassaden haben derart große Risse, dass ich mich ernsthaft frage, warum diese Häuser eigentlich noch nicht eingestürzt sind.

Sie trotzen allen Widerständen. Genau wie wir.

»Hier ist es«, sagt Turk, als wir zwischen den Häusern mit den Nummern 479 und 483 stehen bleiben.

Ich erinnere mich daran, wie ich zum ersten Mal hier war. Tabitha hatte mir gesagt, ich solle den Lichtern folgen, wenn ich das Rätsel um meinen Gedächtnisverlust lösen wolle. Die Lichter führten mich zu Lyrica und sie half mir. Sie zeigte mir den Weg.

Ihr Haus ist mit bloßem Auge nicht zu erkennen, ähnlich wie der Unterschlupf der Rebellen. Doch im Gegensatz zu unserem Versteck entscheidet allein Lyrica, für wen ihr Haus sichtbar wird. Dabei spielt es keine Rolle, ob man Mystiker ist oder nicht. Außerdem erscheint es nicht immer am selben Ort. Es wandert. Auf diese Weise schützt sie sich.

Ob sie überhaupt zu Hause ist?

Genau wie die letzten beiden Male fahre ich an der Stelle, an der sich eigentlich das Haus mit der Nummer 481 befinden sollte, mit den Fingerspitzen über die raue Ziegelmauer und zeichne eine unsichtbare Linie. Ich hoffe, dass die beiden Häuser sich auch diesmal ächzend auseinanderbewegen und dass ein kleineres Haus mit orangefarbenen, stuckverzierten Außenmauern auftaucht, in dessen Fenstern rote Kerzen flackern. Lyrica wird die Tür öffnen und uns hereinbitten. »Aria«, wird sie sagen, »da bist du ja endlich!«

Aber nichts geschieht. Statt ihr Geheimnis grollend und ächzend preiszugeben, bleiben die Häuser, wo sie sind.

Wo ist Lyrica?

Turk wippt nervös auf den Fußballen. »Irgendwas stimmt hier nicht.«

»Hattest du nicht gesagt, du hättest mit ihr gesprochen?«

»Ja, aber das ist schon ein paar Tage her«, antwortet Turk. »Seitdem habe ich nichts mehr von ihr gehört.«

»Hast du ihre TouchMe-Nummer?«, frage ich.

Turk runzelt die Stirn. »Lyrica benutzt keinen TouchMe. Und sie würde eine Verabredung nie einfach so platzen lassen.«

Mir wird flau im Magen. »Es sei denn, ihr ist etwas zugestoßen.« Ich ziehe meinen TouchMe aus der Hosentasche. »Ich rufe Ryah an.«

Doch dann sehe ich, dass ich eine neue Nachricht habe – mal wieder mit unterdrückter Nummer.

KYLE STECKT HINTER DEN BOMBENANSCHLÄGEN. UND ES WERDEN NICHT DIE LETZTEN SEIN. BRING DICH IN SICHERHEIT!

Also hat Kiki die Wahrheit gesagt. Sie kann mir die Nachrichten gar nicht geschrieben haben, denn ich habe ihren TouchMe und er ist Schrott. Aber von wem stammen sie dann?

13

»Stimmt was nicht?«, fragt Turk, während er eine Nummer in seinen TouchMe tippt. »Ich versuche, Shannon zu erreichen. Vielleicht kann sie uns weiterhelfen.«

Ich sehe auf und lächle. »Nein, alles okay. Ich mache mir nur Sorgen um Lyrica.«

Wenn ich Turk von den anonymen Textnachrichten erzähle, würde ihn das nur noch mehr beunruhigen, und das will ich nicht. Außerdem scheint mir der Absender ja nur helfen zu wollen.

Eins steht fest: Der Anschlag auf die Wolkenkratzer hat auch Hunderte treue Anhänger der Roses das Leben gekostet. Wenn öffentlich bekannt würde, dass Kyle dahintersteckt, würde er schlagartig jeden Rückhalt in der Bevölkerung verlieren.

Was wiederum bedeutet, dass wer immer mich gewarnt hat, Kyle zu Fall bringen will. Jemand aus seinen eigenen Reihen hat ihn verraten. Ich muss diese Person finden und sie dazu bewegen, sich uns anzuschließen.

Während Turk an der Straßenecke steht und mit Shannon telefoniert, wähle ich Ryahs Nummer.

Sie nimmt sofort ab. »Alles okay bei euch?«

»Lyrica ist verschwunden. Hast du eine Ahnung, wo wir sie finden?«

»Nein, tut mir leid«, sagt sie. »Aber ich werde mich mal umhören. Ich rufe euch an, sobald ich was herausgefunden habe.«
Kurz darauf kommt Turk zurück. Ich kann seinen Gesichtsausdruck nicht deuten. »Shannon weiß nicht, wo Lyrica ist«, sagt er. »Aber sie meinte, wir sollten mal die Krankenstationen abklappern. Eine ist hier ganz in der Nähe.«

Es ist nicht mein erster Besuch auf einer Krankenstation. Vor einiger Zeit waren Turk und ich in dem Notfallzentrum im Madison Square Park. In dem Zeltlager wurden Mystiker und Nichtmystiker gleichermaßen versorgt. Nachdem die meisten Krankenhäuser ausgebombt worden waren, war es eine der letzten Anlaufstellen in der Tiefe, wo man sich ärztlich behandeln lassen konnte.

»Eine Krankenstation für alle«, hatte Turk sie genannt.
Trotz der tristen Umstände war sie ein Ort der Hoffnung.
Im Vergleich zu der Krankenstation in der Nähe der Columbus Street kommt mir das Lager im Madison Square Park wie das reinste Fünf-Sterne-Hotel vor.
Der Umgangston ist rau, die Stimmung gedrückt. Die Station befindet sich in einer Höhle im Riverside Park und somit außer Sichtweite der Rose-Soldaten, die am Wasser postiert sind. Diesen Ort findet man nur, wenn man ihn – wie Turk – kennt. Der Eingang ist hinter ein paar großen, vertrockneten Büschen verborgen, in deren abgestorbenen Zweigen leere Dosen, Spritzen und anderer Müll hängen.

»Sei vorsichtig«, sagt Turk, als wir uns hinter die Büsche schleichen und in einen Felsspalt kriechen, der so schmal ist, dass ich mir die Unterarme am rauen Stein aufschürfe.

Nach ein paar Metern öffnet sich der Tunnel zu einer geräumigen, notdürftig ausgeleuchteten Höhle, in der Ärzte in schmutzigen Kitteln zwischen wackelig aussehenden Zelten hin und her eilen. Ein surrealer Anblick. Einige Patienten hocken, Rücken an Rücken gelehnt, auf dem nackten Boden. Metallischer Blutgeruch liegt in der Luft. Es scheint keinerlei medizinisches Gerät zu geben. Was für ein Chaos.

»Entschuldigen Sie bitte«, sage ich zu einer der Krankenschwestern, »könnten Sie …« Aber sie läuft einfach weiter.

Turk nimmt meine Hand und führt mich zu einer kleinen Gruppe von Männern und Frauen. Sie tragen zerschlissene Kleider und sind barfuß. Den Blutergüssen und den Schrammen nach zu urteilen, wurden sie geschlagen. Einer der Männer hat einen blutdurchtränkten Verband um den Kopf.

»Weiß jemand von Ihnen, ob eine Frau namens Lyrica hier ist?«, fragt Turk.

Ein Mann und eine Frau schütteln den Kopf, der Rest beachtet uns gar nicht.

Wir gehen weiter zu einem kleinen Zelt, in dem vier Stockbetten stehen. In jedem der schmalen Betten liegen, dicht aneinandergedrängt, mindestens zwei Leute. Auf einer Pritsche schlafen drei kleine Jungen. Ihre Gesichter sind dreckverschmiert und blutverkrustet.

Ein Mann mit weißem Mundschutz kümmert sich gerade um einen der Patienten. »Entschuldigen Sie bitte«, sagt Turk und quetscht sich durch den schmalen Gang.

Der Mann blickt auf. »Ja?«

»Wir suchen Lyrica.«

Der Arzt lacht und zieht seinen Mundschutz ein Stück herunter. »Glauben Sie ernsthaft, ich kenne die Namen aller Patienten hier? Ich bin ja schon froh, wenn sie mir nicht unter den Händen wegsterben.«

»Oh ... ja, natürlich ...«, erwidert Turk. »Es ist nur so, dass ...«

»Warte.« Ich schiebe mich an ihm vorbei. »Guten Tag, ich bin Aria Rose«, stelle ich mich vor.

Der Arzt nickt. »Ich weiß, wer Sie sind.« Dann fällt sein Blick auf meine grünen Hände und er kann sein Entsetzen kaum verbergen. Sie scheinen selbst für jemanden, der einen Menschen nach dem anderen sterben sieht, ein schockierender Anblick zu sein.

»Die Mystikerin, nach der wir suchen, hat lange graue Haare. Und ihr Zustand muss ernst sein, denn sie verfügt über große Selbstheilungskräfte.«

»Wie ich Ihrem Freund bereits sagte: Ich kenne hier niemanden mit Namen. Wir tun, was wir können, aber sollte Ihre Freundin wirklich hier sein, so ist sie sicher in einem der Zelte. Dort behandeln wir die schweren Fälle.«

»Vielen Dank.« Wir gehen.

Einerseits hoffe ich, dass wir Lyrica hier finden, andererseits fürchte ich es. Denn wenn Lyrica in diesem Lazarett ist, kann das nur eines bedeuten: Sie muss so schwer verletzt sein, dass sie sich nicht mehr aus eigener Kraft heilen kann. Lyrica ist die mächtigste Mystikerin, die ich kenne. Wenn sie nicht mehr in der Lage ist, sich selbst zu helfen, muss es sehr schlimm um sie stehen.

Turk und ich gehen von Zelt zu Zelt. Die Zustände hier sind wirklich katastrophal. In jedem Zelt liegen schwer verwundete Menschen und es gibt viel zu wenig Helfer. Darum packen wir kurzerhand selbst mit an und verteilen Wasser und Essen an die Patienten. Die Krankenschwestern stört unser eigenmächtiger Einsatz nicht – im Gegenteil: Sie scheinen dankbar für jede Unterstützung.

Turk zeigt mir, wie ich meine Energie dazu nutzen kann, Schnittwunden und Prellungen zu heilen, und schon bald arbeiten wir Seite an Seite. Es erfüllt mein Herz mit Zuneigung und Stolz zu sehen, wie sich Turk bis zur völligen Erschöpfung um die Verletzten kümmert. Als Heiler muss es deprimierend sein, nicht mehr tun zu können. Aber wir können nun mal nicht jedem helfen. Dazu sind es einfach zu viele.

Mit jedem Verletzten, vor allem mit jedem verletzten Kind, verfluche ich meinen Bruder mehr. Wir müssen ihn stoppen.

Wir *müssen* diesen Krieg gewinnen.

Lyrica ist bislang nicht unter den Patienten. Die meisten sind Opfer der letzten Bombenanschläge. Weil sie in der Nähe der eingestürzten Gebäude wohnten, haben sie zum Teil schwerste Verbrennungen davongetragen. Ich bin erleichtert darüber, dass auch meine Eltern nicht unter den Verletzten sind. Ganz gleich, was sie getan haben: Sie sind immer noch meine Eltern – und niemand verdient ein solches Schicksal.

Nicht nur die Armen aus der Tiefe hat es erwischt. Ich erkenne auch einige Gesichter aus den Horsten wieder. Den einst Privilegierten hängen nun die Kleider in versengten Fetzen vom Leib. So ist das mit dem Reichtum: Er ist vergänglich. Hier sind alle gleich. Wir alle sitzen im selben Boot, wir alle sind auf fremde Hilfe angewiesen. Ich wünschte, mein Bruder würde das erkennen.

Ich reiche einer Frau, die einen Sturz aus den Horsten überlebt hat, ein Glas Wasser. Ein Gondoliere hat sie aus dem Kanal gefischt und hierhergebracht.

Sie erzählt mir, dass sie die Krankenstation morgen wieder verlassen kann. Anders als Tausende von anderen Menschen hat sie Glück gehabt.

Schließlich ist nur noch ein Zelt übrig. Ich schlage die Plane zurück. Wenn Lyrica nicht hier drin ist, werden wir sämtliche anderen Krankenstationen abklappern. Wir werden nicht aufgeben, bis wir sie gefunden haben.

Aber womöglich hat sie Manhattan längst verlassen oder – ein schmerzender Gedanke – sie will Turk und mich nicht sehen. Oder sie gehört zu den zahlreichen Opfern, die noch nicht geborgen oder identifiziert worden sind.

Turk ist völlig verschwitzt und erschöpft, aber sichtlich glücklich, dass er helfen konnte.

Im letzten Zelt liegen sechs Leute auf Metallpritschen. Die Federn quietschen bei jeder Bewegung.

»Wir suchen eine Frau namens Lyrica«, sage ich zu der Krankenschwester mit Latexhandschuhen und Mundschutz, die an einem der Betten steht. »Sie ist eine Mystikerin. Sie hat lange graue Haare und ist schon sehr alt. Wir fürchten, dass sie bei den Anschlägen verletzt wurde. Wissen Sie, ob sie hier ist?«

Zu unserer Überraschung zeigt die Krankenschwester auf ein Bett ganz hinten links, neben dem ein Infusionsständer steht – der erste überhaupt, den ich hier entdecke. Turk und ich gehen näher heran. Die Person vor uns ist fast bis zur Unkenntlichkeit entstellt. Sie hat die Augen geschlossen, das Gesicht ist rußschwarz und mit Blasen übersät, das Haar versengt, die Lippen sind verbrannt. In der Nase stecken Sauerstoffschläuche.

»Ich … ich weiß nicht«, sage ich mit zitternder Stimme zu Turk. »Was meinst du?«

Turk schüttelt den Kopf. »Wir sollten sie nicht aufwecken.«

Ich beuge mich langsam über die Gestalt. »Lyrica?«, flüstere ich. »Bist du das?« Keine Antwort. »Sie ist es nicht.« Ich taste nach Turks Hand. »Das darf einfach nicht sein.«

Turk sieht die Krankenschwester stirnrunzelnd an. »Das ist nicht unsere Freundin«, sagt er. »Trotzdem vielen Dank.«

Die Schwester schiebt ihren Mundschutz herunter und betrachtet die verbrannte Gestalt. »Sie wurde nicht zusammen mit den anderen Opfern eingeliefert. Die Arme. Ihr Haus wurde in Brand gesteckt. Man hat sie auf der Straße aufgelesen. Ich bin mir nicht sicher, ob sie die Nacht überleben wird.«

»Wie schrecklich.« Turk dreht sich um und will mich aus dem Zelt führen, aber etwas in mir sträubt sich dagegen.

»Lyrica«, sage ich noch einmal, »bist du das? Ich bin's, Aria.«

Wieder keine Reaktion. Turk sieht mich mitfühlend an. »Ich weiß, dass du sie unbedingt finden willst. Wir werden weitersuchen.«

Ich nicke stumm. Der Gedanke, die entstellte Gestalt in diesem Bett da könnte wirklich Lyrica sein – die sanfte, schöne, wunderbare Lyrica –, versetzt mir einen Stich. Gerade als ich mich abwenden will, öffnet die Kranke die Augen.

Ich kenne diese Augen nur zu gut.

»Aria«, krächzt Lyrica.

Ich halte den Atem an.

»Ich habe auf dich gewartet«, flüstert sie.

14

»Lyrica!« Ich sinke neben ihrem Bett auf die Knie.

Ich denke daran, wie diese wunderbare Mystikerin mich in ihrem Haus willkommen hieß und mir dabei half, meine Erinnerungen zurückzuerlangen. Wie sie mich ermutigte, mich gegen meine Eltern zur Wehr zu setzen. Lyrica, meine Freundin, ist kaum noch wiederzuerkennen. Sie sieht sogar noch schlimmer aus als Ryah nach unserem Kampf gegen Elissa Genevieve. Wie gern würde ich ihre Hand nehmen, aber ich habe Angst, ihr wehzutun.

»Hast du starke Schmerzen?«, frage ich.

Turk geht zu der Krankenschwester und flüstert ihr etwas zu.

»Ja.« Lyricas Stimme ist so schwach, dass ich sie kaum verstehe.

Ich beuge mich dicht über sie. »Es tut mir so leid.«

Sie versucht erneut zu sprechen, bringt aber nur einen gurgelnden Laut hervor.

Turk kommt mit zwei Paar Masken und Handschuhen für uns zurück. »Sie haben ihr die Verbände abgenommen, damit Luft an ihre Haut kommt. Die Krankenschwester meinte, die Wunden werden verschorfen und der Schorf wird in zwei oder drei Wochen abfallen ... falls sie überlebt. Wenn alles gut verheilt, werden wohl kaum Narben zurückbleiben.«

Falls sie überlebt, denke ich. Falls sie überlebt.

»Können wir nicht noch irgendetwas für sie tun?«, frage ich. »Wie wäre es, wenn wir sie in unser Versteck bringen und dort gesund pflegen?«

»Ich glaube nicht, dass sie den Transport überstehen würde«, sagt Turk vorsichtig. »Wie wäre es, wenn du dich noch ein bisschen mit ihr unterhältst?«

»Sie kann doch kaum sprechen«, erwidere ich mit zitternder Stimme. Der Gedanke, dass Lyrica hier drin sterben könnte, ist einfach zu viel für mich. Beruhig dich, Aria, ermahne ich mich selbst. Es ist niemandem geholfen, wenn du jetzt durchdrehst.

»Das liegt bestimmt am Morphium«, sagt Turk.

»Schwester?«, rufe ich. »Wird denn auch wirklich alles für die Patientin getan?«

Diesmal macht die Schwester sich nicht die Mühe, sich den Mundschutz vom Gesicht zu ziehen. »Wir kümmern uns um sie«, antwortet sie monoton. »Genau wie um all die anderen. Wir tun, was wir können, Miss Rose.«

»Das weiß ich«, sage ich. »Ich wollte damit auch gar nicht andeuten, dass ...«

Doch die Schwester hat sich schon weggedreht und kümmert sich um einen anderen Patienten. Ich frage mich, ob sie mich insgeheim für die ganze Tragödie verantwortlich macht.

»Rede mit ihr«, sagt Turk noch einmal.

Ich drehe mich wieder zu Lyrica und betrachte sie traurig.

»Aber sie kann mir doch gar nicht antworten.«

Er legt mir eine Hand auf die Schulter. »Es tut ihr bestimmt gut, deine Stimme zu hören.«

Ich hocke mich neben das Bett und lege eine behandschuhte Hand auf die Decke. »Lyrica«, flüstere ich, »kannst du mich hören?« Doch sie reagiert nicht.

Ich kann mich noch ganz genau an meinen ersten Besuch bei ihr erinnern: Im ganzen Haus roch es wunderbar nach Zimt und die Wände waren mit Hieroglyphen bemalt. Lyrica zog die breiten Augenbrauen hoch und fragte: »Wie verliert man denn sein Gedächtnis, Kind?«

Damals erzählte ich ihr, dass ich mich nicht daran erinnern könne, jemals mit Thomas Foster zusammen gewesen zu sein. Ich erzählte ihr, dass mir im Traum ein Junge erschienen sei, dessen Gesicht ich aber nicht habe erkennen können. Ich erzählte ihr von den Liebesbriefen.

Ich dachte, dass Lyrica mir dabei helfen würde, mich an Thomas zu erinnern. Stattdessen fand ich mit ihrer Hilfe heraus, was meine Eltern mir angetan hatten und dass ich in Wahrheit Hunter liebte.

Und nun liegt sie hier.

»Ich wünschte, ich könnte irgendetwas für dich tun«, sage ich. Lyrica rührt sich nicht und macht kein Geräusch. Ich sehe zu Turk auf, dessen Hand auf meiner Schulter ruht.

Dann bewegt Lyrica plötzlich ihren Zeigefinger – krümmt und streckt ihn wieder. Die Fingerkuppe scheint das einzige Fleckchen Haut zu sein, das nicht verbrannt ist.

»Hast du das gesehen?«, frage ich Turk.

»Was denn?«

»Sie hat ihren Finger bewegt!« Sie ist noch da, denke ich, irgendwo in dieser verbrannten Hülle. »Sie hat mich erkannt, und sie hat sich bewegt. Das ist doch ein gutes Zeichen, oder?«

»Bestimmt«, sagt Turk sanft. »Aber erwarte nicht zu viel. Vielleicht war das Zucken auch nur ein Reflex.«

Turk redet weiter auf mich ein, aber ich höre ihn kaum. Ich starre auf Lyricas Zeigefinger, der sich ein zweites Mal krümmt und streckt, als versuchte sie mir zu winken. Ein gurgelnder Laut entweicht ihrer Kehle.

Ich denke wieder an den Tag vor vielen Wochen, als Lyrica versuchte, hinter die Ursache für meinen Gedächtnisverlust zu kommen.

»Darf ich dich berühren? Dann funktioniert es am besten«, sagte sie damals zu mir.

Ich blicke auf und sehe, dass die Krankenschwester am anderen Ende des Zeltes immer noch mit einem Patienten beschäftigt ist. Es ist unerträglich heiß hier drin. Ich wünschte, ich hätte ein Kühlpflaster.

Von der Krankenschwester unbemerkt streife ich mir einen Latexhandschuh ab.

»Du darfst sie nicht berühren!«, flüstert Turk panisch. »Ihre Haut ist viel zu empfindlich.«

»Aber sie möchte es so.«

»Woher willst du das wissen? Sie kann doch gar nicht sprechen!«

»Schhhh!«

Er seufzt. »Na schön, wie du meinst. Aber sag hinterher nicht, ich hätte dich nicht gewarnt. Ich besorge uns mal was zu trinken.«

Ich sehe ihm nach, dann wende ich mich wieder Lyrica zu. Zögernd strecke ich einen Finger aus und berühre ihren. Sogleich spüre ich, wie eine Welle der Energie meinen Arm hinaufschießt und in meinem Brustkorb explodiert.

Aria, höre ich Lyricas Stimme.

»Lyrica?«

Sie liegt noch immer vollkommen reglos da, Augen und Mund geschlossen. Das Sauerstoffgerät neben ihrem Bett surrt leise. Über einen Monitor flimmert, begleitet von regelmäßigen Pieptönen, eine grüne gezackte Linie, die mir verrät, dass Lyrica noch lebt. Dass sie den Kampf noch nicht aufgegeben hat.

Sie waren hinter mir her, vernehme ich Lyricas warme, sanfte Stimme, obwohl ihre Lippen sich nicht bewegen. *Ich wollte sie beschützen und dann sind sie gekommen.*

Wen wolltest du beschützen?, möchte ich fragen.

Die Energie, die eben noch wie ein Stromstoß in mich hineinjagte, wird schwächer und fühlt sich nun an wie ein behagliches, wärmendes Feuer in meiner Brust. Ich betrachte unsere Finger. »Sprichst du etwa …«

Ja, höre ich sie sagen, *ich spreche in Gedanken zu dir.*
Ich sehe mich um, aber niemand beachtet uns. Die Krankenschwester versorgt den nächsten Patienten.
Wir sind durch unsere Energien miteinander verbunden, sagt Lyrica. *Unsere Energien ergänzen sich. Oder sollte ich besser sagen: Davidas und meine Energien ergänzen sich?*
Ich spüre, wie mir die Schamesröte ins Gesicht steigt. Lyrica weiß – durch eine einzige Berührung –, was ich getan habe: dass ich Davidas Herz geschluckt habe und nun über ihre mystischen Kräfte verfüge. Selbst jetzt liest Lyrica in mir wie in einem offenen Buch.
Es geht mir nicht gut, Kindchen.
»Aber es wird dir bald besser gehen.«
Sie waren hinter mir her.
»Wer war hinter dir her?«
Ich war schwach. Du bist in Gefahr. Lyrica röchelt kaum hörbar, als versuchte sie, etwas laut auszusprechen.
»Wir sind alle in Gefahr«, flüstere ich, »wenn Krieg ausbricht.«
Du bist in Gefahr, sagt Lyrica wieder. *Das Herz ... Du musst rückgängig machen, was du getan hast.*
»Rückgängig machen? Aber das geht nicht. Ich habe das Herz doch längst geschluckt«, erwidere ich leise.
Aber es tut dir nicht gut, oder?
Ich denke an den betäubenden Kopfschmerz, der mich seit Tagen quält, und dass mir jedes Mal fast die Sinne schwinden,

wenn ich Davidas Kräfte benutze. Ich betrachte meine grüne Hand. Nein, es geht mir ganz und gar nicht gut.

Das ist das Herz, sagt sie. *Es ist zu stark für einen Nichtmystiker. Es wird dich umbringen.*

Umbringen? Dieses Wort lässt mich erschaudern. »Aber Davida wollte, dass ich es schlucke! Sie hätte nie etwas von mir verlangt, was mir schaden könnte.«

Davida war ein kluges Mädchen, aber sie war auch noch sehr jung, antwortet Lyrica. Sie hatte mir aufgetragen, Davidas Herz ihrer Familie zurückzugeben. *Sie hat ihr halbes Leben in den Horsten verbracht. Viele Geheimnisse der Mystiker waren ihr unbekannt. Ihr Herz hat große Macht, aber diese Macht ist Gift. Du musst es loswerden. Bevor es zu spät ist.*

Gesetzt den Fall, ich finde einen Weg, Lyricas Rat zu folgen, bin ich keine Mystikerin mehr. Will ich das überhaupt? Sollte ich meine neu gewonnenen Kräfte nicht weiter dafür einsetzen, Leben zu retten?

Und was ist mit meinem Bruder? Kiki hat behauptet, er sei wieder auf Stic und verfüge nun selbst über mystische Kräfte. Wie soll ich es ohne das Herz mit ihm aufnehmen? Ich muss ihn finden und ihn von seinem Plan abbringen – wie auch immer der genau aussieht. Mit Worten allein werde ich das nicht schaffen. Ich brauche meine Kräfte, um ihn in seinem Wahnsinn zu stoppen.

Und dann sind da noch Davidas Erinnerungen, die ich verlieren würde.

»Das geht nicht«, sage ich zu Lyrica. »Mein Bruder hat den mystischen Schild über den Horsten erzeugt, und ich weiß nicht, was er damit vorhat. Aber ich muss ihn aufhalten. Ich kann Davidas Herz nicht hergeben. Nicht ehe die Menschen in Manhattan außer Gefahr sind.«

Wenn du noch länger wartest, wird dein Körper das Herz vollständig aufnehmen. Dann gibt es kein Zurück mehr, erwidert Lyrica. *Du musst jetzt handeln.*

»Aber selbst wenn ich es wollte – ich weiß doch gar nicht, wie ich das Herz wieder loswerden kann.«

Du musst die Schwester finden.

»Und wie?«

Die Schwester ... sie ist deine letzte Hoffnung, sagt Lyrica. *Sieh genau hin.*

Mein Blick verschwimmt und ich sehe eine Reihe von Bildern wie im Schnelldurchlauf an mir vorüberziehen: ein langes, scharfes Messer mit einem Griff aus Bronze; ein mit Quecksilber gefülltes Glasrohr; ein großer Metallstuhl mit Lederschlaufen an Arm- und Rückenlehnen; wirbelnde Strahlen mystischer Energie; ein Mädchen mit langem weißem, wehendem Haar; ein blutiges Mystikerherz, das in meiner Hand pulsiert. Ich versuche, die Bilder festzuhalten, aber sie entgleiten mir.

Davida.

Hunter.

Turk.

Dann sehe ich mich selbst in einem strahlend weißen Raum –

Boden, Wände und Decke sind aus weißem Marmor. Ich sehe Turks schönes Gesicht und wie er mich küsst. Eine blitzende Klinge. Und Blut.

Lyricas Stimme hallt in meinem Kopf wider. *Du musst sterben, um zu leben.*

Die Bilder lösen sich auf, verdampfen wie Wasser auf dem heißen Asphalt. Ich sehe mich um. Ich bin immer noch im Zelt und vor mir liegt Lyricas regloser Körper. *Du musst sterben, um zu leben,* höre ich sie wieder sagen.

»Was kann ich für dich tun?«, frage ich sie. »Was kann ich tun, damit es dir besser geht?«

Nichts, mein Kind. Das ist die Strafe, die ich verdient habe.

Ich bin fassungslos. Warum sollte eine so herzensgute Frau wie sie den Tod verdient haben? Und was meint sie damit, dass ich sterben müsse, um zu leben? »Wovon redest du?«, frage ich.

Plötzlich wird Lyrica von einem Hustenanfall geschüttelt. Die Krankenschwester kommt herbeigeeilt und ich verstecke meine Hand hinter dem Rücken.

»Tut mir leid, aber Sie müssen jetzt gehen«, sagt die Schwester zu mir. Ich stehe auf und sehe zu, wie sie sich über Lyrica beugt und die Sauerstoffzufuhr neu einstellt. Lyricas Körper bäumt sich kurz auf, dann liegt er ganz ruhig da.

Aus den Augenwinkeln sehe ich, wie Turk mit zwei Pappbechern hereinkommt. Als er neben mir steht, gibt die Herzmaschine statt kurzer Pieptöne plötzlich ein langes Piepen von sich.

Die Schwester läuft um Lyricas Bett herum und schaut auf den Monitor.

»Was ist mit ihr?«, frage ich. »Geht es ihr gut?«

»Ich wollte doch noch mit ihr reden«, sagt Turk panisch und greift nach meiner Hand. »Ich wollte doch, dass sie …« Aber er wird vom schrillen Piepen der Maschine übertönt. Die Schwester schaltet sie ab und plötzlich herrscht Stille.

Sie dreht sich zu uns um und sagt mit leiser Stimme: »Lyrica ist von uns gegangen.«

Vor dem Zelt herrscht hektisches Treiben, was mich befremdet. Lyrica ist tot. Müsste die Welt da nicht wenigstens für ein paar Sekunden stillstehen?

Wir ziehen unsere Latexhandschuhe aus, streifen uns die Masken vom Gesicht und verlassen die Höhle.

»Es ging alles so schnell«, sage ich zu Turk. »Eben haben wir noch miteinander gesprochen und dann …«

»Ihr habt miteinander gesprochen?« Turk blinzelt und schirmt die Augen gegen die Sonne ab. »Was meinst du damit?«

»Ich weiß nicht, wie ich es erklären soll«, sage ich. »Wir haben uns berührt und ich konnte sie hören – wie eine Stimme in meinem Kopf. Sie hat gesagt, sie hätte es verdient zu sterben. Was hat sie damit gemeint?«

Turk blickt mich verwirrt an. »Keine Ahnung. Vielleicht war sie einfach nur benebelt vom Morphium oder was auch immer sie ihr gegeben haben.« Er seufzt. »Lyrica war die Letzte ihrer

Art. Eine wahrhaft mächtige Mystikerin. Ihr Tod ist ein großer Verlust für uns alle.«

»Wird es eine Zeremonie geben?«, frage ich.

Wenn ein Mystiker stirbt, nehmen alle, die ihm nahestanden, ihm zu Ehren einen Teil seines Herzens in sich auf. Wie dieses heilige Ritual genau abläuft, weiß ich nicht, aber es ist jene Zeremonie, um die ich Davida gebracht habe. Obwohl es ihr eigener Wunsch war, mache ich mir deswegen immer noch Vorwürfe.

»Ich weiß nicht, ob es eine Zeremonie geben wird«, antwortet Turk. »Nach allem, was geschehen ist ...«

»Würdest du trotzdem eine Zeremonie organisieren? Bitte. Das würde mir viel bedeuten.«

»Ja«, antwortet Turk, ohne zu zögern. »Natürlich.«

Wir stehen am Rand des Riverside Parks, der kein typischer Park mit Rasen, Beeten und Sträuchern ist, sondern eher ein schmaler, von der Sonne verbrannter Streifen Land. Kyles Soldaten stehen noch immer am Ufer des Hudson Rivers. Selbst von hier aus kann ich die roten Insignien meiner Familie auf den schwarzen Uniformen erkennen.

»Wohin gehen wir jetzt?«, frage ich.

»Zu einer Kundgebung. Du wolltest doch noch eine Rede halten, oder?«

»Ja. Das bin ich den Leuten schuldig, nachdem beim letzten Mal alles so schiefgelaufen ist.«

»Jeder hätte Verständnis, wenn du im Augenblick etwas

Ruhe brauchst«, sagt Turk. »Immerhin hast du gerade jemanden verloren, der dir sehr am Herzen lag.«

»Mir geht's gut«, erwidere ich. »Ich meine, natürlich geht es mir nicht gut, aber diese Kundgebung ist wichtig. Und Lyrica darf nicht umsonst gestorben sein.«

»Verstehe«, sagt Turk und ich weiß, dass er es wirklich so meint.

Als wir den Park verlassen, achten wir darauf, die Aufmerksamkeit der Soldaten nicht auf uns zu lenken. Über eine kleine Brücke gehen wir in Richtung Hauptkanal.

»Willst du mir erzählen, worüber du mit Lyrica gesprochen hast?«, fragt Turk.

»Sie will, dass ich mich von Davidas Herz trenne.« Dass Lyrica auch gesagt hat, ich müsse sterben, um zu leben, verschweige ich. Er würde sonst durchdrehen.

»Genau das habe ich versucht, dir klarzumachen: Das Herz ist gefährlich.«

»Sie meinte auch, ich solle die Schwester aufsuchen.«

Ich spüre, wie er sich neben mir verkrampft. Ich weiß nicht genau, woran ich es merke, aber seine Laune schlägt plötzlich um. Er wirkt ... angespannt.

»Was ist denn?«, frage ich.

Er wirft mir einen seltsamen Blick zu. »Was soll denn sein?«

»Verheimlichst du mir irgendwas?«, frage ich. »Über die Schwester?«

Als wir am West-End-Kanal stehen, steckt Turk zwei Finger

in den Mund und stößt einen Pfiff aus. Ein Gondoliere, der gerade in seinem Boot eine Zigarette raucht, nickt uns zu und macht seine Gondel vom Steg los.

»Ich … ich habe dir doch erzählt, dass ich schon versucht habe, Kontakt zu der Schwester aufzunehmen«, sagt Turk zögernd. »Lyrica hat meine Nachricht weitergeleitet. Aber ich habe nichts von ihr gehört.«

Ich sehe den Schmerz und die Verzweiflung in seinen Augen. Er glaubt, er hätte versagt. »Es kam keine Antwort. Gar nichts. Und wenn Lyrica gesagt hat, dass die Schwester wirklich deine einzige Chance ist …«

Er verstummt, aber ich weiß, was er denkt.

Womöglich ist auch die letzte der Schwestern inzwischen tot. Dann kann mich niemand mehr von Davidas Herz befreien. Und dieses Herz wird mich umbringen.

15

»Wir haben uns hier versammelt, um für Frieden und Gerechtigkeit zu demonstrieren!«, rufe ich einer riesigen Menschenmenge vor mir zu.

Ich stehe auf der Liberty Park Plaza, einem Platz im Finanzdistrikt von Manhattan. Trotz der glühenden Hitze sind sie alle – Männer, Frauen und Kinder, Mystiker und Nichtmystiker – gekommen, um meine Rede zu hören. Ich bin dankbar für diese zweite Chance.

»Mein Bruder hat die Stadt von Soldaten umstellen lassen und die Bootsanlegestellen besetzt. Alle in der Tiefe wissen, was das bedeutet: Es gibt kaum noch Möglichkeiten, die Stadt zu verlassen.«

Turk, Jarek und ein paar andere Mystiker stehen hinter mir und beobachten die Menge. Ich frage mich, wo Hunter steckt und ob er noch auftauchen wird.

Rund um den Platz sind weitere Rebellen postiert, nur für den Fall, dass mein Bruder auf dumme Gedanken kommen sollte. Vor dem Podium stehen mehrere Kameraleute und ich versuche die ganze Zeit, nicht auf den Großbildschirm zu schauen, auf dem mein Gesicht zu sehen ist.

»Niemand weiß, was mein Bruder als Nächstes vorhat.« Ich blicke hinauf in den Himmel. Von hier aus ist nur allzu offensichtlich, was geschehen wird: Das Kraftfeld, das im Augenblick wie eine dunkle, giftgrüne Glocke über den Horsten schwebt, wird bald die Wolkenkratzer, Leichtbahnstationen und silbernen Brücken umschließen wie eine Blase. »Lassen Sie sich von den jüngsten Ereignissen nicht einschüchtern«, sage ich. »Denken Sie daran, weshalb wir heute hier sind und was wir erreichen wollen: Freiheit, Gleichheit, Frieden – und zwar für alle, nicht nur für die Reichen.«

Ich breite die Arme aus. »Wir kämpfen für das Gute. Und darum sind wir besser als mein Bruder und als die Bewohner der Horste, die in ihre Hubschrauber steigen und aus der Stadt fliehen. Wir können uns Angst nicht leisten«, sage ich, »denn wenn wir Angst haben, werden wir diese Stadt verlieren – die Stadt, in der ich für immer leben möchte.« Ich lehne mich näher ans Mikrofon. »Sie nicht auch?«

Jubel brandet auf und die Kameras fangen die Gesichter begeisterter Menschen ein, die ihre Zustimmung lautstark herausbrüllen. Ich frage mich, was wohl die Leute denken, die diese Bilder zu Hause auf ihren Fernsehbildschirmen sehen.

Als mein Gesicht wieder eingeblendet wird, fahre ich fort: »Und jetzt können Sie mir gerne Fragen stellen.«

Plötzlich erscheint das Bild meines Bruders auf dem Monitor. Er trägt einen makellosen schwarzen Anzug und ein hellblaues Hemd, sein dickes blondes Haar ist streng zurückgekämmt und er ist frisch rasiert. Er sieht blendend aus. Unbeschwert. Er steht vor einer austauschbaren Backsteinmauer, die keinen Rückschluss auf seinen Aufenthaltsort zulässt.

»Hallo«, sagt er. »Tut mir leid, wenn ich Sie unterbrechen muss, aber ich habe etwas Wichtiges zu vermelden.«

Ich schnaube verächtlich. Er will die Veranstaltung stören, das ist alles!

»Ich muss Sie darüber informieren, dass sämtliche Wege aus der Stadt gesperrt sind, einschließlich der Brücken und Tunnel.« Die Kamera schwenkt kurz auf Bennie, die neben ihm steht. Sie trägt ein elegantes pfirsichfarbenes Seidenkleid, eine farblich dazu passende, wahrscheinlich sündhaft teure Perlenkette und High Heels mit Riemchen. Ihr Haar ist zu einem Knoten hochgesteckt. Sie sieht umwerfend aus, nur das Leuchten in ihren Augen scheint erloschen.

Die Menge gerät in Aufruhr. »Wir sitzen in der Falle!«, schreit jemand.

»Bitte, bitte bleiben Sie doch ruhig!«, sage ich ins Mikrofon.

»Wie alle bisherigen Maßnahmen dient auch diese nur Ihrem eigenen Schutz«, sagt Kyle. »Sämtliche Grenzen wurden geschlossen, damit meine Schwester und die Rebellen nirgendwohin fliehen können. Wir werden sie festnehmen und dafür sorgen, dass sie für all die Verwüstung und Zerstörung, die sie angerichtet haben, zur Rechenschaft gezogen werden.«

Das Bild auf dem Monitor teilt sich in zwei Hälften. Auf der linken Seite ist Kyle zu sehen, auf der rechten sieht man mich, wie ich gerade versuche, die beiden Wolkenkratzer am Einstürzen zu hindern. Die grünen Energiestrahlen, die aus meinen Fingern strömen, sind überdeutlich zu erkennen. Doch der Mitschnitt ist so bearbeitet worden, dass es aussieht, als wollte ich die Gebäude mit meinem Seil und meinem Lasso zu Fall bringen.

Dass es seine Bomben waren, die die Gebäude in Flammen aufgehen ließen, sagt Kyle natürlich nicht.

Auf dem Platz herrscht augenblicklich Stille. Alle starren auf den Bildschirm.

»Meine Schwester behauptet, sie wolle helfen«, sagt Kyle, »aber was tut sie stattdessen? Sie zerstört alles, was diese Stadt einmal ausgemacht hat.«

»Das ist nicht wahr!«, rufe ich. »Das ist ...«

»Deshalb bin ich sehr erleichtert, Ihnen eine erfreuliche Mitteilung machen zu können«, sagt Kyle lächelnd in die Kamera. »Ich habe mich mit Reginald Cotter, dem Bürgermeister von Philadelphia, getroffen. Unsere Städte werden zukünftig Seite an Seite stehen, denn wir teilen dieselben Überzeugungen und Ziele.« Die Kamera zoomt heran, sodass das Gesicht meines Bruders nun den kompletten Bildschirm ausfüllt. »Bürgermeister Cotter hat uns seine Unterstützung beim Wiederaufbau der Stadt zugesichert. Mit seiner Hilfe wird sie schon bald wieder in altem Glanz erstrahlen.«

Davon höre ich heute zum ersten Mal. Ich kenne nur das Gerücht, dass Philadelphia plant, uns anzugreifen. Ich wäre nie auf die Idee gekommen, dass Kyle ein offizielles Bündnis mit einer anderen Stadt schließen würde. Ich dachte immer, dafür wäre er viel zu stolz – und viel zu versessen darauf, unserem Vater zu imponieren.

Aber Johnny Rose ist wahrscheinlich längst weg und Kyle hat die alleinige Kontrolle über die Horste – sein Königreich, das dem Untergang geweiht ist.

Mein TouchMe, der auf dem Pult liegt, leuchtet auf. Ich habe eine neue Nachricht von dem anonymen Absender:

GLAUBE DEINEM BRUDER KEIN WORT.

COTTER IST EIN MÖRDER.

Die Warnung vor Kyle war überflüssig, aber der zweite Satz ist brisant. Will dieser Kerl aus Philadelphia, Reginald Cotter, in Wahrheit unsere Stadt zerstören?

Wer immer mir diese Nachricht geschickt hat, muss aus Kyles engstem Umfeld stammen. Aber wer könnte das sein? Einer seiner Leibwächter? Sein bester Freund Danny? Unsere alte Dienerin Magdalena? Doch die im Augenblick viel entscheidendere Frage lautet: Sollte ich jemandem trauen, der noch nicht einmal bereit ist, mir seine Identität zu offenbaren?

»Es ist vorbei, Aria. Gib endlich auf«, sagt mein Bruder jetzt. »In ein paar Tagen werden unsere Verbündeten aus Philadelphia kommen und mit dem Wiederaufbau unserer Stadt beginnen. Jeder, der sich uns anschließt, wird dafür belohnt werden.«

Darum also das Kraftfeld: Es war nie dazu bestimmt, ganz

Manhattan vor einer Invasion zu schützen, sondern lediglich die Reichen in den Horsten. Während sie in einer sicheren, mystischen Blase hocken, werden die Truppen aus Philadelphia in die Tiefe einmarschieren und dort tun und lassen, was sie wollen – rauben, plündern, zerstören. Töten.

»Gib auf, Aria! Du hast verloren«, sagt mein Bruder und wendet sich wieder an die Massen: »Dieser Tag wird als Tag der Wiedergeburt in die Geschichte unserer Stadt eingehen.«

Ich weiß nicht, was in diesem Moment in mich fährt, aber plötzlich strecke ich die Arme aus, ziele auf den Bildschirm und feuere grüne Strahlen direkt ins Gesicht meines Bruders.

Kyles Bild flackert und verschwindet dann. Der Großbildschirm geht blitzschnell in Flammen auf, gelbe und orangefarbene Funken tanzen durch die Luft und tauchen den Platz in ein rötliches Licht. Ich spüre, wie das Blut in meinen Adern rauscht und anfängt zu brodeln. Ich werde nicht zulassen, dass mein Bruder damit durchkommt. Ich werde nicht zulassen, dass er gewinnt.

Ich atme tief aus und versuche, mich zu beruhigen. Die Energiestrahlen, die meinem Körper entströmen, verschwinden langsam.

Die Flammen werden kleiner und zurück bleiben die verschmorten, zischenden Überreste des Großbildschirms.

Die Anspannung auf dem Platz ist förmlich greifbar. Die Leute wissen nicht, was sie von meiner kleinen Showeinlage halten sollen – ob sie ihnen Angst machen oder ihnen neue

Hoffnung einflößen soll. Ich drehe mich zu Turk um. Er grinst bis über beide Ohren.

»Und das, mein lieber Bruder«, sage ich mit ruhiger Stimme ins Mikrofon, »ist die Antwort auf die Frage, was ich von deinen Plänen halte.«

Nach einem Augenblick der Stille brandet tosender Applaus auf. Ich blicke in Hunderte strahlende Gesichter und spüre, wie der ganze Platz von einer Welle der Energie erfasst wird. Ich erinnere mich daran, wie Violet Brooks vor Hunderten Menschen über die Zukunft Manhattans gesprochen hat.

Vielleicht kann ich ihre Visionen nun wahr werden lassen.

»Soll ich euch sagen, was mein Bruder wirklich vorhat?« Ich zeige auf den zerstörten Bildschirm. »Er will seine Macht ausdehnen und er wird jeden umbringen, der sich ihm in den Weg stellt. Die Truppen aus Philadelphia werden diese Stadt nicht wieder aufbauen. Sie kommen, um sie zu zerstören – zumindest jenen Teil von Manhattan, der Kyle schon immer ein Dorn im Auge war: die Tiefe. Das dürfen wir nicht zulassen! Niemals!«

»Niemals!«, ruft die Menge.

Ich atme tief ein und aus. Mein Kopf tut weh, aber ich fühle mich stark und selbstsicher. »Gibt es noch Fragen?«

Eine Stunde später hat sich die Versammlung fast vollständig aufgelöst. Die Kundgebung war ein Riesenerfolg. Während ich meinen Blick noch einmal über den Platz schweifen lasse, lässt

Turk seine Hand in meine gleiten. »Das lief richtig gut«, sagt er. Im grellen Sonnenschein strahlen die Piercings mit seinen Augen um die Wette.

»Ich weiß.«

»Wie geht es dir?«

»Mir ... mir geht's gut.« Ich lasse mich in seine Arme sinken. Es ist schön, ihn so nah zu spüren. Doch gerade als ich ihn küssen will, höre ich ein Räuspern hinter mir. Ich wirbele herum. Es ist Hunter.

Er sieht überrascht aus, fängt sich jedoch sofort wieder und mustert uns mit eisblauen Augen.

Reflexartig lasse ich Turks Hand los. Auch ihm scheint die Situation unangenehm zu sein, doch er weicht mir nicht von der Seite. Zwei beste Freunde. Und ich stehe zwischen ihnen.

»Kann ich dich kurz sprechen, Aria?«, fragt Hunter. Ob er meine Rede mitverfolgt hat? Ob er gesehen hat, was ich mit dem Bildschirm gemacht habe?

Turk legt den Kopf schief. »Gibt es irgendetwas, wovon ich nichts wissen darf?«

»Nein«, erwidert Hunter. »Ich will nur ...«

Hinter ihm stehen Jarek und Shannon und unterhalten sich mit zwei anderen Rebellen in schwarzen Kampfanzügen. Seit wann ist Shannon hier? Ist sie zusammen mit Hunter gekommen?

»Na schön, von mir aus«, sagt Hunter.

»Shannon und mir ist es gelungen, einige Mystiker aus der

Stadt rauszubringen.« Sein Blick wandert über den sich leerenden Platz. Seine Wangen sind rau und stoppelig, die Lippen rissig. »Ein paar Boote mit Kindern und abgeschöpften Frauen. Wir haben sie über den Hudson Richtung New Jersey geschickt, wo andere Mystiker sie erwarteten.«

»Aber das sind doch gute Nachrichten«, sage ich. »Ihr habt es geschafft, sie an den Leuten meines Bruders vorbeizuschleusen.«

Hunter nickt, sieht jedoch keineswegs glücklich aus. »Nur dass sie ihr Ziel nie erreicht haben.«

»Was soll das heißen?«, fragt Turk entsetzt.

»Wir hätten inzwischen längst was von ihnen hören müssen«, erwidert Hunter, »aber die Boote, die wir losgeschickt haben, sind nie in New Jersey angekommen. Das bedeutet …«

»… dass sie abgefangen wurden«, beende ich seinen Satz. Jetzt verstehe ich auch, warum Hunter so besorgt dreinblickt.

Das Kraftfeld hat inzwischen die Brücken erreicht und fließt unter ihnen zusammen. Nicht mehr lange, und es wird Manhattan in zwei Hälften teilen.

In Oben und Unten. Horste und Tiefe. Reich und Arm.

Leben und Tod.

»Philadelphia«, sage ich atemlos.

»Was?«, fragt Hunter.

»Mein Bruder macht jetzt gemeinsame Sache mit dem Bürgermeister von Philadelphia, Reginald Cotter. Hast du Kyles Ansprache gesehen?« Als Hunter den Kopf schüttelt, frage ich: »Was weißt du über diesen Cotter?«

»Nichts«, antwortet Hunter. »Wahrscheinlich ist er auch irgend so ein korrupter Politiker.«

»Ich glaube, Cotter soll Kyle dabei helfen, uns auszuschalten. Vielleicht hat er die Boote ja in Kyles Auftrag abfangen lassen. Ich habe neulich Graffiti mit den Worten *Philadelphia kommt* gesehen. Und Ryah hat gehört, dass sich die Mystiker in Philadelphia angeblich auf einen Angriff vorbereiten. Was ist, wenn in Wirklichkeit Cotter diesen Angriff plant?« Mein Blick wandert von Turk zu Hunter und wieder zurück. Könnte es sein, dass die Soldaten aus Philadelphia einfach nur darauf warten, dass das Kraftfeld die Horste vollständig einschließt, und dann sofort zum Angriff übergehen? Eine derartige Absprache mit Cotter sähe meinem Bruder durchaus ähnlich.

»Wir müssen rausfinden, wo Kyle steckt und woher er die Energie für dieses Kraftfeld bezieht«, sagt Hunter. »Ich habe mich mal schlaugemacht: Welche mystischen Energiereserven diese Stadt auch immer hatte – sie sind so gut wie erschöpft. Ich glaube nicht, dass man eine ganze Stadt am Leben erhalten und gleichzeitig ein derart starkes Kraftfeld erzeugen kann. Und das wiederum bedeutet«, fährt Hunter aufgeregt fort, »dass dein Bruder eine andere Energiequelle anzapft.«

»Und was sollen wir jetzt machen?«, fragt Turk nervös.

Ich kann Hunter förmlich ansehen, wie es in ihm arbeitet. »Aria, du musst uns so viele Informationen wie möglich beschaffen. Höre dich bei deinen alten Freunden in den Horsten um.«

»Ich habe schon mit Kiki geredet, aber aus ihr war nicht viel herauszukriegen«, sage ich. »Ich werde sehen, was ich tun kann.«

»Und wir müssen rausfinden, wer dieser Cotter ist. Und was er und Kyle wirklich vorhaben«, sagt Hunter. »Tragt eure TouchMes immer bei euch. Ich melde mich, sobald ich was Neues erfahre.«

»Wie viele Leute hast du?«, frage ich. Seit dem Tod seiner Mutter war Hunter damit beschäftigt, so viele Rebellen wie möglich hinter sich zu versammeln.

»Knapp fünfhundert.«

»Das ist gut«, sagt Turk. »Aber nicht genug.«

»Es ist ein Anfang«, erwidert Hunter leicht gereizt. Er sieht Turk an, als wünschte er, sein Freund würde sich aus der Unterhaltung heraushalten.

»Was schätzt du, wie groß ist die Armee meines Bruders?«, frage ich.

»Keine Ahnung«, antwortet Hunter. »Wahrscheinlich Tausende Mann stark. Wieso fragst du?«

»Wie wäre es, wenn wir den Kampf eröffnen würden, bevor das Kraftfeld sich geschlossen hat? Hätten wir dann eine Chance zu gewinnen?«

Hunter ist sichtlich überrascht von meinem Vorschlag, was mich nicht verwundert. Schließlich habe ich gerade deshalb mit ihm Schluss gemacht, weil er so besessen davon war, die Horste zu vernichten. Ich habe ihm vorgeworfen, blind für andere Lösungen zu sein, die weit weniger Opfer fordern würden.

Aber inzwischen bin ich mir nicht mehr so sicher, dass es eine friedliche Lösung gibt. Mein Bruder hat uns von Soldaten umstellen lassen und wer weiß, was seine Verbündeten noch so auf Lager haben.

In diesem Moment kommen Jarek und Shannon dazu.

»Was geht ab?«, fragt Jarek. »Worüber redet ihr?«

Ich wiederhole meine Frage.

Nach kurzem Überlegen antwortet Hunter: »Wir könnten uns sicher eine Weile verteidigen, aber nicht lange. Mit den Truppen aus Philadelphia an seiner Seite wird Kyle uns einfach abschlachten.«

Wie schwer es Hunter fallen muss, das zuzugeben.

»Ich will siegen«, sagt er. »Aber nicht um jeden Preis. Wir können die Menschen in der Tiefe nicht für den Sieg opfern.« Er deutet auf den Platz, auf dem sich vorhin die Massen gedrängt haben. »Wir müssen diese Menschen retten, Aria. Mystiker und Nichtmystiker.«

Ich lächele, denn ich habe lange darauf gewartet, diese Worte aus seinem Mund zu hören.

»Du und ich«, sage ich. »Wir beide können es schaffen.«

»Ähm, 'tschuldigung?«, meldet sich Shannon zu Wort. »Wenn schon, dann schaffen wir es gemeinsam.«

»Ganz meine Meinung«, brummt Turk.

»Ich weiß«, sage ich und lehne mich an Turks Schulter. Hunter wendet sich verlegen ab. »Wir sind ein Team.«

Ja, dieser bunt zusammengewürfelte Haufen ist jetzt meine

Familie. Wir kämpfen. Wir lieben. Wir versuchen, zu überleben.

»Ich hoffe, du hast Recht«, sagt Hunter. »Denn wenn nicht ...«

Er lässt den Satz unvollendet, aber tief in meinem Herzen weiß ich, was er sagen will: *Denn wenn nicht, werden wir alle sterben.*

16

Ich blicke Hunter nach, der sich aufmacht, um mehr über die möglichen Angreifer aus Philadelphia herauszufinden. Shannon, Jarek und die anderen Rebellen schwärmen in die Straßen aus. Sie wollen die Tiefe auf eine mögliche Invasion vorbereiten.

Ich will mehr tun, als nur Reden halten. Ich will meinem Bruder heimzahlen, dass er mir seine Verbrechen anhängen wollte, um die Bürger auf seine Seite zu ziehen. Kyle war nicht immer ein schlechter Mensch. Ich weiß das, denn schließlich bin ich mit ihm aufgewachsen. Aber irgendetwas hat ihn verändert, irgendetwas hat ihn zu einem verwirrten, machthungrigen Zombie mutieren lassen. Er hat unseren Vater immer gehasst, und jetzt ist er seine perfekte Kopie. Ob ihm das bewusst ist? Oder ist er inzwischen viel zu verblendet, um die Wahrheit zu erkennen?

Ich ziehe meinen TouchMe aus der Tasche und rufe noch einmal sämtliche Nachrichten des anonymen Absenders auf. Es ist ein Schuss ins Blaue, aber es scheint mir im Augenblick die einzige Chance zu sein, an Informationen zu gelangen, also schreibe ich: WAS HAT MEIN BRUDER VOR?

»Ich würde zu gerne wissen, was du gerade denkst«, höre ich Turk sagen. Ich habe gar nicht gemerkt, dass er hinter mir steht.

Ich schalte meinen TouchMe aus, stecke ihn zurück in die hintere Hosentasche und drehe mich um.

»Wenn ich dir das alles erzählen würde, stünden wir morgen Früh noch hier.«

Er legt seine Hand behutsam unter mein Kinn und hebt es an, sodass wir uns in die Augen sehen. Dann beugt er sich vor und küsst mich. Ich weiche zurück. »Turk, jetzt ist nicht der richtige ...«

»Quatsch, jetzt ist der perfekte Zeitpunkt.«

Er presst seine Lippen auf meine und ich spüre ein Prickeln auf der Haut. Sind meine Gefühle für ihn so stark? Oder sind das nur unsere mystischen Energien, die aufeinander reagieren? Als ich Hunter zum ersten Mal berührte, spürte ich ein ähnliches Prickeln, nur dass ich damals noch keine mystischen Kräfte besaß.

In meinem Kopf beginnt es zu pochen und ich schiebe Turk weg.

»Stimmt was nicht?«, fragt er.

»Nein, nein, alles okay«, antworte ich. »Mir geht es nur gerade nicht so gut.«

»Das liegt an diesem verdammten Herz.« Er legt seine Hand vorsichtig auf meine Brust, genau auf den grünen Fleck. »Stimmt doch, oder?«

»Ganz ehrlich?«, sage ich. »Ich weiß es nicht.«

Turk zieht mich zu einer Steinbank am Rand des Platzes. Das Sonnenlicht verfärbt sich durch das Kraftfeld grünlich, der Himmel, sonst trübe wie das Brackwasser der Kanäle, ebenso.

»Woran denkst du?«, fragt Turk weiter.

»An tausend Dinge.«

Er lacht. »Na dann, schieß los.«

»Ich bin so wütend auf Kyle, dass ich schreien könnte«, sage ich und balle die Fäuste. Das Kopfweh ist schlimmer geworden. Ich reibe mir die Schläfen, um den Schmerz zu lindern.

»Es bringt nichts, sich über ihn aufzuregen. Wir haben ja doch keinen Einfluss darauf, was er als Nächstes tut«, sagt Turk ruhig. »Wir können nur versuchen, auf alles vorbereitet zu sein.«

»Ich will aber nicht bloß reagieren«, erwidere ich. »Ich will agieren. Ich will Kyle aufhalten. Davida hat mir ein großes Geschenk gemacht und ich will ihre Kräfte einsetzen, um für unsere Sache zu kämpfen.«

Turk spielt gedankenverloren mit seiner silbernen Halskette. »Was für ein Geschenk soll das sein, wenn es dich umbringt?«

Mir stockt der Atem und ich kann ihm nicht in die Augen sehen. Ich wollte ihm die Wahrheit möglichst lange ersparen. Aber anscheinend hat er sie sich selbst zusammengereimt. »Was meinst du damit?«

»Das ist doch offensichtlich.« Turk lässt die Schultern sinken und sieht mich traurig an. »Dir geht es seit Wochen schlecht und deine Haut verfärbt sich. Das hat Lyrica doch zu dir gesagt, oder? Dass du sterben wirst?« Er wartet meine Antwort gar nicht ab. »Darum wollte sie auch, dass wir die Schwester finden. Aber die Schwester ist nicht hier.«

»Aber wir ... wir könnten weiter nach ihr suchen ... Wir könnten ... jemanden um Hilfe ...«

»Es gibt niemanden mehr, den wir um Hilfe bitten können!« Turk springt auf und fährt sich mit der Hand über den Kopf. Plötzlich tritt er wütend gegen einige Steine, die klatschend im Kanal hinter uns landen.

»Warum bist du denn jetzt so sauer auf mich?«

»Weil ...« Turk fährt herum. Die Hände in den Hosentaschen vergraben, starrt er zu Boden. »Weil ich dich liebe.«

Mir bleibt die Luft weg. Obwohl wir uns küssen und Händchen halten und uns auch sonst so benehmen, als wären wir ein Paar – obwohl es sich so gut und so richtig anfühlt, wenn wir zusammen sind –, ist mir dieses Wort dabei noch nie in den Sinn gekommen. *Liebe.* Dieses Wort, das etwas Wundervolles oder furchtbar Tragisches beschreiben kann – und manchmal auch beides zugleich. Turk liebt mich?

»Geht das nicht ein bisschen zu schnell?«, frage ich vorsichtig.

Er schüttelt den Kopf und setzt sich wieder. Dann hebt er langsam den Blick. Die grünen Sprenkel in seinen haselnussbraunen Augen leuchten im Sonnenlicht. Auf den ersten Blick hat er etwas Gefährliches, Düsteres – sogar wenn er lächelt – und seine raue Art wirkt anfangs einschüchternd. Dabei habe ich noch nie einen gutherzigeren Jungen als Turk getroffen.

Die Tattoos auf seinen Armen flimmern, als wären sie lebendig, und die Farben leuchten so fremdartig und kräftig, dass man den Blick einfach nicht davon abwenden kann. Erst jetzt fällt mir ein kleines Tattoo in seiner Armbeuge auf: ein Kreis aus sieben kleinen gelben Sternen mit blauer Umrandung. Die Sterne erinnern mich an das Bild auf dem Deckel von Davidas Reliquiar und die Malereien an den Wänden des Farmhauses. Sie stehen symbolisch für die sieben Schwestern, die ersten Mystikerinnen. Wahrscheinlich sind sie alle tot.

Während ich Turks Tattoos betrachte, wird mir bewusst, wie wenig ich eigentlich über ihn weiß. Es gibt noch so viel, was ich von ihm erfahren möchte.

»Für mich war es Liebe auf den ersten Blick«, sagt er.

»Was? Wirklich?«

»Ja. Ich kann mich noch genau an unsere erste Begegnung erinnern. Du warst mit Hunter in seinem alten U-Bahn-Waggon und ihr habt Musik gehört. Ich wusste nicht, dass er Besuch hatte, sonst wäre ich nicht einfach so hereingeplatzt. Er hatte mir schon von dir erzählt und gemeint, dass er einem Mädchen wie dir noch nie begegnet sei. Ich hatte dich auch schon in den Nachrichten gesehen, aber in echt ...«

Er zieht mich in seine Arme. Ich schmiege meine Wange an seine Brust und spüre seinen Herzschlag. Mein Kopf tut immer noch weh, aber bei ihm fühle ich mich geborgen und sicher.

»Ich war sofort hin und weg.« Er haucht mir einen Kuss ins Haar. »Aber du warst Hunters Freundin. Du gehörtest zu ihm.«

Ich weiche zurück. »Ich gehöre zu niemandem. Ich bin ein freier Mensch.«

Er reibt sich die Stirn. »Das weiß ich doch. Ich wollte damit nur sagen, dass du Hunters Freundin warst, ihr wart ein Paar und ich war ... raus aus der Nummer. Aber jetzt ... jetzt habe ich das Gefühl, dass wir vielleicht doch eine Chance haben könnten. Ich will dich nicht verlieren. Ich möchte mit dir zusammen sein. So richtig, als Paar. Und nicht nur heimlich.« Er schluckt. »Was ist los?«

Ich muss seine Worte erst einmal sacken lassen. Lange habe ich in Turk nicht mehr gesehen als einen guten Freund. Ich muss daran denken, wie er mich mit seinem Motorrad gerettet hat. Wie wir uns im Krankenlager gemeinsam die Haare abrasieren ließen. Diese Sachen hat er nicht gemacht, weil er sich Hunter verpflichtet fühlte, sondern weil ich ihm etwas bedeutete. Mir brummt der Schädel.

Ich glaube, ich will mit ihm zusammen sein. Und ganz sicher könnte ich ihn eines Tages lieben. Ich fühle mich sehr stark zu ihm hingezogen, aber ist jetzt wirklich der richtige Zeitpunkt, um über meine Gefühle für Turk nachzudenken? Sind andere Fragen im Augenblick nicht viel drängender?

»Aria, hast du gehört, was ich gesagt habe?«, fragt Turk.

Ich bringe kein Wort heraus, denn es fühlt sich an, als würde mein Hirn jede Sekunde explodieren. Ich schlage die Hände vors Gesicht, hole tief Luft und wiege mich vor und zurück.

»Aria?« Turk kniet sich vor mich, doch er verschwimmt vor

meinen Augen. Alles sieht aus wie in Nebel gehüllt. Und dann sucht mich die nächste Erinnerung heim ...

»Kyle?«
Ich stehe mit einem Tablett in der Hand vor seiner Zimmertür, aber er reagiert nicht auf mein Rufen.
»Kyle, ich bringe dir dein Mittagessen.« Ich weiß, dass er da ist, denn Danny war den ganzen Vormittag bei ihm und ist eben erst gegangen. Kyles Freundin Bennie ist für ein paar Tage mit ihren Eltern verreist. Ich schätze, er ist deswegen traurig und hockt nun schmollend in seinem Zimmer.
Ich trete einen Schritt vor und lege meine Hand auf das Touchpad an der Wand. Die Tür gleitet leise auf und ich spähe ins Zimmer.
Kyle sitzt in Unterhemd und Trainingshose auf dem Bettrand und kauert über einem kleinen Glastisch. Ich will gerade etwas sagen, als ich sehe, wie er ein Röhrchen zur Nase führt.
Und dann sehe ich auch das grüne Pulver auf der Glasplatte. Stic. Kyle beugt sich herunter und zieht sich eine Line in die Nase.
Ich muss irgendein Geräusch gemacht haben, denn plötzlich fährt er hoch und starrt mich an. Es sieht aus, als hätte er geweint.
»Verschwinde, Davida«, sagt er. »Oder du bist gefeuert.«
»Es tut mir leid, Kyle ...«
Er springt vom Bett auf. »Raus hier! Sofort!«

Dann schnappt er sich den Tisch, hebt ihn hoch, spannt die Muskeln an und bricht ihn in zwei Teile. Das Glas zerspringt und die Tischbeine aus Metall brechen ab wie morsche Zweige. Kyles Gesicht ist rot. Wutverzerrt.

Ich stürze aus dem Zimmer, ohne mich noch einmal umzudrehen.

»Aria, hörst du mich?«

Ich schüttele Davidas Erinnerungen ab. Turk betrachtet mich voller Sorge. Über uns haben sich dunkle Wolken zusammengeballt und werfen einen Schatten auf sein Gesicht.

»Ja«, sage ich.

»Was ist los?«, fragt Turk.

»Davida …«

Turk sieht mich verwirrt an. »Davida? Sie ist …«

»Ich kann ihre Erinnerungen sehen«, erkläre ich. »Sie will mir irgendetwas zeigen, ich weiß nur nicht, was.«

In diesem Augenblick durchzuckt ein scharfer Schmerz meinen Nacken. Ich reiße unwillkürlich den Kopf zurück und verliere fast das Gleichgewicht. Ich spüre, wie Turk nach meinen Händen greift. Und dann sehe ich …

Das obere Stockwerk im Apartment der Roses. Ich bin mit meinen morgendlichen Pflichten fast fertig: Ich habe Arias und Kyles Zimmer aufgeräumt und die Betten gemacht. Die Schmutzwäsche ist in der Reinigung und Badezimmer, Bibliothek, Wohn-

zimmer und das Foyer sind blitzblank. Magdalena, die seit vielen Jahren für die Roses arbeitet, ist für Johnny und Melinda Roses Zimmer und Bäder sowie für die Küche zuständig.

Auf Kyles Kopfkissen waren Blutflecken, ein Indiz dafür, dass er immer noch Stic nimmt. Seit ich ihn vor ein paar Tagen dabei erwischt habe, wie er sich eine Line reingezogen hat, geht er mir aus dem Weg. Heute Morgen habe ich gesehen, dass er einen neuen Nachttisch hat, einen mit Intarsien verzierten Tisch aus dunklem Holz.

Ich würde Aria gern erzählen, was ich beobachtet habe, aber ich will sie nicht beunruhigen. Sie hat wahrlich schon genug um die Ohren. Erst hat sie ihr Gedächtnis verloren und jetzt steht ihr auch noch die Verlobung mit Thomas bevor. Ich werde warten, bis sich die Wogen geglättet haben.

Ich weiß nicht, was ich von Kyle halten soll. Er war immer so ein netter Junge – rücksichtsvoll, still, ein Einzelgänger. Auch jetzt hat er kaum Freunde, eigentlich nur Danny und seine Freundin Bennie. Falls er noch andere Freunde auf dem College hat, so redet er zumindest nie über sie.

Ich genieße Tage wie diese: wenn das Haus fast leer ist und ich in aller Ruhe die vielen schönen Dinge bewundern kann, die die Roses hier horten.

Weil meine Eltern ihr Dasein nicht als seelenlose Automaten fristen wollen, entziehen sie sich den Abschöpfungen und leben im Untergrund. Bevor sie mich in die Horste schickten, habe ich mit meinen Eltern und ein paar anderen Mystikerfamilien in einem *verwaisten U-Bahn-Waggon gehaust. Es gab kaum genug Platz für uns alle.*

Das luxuriöse Leben der Roses hätten wir uns nicht in unseren kühnsten Träumen vorstellen können: drei Etagen in einem Apartmenthaus ganz allein für sie und ihre Bediensteten; Räume, die ausschließlich für Bücher, Kunst und Musik bestimmt sind; ein Konzertflügel, den ich tagtäglich abstaube, auf dem aber nur ein einziges Mal gespielt wurde, seitdem ich hier bin; handgenähte Kissen aus importierter Seide; prächtige Ledercouchs; Holztische mit Perlmutt-Einlagen; Vorhänge, die sich per Knopfdruck schließen lassen; mit Bewegungssensoren ausgestattete Türen, die sich automatisch öffnen, sobald man sich ihnen nähert.

Ich fahre mit meiner behandschuhten Hand über das Treppengeländer aus Mahagoni und gehe zur Bibliothek, Mr Roses persönlichem Heiligtum.

Was mich zuerst stutzen lässt, ist die offen stehende Tür. Vielleicht macht Magdalena gerade in der Bibliothek sauber? Unwahrscheinlich, aber möglich. Als ich den Raum betreten will, höre ich ein Rascheln. Ich drücke mich gegen die Wand und wünschte, ich wäre unsichtbar.

Stille. Nach einer Weile riskiere ich einen Blick. Mitten in der Bibliothek steht Kyle.

Er hat dunkle Augenringe und sieht total fertig aus. Wie die meisten Sticsüchtigen ist er dünn, viel zu dünn. Er starrt die Wand an, während durch die Fenster hinter ihm die Skyline von Manhattan in der Sonne glitzert.

Kyles Blick ist auf eines von Mr Roses Ölgemälden gerichtet, auf dem ein kleines Mädchen zu sehen ist. Es rennt durch ein leuchtend gelbes Löwenzahnfeld, über dem sich ein dunkelblauer Himmel wölbt. Die Blumen sind so riesig, dass sie das Mädchen überragen, und die Blüten sind größer als sein Kopf. Es sieht aus, als würden sich die Blumen in einer sanften Brise wiegen und auch das Mädchen scheint sich tatsächlich zu bewegen. Das liegt daran, dass das Bild mit mystischen Farben gemalt wurde – es ist voller Magie und darum ein kostbares Sammlerstück, das sich nur die Reichsten unter den Reichen leisten können.

Ich hatte nur selten Gelegenheit, das Bild zu betrachten, nämlich dann, wenn Mr Rose mich ausnahmsweise in die Bibliothek rufen ließ. Es nimmt fast die gesamte Wand ein. Mr Rose hat es nicht aufgehängt, sondern einfach nur gegen die Wand gelehnt wie eine Leiter, was ich seltsam finde.

Aus dem Bild spricht eine Traurigkeit, die mich jedes Mal aufs Neue beklommen macht. Das kleine Mädchen wirkt so verloren in diesem Feld, dessen Schönheit mir immer trügerisch erschien. So als ginge von ihm in Wahrheit eine tödliche Gefahr aus.

Kyle starrt noch immer gedankenverloren auf das Bild. Seine rechte Hand zuckt, genau wie sein rechtes Bein. Ich frage mich, wie viel Stic er wohl intus hat.

Dann fällt mein Blick wieder auf das Gemälde, das vor meinen Augen zum Leben erwacht: Die Farben wirbeln ineinander, bis die Szenerie beinahe plastisch wirkt. Kyle streckt eine Hand aus und streicht mit dem Finger über die Leinwand. Das Grün der Wiese leuchtet plötzlich noch intensiver und die Luft fängt an zu flirren. Hier ist eindeutig Magie im Spiel. Und dann taucht Kyles Hand in das Gemälde ein und verschwindet.

Er schnappt nach Luft. Es muss das erste Mal sein, dass er es wagt, das Bild zu berühren.

Ich könnte nach ihm rufen, zu ihm hinrennen und seine Hand aus dem Bild zerren – aber ich rühre mich nicht von der Stelle und warte gespannt ab, was er als Nächstes tut.

Ein Summen erfüllt den Raum, als Kyles Haut in demselben zarten Grünton zu schimmern beginnt wie das Gemälde. Das Motiv verschwimmt und löst sich dann in einem Strudel aus Farben und Licht auf. Langsam lässt Kyle seinen ganzen Arm in dem Bild verschwinden.

Er verharrt einen Augenblick und lächelt – zum ersten Mal seit Tagen sehe ich in seinem Gesicht ein natürliches Lächeln. Dann holt er tief Luft und läuft geradewegs in das Gemälde hinein.

Ich werde von einem grünen Lichtschein geblendet – und Kyle ist weg.

»Turk!« Ich öffne die Augen. Wir sitzen wieder nebeneinander auf der Steinbank und halten uns an den Händen. Ich weiß nicht, wie viel Zeit vergangen ist – ob Stunden oder nur Minuten –, aber ich bin unendlich froh, dass Turk noch immer bei mir ist.

»Alles gut. Ich bin hier«, sagt er. »Du hast irgendetwas von einem Gemälde gemurmelt.«

»Weißt du noch, wie du mich damals gerettet hast?«, frage ich.

Er kneift die Augen zusammen und grinst. »Welches von den vielen Malen meinst du?«

»Als Thomas mich entführt hat.« Thomas' Soldaten überfielen an jenem Abend das alte Farmhaus, eines der Rebellenzentren außerhalb der Stadt, um an mich heranzukommen. Sie töteten jeden, der sich ihnen in den Weg stellte, brachten mich zurück in die Horste und hielten mich dort gefangen. Kurz bevor Thomas mir meine Erinnerungen ein zweites Mal stehlen konnte, kam Turk auf seinem Motorrad durch eines der Gemälde gerast, befreite mich und brachte mich ins Versteck der Rebellen in Harlem.

»Das Gemälde war ein Portal«, sage ich.

»Ja, und?«, fragt Turk.

»Du hast mir damals erzählt, dass mystische Gemälde früher dazu benutzt wurden, die Bewohner in den Horsten auszuspionieren.«

»Ja, stimmt«, sagt Turk. »Es war ein Weg, um an Informationen zu gelangen. Und die reichen Leute haben sich die Dinger haufenweise an die Wände gehängt.« Er lacht spöttisch. »Die hatten echt keinen blassen Schimmer.«

»Davidas Erinnerungen haben mir ein Gemälde im Apartment meiner Eltern gezeigt, das ebenfalls als Portal diente. Anscheinend wusste Davida nichts davon – genau wie ich.«

»Und ...«

»Aber Kyle ist dahintergekommen. Davida hat beobachtet, wie er in das Bild eingetaucht ist. Es steht in der Bibliothek meines Vaters. Das ist sicher kein Zufall.«

»Du denkst, dein Vater hat ein mystisches Portal benutzt?«, fragt Turk.

»Keine Ahnung«, erwidere ich. Das sähe meinem Vater eigentlich nicht ähnlich. Aber wer weiß, vielleicht war er durch das Portal mit jemandem in Kontakt, der für ihn arbeitete und mit dem er nicht in der Öffentlichkeit gesehen werden wollte. Oder – was ich für wahrscheinlicher halte – Kyle war der Einzige, der das Geheimnis des Gemäldes kannte. »Selbst wenn mein Vater nichts von dem Portal gewusst hat, müssen wir herausfinden, wohin es führt. Hast du eine Idee?«

Turk schüttelt den Kopf. »Der einzige Weg wäre, es selbst zu benutzen.«

»Dann lass uns das tun«, erwidere ich.

Turk seufzt. »Du wirst von Tag zu Tag schwächer. Das ist zu viel für dich.«

»Aber verstehst du denn gar nicht, was das bedeutet?«, frage ich. »Mein Vater hat mir erzählt, wie gern Kyle dieses Bild mochte. Anscheinend hat mein Bruder entdeckt, dass es ihn an einen anderen Ort bringt. Und wir müssen rausfinden, wo sich dieser Ort befindet.« Ich stehe auf, doch dabei wird mir so schwindelig, dass ich mich sofort wieder auf die Bank fallen lasse. »Ich wette mit dir, dass sich Kyles Machtzentrale dort befindet.«

»Aria«, sagt Turk in strengem Tonfall, »du kannst kaum noch laufen. Hältst du es wirklich für eine gute Idee, in deinem Zustand durch irgendwelche Portale zu spazieren, von denen wir nicht einmal wissen, wohin sie führen? Außerdem ist dein Bruder gefährlich.«

»Ich weiß«, erwidere ich. »Und genau deshalb müssen wir ihn finden.« Hunter meinte, ich solle mich mit meinen alten Bekannten aus den Horsten in Verbindung setzen, um zu erfahren, wo mein Bruder sich aufhält. Tja, mein mysteriöser TouchMe-Freund hat sich immer noch nicht gemeldet, und Davidas Erinnerung ist im Augenblick die heißeste Spur, die wir haben. Es wäre fahrlässig, ihr nicht nachzugehen.

»Turk ...« Ich schaue in seine warmen braunen Augen. »Lyrica ist tot. Und wir wissen nicht, wo die Schwester ist.«

»Wir müssen sie suchen. Damit sie dir helfen kann.« Turk steht auf und läuft vor der Bank auf und ab.

»Hör mir zu, Turk.« Ich halte ihn am Arm fest. »Ich weiß, dass ich krank bin und Hilfe brauche. Aber ich muss meinen Bruder aufhalten.« Meine Stimme zittert. »Und wenn du mich wirklich liebst, wirst du verstehen, warum. Ich habe keine andere Wahl.«

Ich sehe Turk prüfend an. Er steht vor mir, die Hände zu Fäusten geballt. Wie ein Fels in der Brandung. Und da weiß ich, dass er mir helfen wird.

Er öffnet die Fäuste und alle Härte weicht aus seinem Blick.

»Wenn du mir hilfst, dann lasse ich mich von dir zu jedem

nur erdenklichen Arzt oder Mystiker schleppen.« Ich strecke ihm meine Hand entgegen. »Abgemacht?«

Turk ist ganz offensichtlich alles andere als glücklich über meinem Vorschlag, aber er seufzt und schlägt ein. »Abgemacht.«

Ich stehe auf und gebe ihm einen langen Kuss. Er lächelt. »Also, wie lautet der Plan? Wie finden wir deinen Bruder?«

»Ganz einfach«, erwidere ich grinsend. »Wir brechen in das Apartment meiner Eltern ein.«

17

»Das kann nicht euer Ernst sein!« Hunter sieht uns an, als hätten wir den Verstand verloren.

Turk hebt abwehrend die Hände. »Meine Idee war's nicht.«

»Es ist die einzige Spur, die wir haben«, sage ich.

Wir sind in der Bibliothek des Rebellenverstecks und ich versuche, Hunter von meiner Idee zu überzeugen. Er hat sich an das eine Ende des langen Tisches gestellt und Turk an das andere. Ich stehe zwischen ihnen – mal wieder.

Auf dem Tisch liegen ein paar in Leder gebundene Bücher aus dem riesigen Bestand der Bibliothek sowie Karten von Philadelphia und Manhattan. Ich muss an den alten Seemann Donaldio denken, der mir damals geholfen hat, Davidas Herz zu finden. Er kannte sich in den Kanälen aus wie kein Zweiter. Ich wünschte, er wäre jetzt hier.

»Ich habe Informationen über die Situation in Philadelphia und diesen Cotter gesammelt«, wechselt Hunter das Thema und schiebt mir die Karten hin. Seine blauen Augen funkeln voller Energie und Tatendrang. »Meine Mutter kannte ein paar Rebellen in Philadelphia, denen habe ich eine Nachricht geschickt. Es ist aber noch keine Antwort gekommen.« Er deutet auf die Karte von Manhattan und Umgebung. »Außerdem gibt es Gerüchte über eine Schiffsflotte, die im Hudson River gesichtet worden sein soll. Ein paar meiner Leute versuchen herauszufinden, wer dahintersteckt. Sobald ich was weiß, gebe ich euch Bescheid.«

Ich hatte schon fast vergessen, wie autoritär Hunter sein kann. Wie schnell der liebevolle, fürsorgliche Junge in den Modus des erbarmungslosen Kriegers umschalten kann. Das war einer der Gründe, warum ich mit ihm Schluss gemacht habe. Im Augenblick bin ich allerdings eher froh darüber, dass jemand klare Ansagen macht.

Er drückt auf ein Touchpad und das Gesicht von Reginald Cotter erscheint auf dem Bildschirm.

Cotter ist ein attraktiver, dunkelhäutiger Mann Ende fünfzig oder Anfang sechzig, der trotz einiger Falten auf der Stirn und um die Mundwinkel vor Kraft und Willensstärke nur so zu strotzen scheint. Lachfältchen sucht man in seinem Gesicht allerdings vergebens. Er erinnert mich mit seiner ganzen Ausstrahlung sehr an meinen Vater, und das behagt mir ganz und gar nicht.

Das mystische Gemälde mit dem Löwenzahnfeld geht mir nicht aus dem Sinn. Ich muss Hunter unbedingt von meinem Plan überzeugen. Wir brauchen seine Hilfe, wenn wir in das Apartment reinwollen.

»Ich glaube, dass uns das Portal in dem Bild zu meinem Bruder führen wird«, sage ich, bevor Hunter mit seinem Bericht über Cotter anfangen kann. »Und deshalb müssen wir in die Bibliothek meines Vaters.« Wenn ich daran denke, dass ich erst neulich Abend direkt vor diesem Bild gestanden habe, könnte ich durchdrehen. Aber da wusste ich ja auch noch nicht, um was es sich dabei in Wahrheit handelt.

»Falls du Recht hast, führt uns das Portal direkt zu Kyles Operationsbasis. Was schätzt du, von wie vielen Soldaten er bewacht wird?«

»Dreißig, vierzig, fünfzig? Keine Ahnung.«

»Das heißt, wir brauchen einen guten Plan.« Hunter blickt zu Turk. »Wir sind zu dritt. Wie sollen wir an den Soldaten vorbeikommen und uns Kyle schnappen, bevor er abhauen kann?«

Plötzlich gleitet die Tür auf und Shannon, Jarek und Ryah kommen herein. Ryah kann inzwischen schon ohne Krücken laufen. Ihr Gesicht ist fast verheilt, sie trägt eine glänzende, schwarze Augenklappe und hat sich die kurzen Haare neu gefärbt – in Quietschpink. Es erinnert mich an das Satinkleid, das ich zu meinem zehnten Geburtstag getragen habe, als Kiki und ich gerade in unserer Prinzessinnenphase waren.

»Hat hier gerade jemand was von ›Abhauen‹ gesagt?« Shannon schleudert ihr Haar zurück und wirft Hunter einen Blick zu, den ich nicht deuten kann. »Also, worum geht's?«

»Um Kyle«, sagt Hunter.

»Um wen auch sonst?« Jarek lässt sich auf einen Stuhl sinken und stellt ein Tablett mit Burgern auf den Tisch. Ich glaube, wenn Jarek nicht wäre, würden wir alle vor lauter Stress verhungern. Er lehnt sich zurück, hebt eine Augenbraue und sieht uns durchdringend an. »Wir müssen ihn kriegen. Was kann ich tun?«

»Super, dass du uns helfen willst«, erwidert Hunter mit leicht sarkastischem Unterton, »aber Kyle zu schnappen ist gerade nicht unser größtes Problem.«

»Nicht?«, frage ich überrascht.

Ryah zeigt auf den Bildschirm. »Wer ist das?«

Hunter zoomt Cotters Gesicht heran. »Das ist Reginald Cotter, der Bürgermeister von Philadelphia. Kyles neuer Komplize. Wir sind uns sicher, dass die beiden nichts Gutes im Schilde führen ...«

»Ach, echt?«, bemerkt Jarek spöttisch.

»... aber wir wissen noch nicht genau, was sie planen«, fährt Hunter unbeirrt fort. »Wir gehen davon aus, dass Soldaten aus Philadelphia das Boot, mit dem die Frauen und Kinder aus der Tiefe fliehen wollten, gekapert haben. Sie haben Manhattan vermutlich bereits umzingelt und warten nur noch auf den Befehl, unsere Stadt anzugreifen.«

»Auf wessen Befehl?«, fragt Shannon.

»Kyles«, sage ich. Shannon dreht sich zu mir um und runzelt die Stirn. »Deshalb müssen wir Kyle so schnell wie möglich finden und ihn von seinem Plan abbringen.«

»Nimm's mir nicht übel, Aria«, sagt Shannon, »aber ich kann mir nicht vorstellen, dass Kyle ausgerechnet auf dich hören würde. Wie viele Male hat er inzwischen versucht dich umzubringen? Zwei Mal? Drei Mal? Ich hab da ein bisschen den Überblick verloren.«

»Mag sein, dass ich bei ihm nichts ausrichten könnte«, sage

ich in die Runde. »Aber es gibt jemanden, auf dessen Meinung er großen Wert legt.« Turk nickt mir ermutigend zu. »Meinen Vater.«

Einen Moment lang herrscht Stille und alle schauen sich verwirrt an. Dann sagt Ryah: »Dein Vater ist weg, Aria. Er hat die Stadt bereits verlassen.« Sie wechselt einen Blick mit Jarek, als wollte sie sagen: Dreht Aria jetzt völlig am Rad?

»Ich trage Davidas Herz in mir«, sage ich. »Was bedeutet, dass ich auch über ihre Kräfte verfüge. Ich kann die Gestalt anderer Menschen annehmen.« Ich gehe nach vorn und stelle mich vor den Bildschirm. »Helft mir, Kyle zu finden. Ich werde in die Gestalt meines Vaters schlüpfen und versuchen, meinen Bruder auf diese Weise zur Vernunft zu bringen. Es ist noch nicht zu spät.« Der flehende Unterton in meiner Stimme ist nicht zu überhören. »Aber allein schaffe ich das nicht.«

»Du bist nicht allein«, sagt Turk. »Du hast uns. Hab ich Recht, Leute?«

Alle schauen einander an.

»Aber Aria«, sagt Jarek schließlich, »selbst wenn du es in Gestalt deines Vaters bis ins Versteck deines Bruders schaffst, was macht dich so sicher, dass er dir zuhören wird? Er könnte dich genauso gut umbringen ...«

»Kyle hat Respekt vor meinem Vater«, erwidere ich. »Auch wenn er ihn nicht ausstehen kann – er wird ihm zumindest zuhören. Was für Schlüsse Kyle daraus ziehen wird, steht natürlich in den Sternen. Aber einen Versuch ist es wert.«

Zuerst sagt niemand etwas. Alle wissen, wie gefährlich der Plan ist. Mein Bruder ist unberechenbar. Aber haben wir eine andere Wahl? Die Uhr tickt, das Kraftfeld hat die Horste fast vollständig umschlossen und Philadelphias Truppen stehen vor unserer Tür.

»Ich bin dabei«, sagt Shannon. »Wenn Aria unbedingt ihr Leben aufs Spiel setzen will, dann soll es so sein.«

»Willst du, dass sie stirbt?«, fragt Turk wütend. »Oder was soll das heißen?«

Plötzlich hallt Lyricas Stimme in meinem Kopf: *Du musst sterben, um zu leben. Du musst sterben, um zu leben.*

»Das hat sie damit ganz sicher nicht gemeint«, schaltet Ryah sich ein.

»Oh doch, genau das hat sie«, entgegnet Turk. »Kann sein, dass wir keine andere Wahl haben, Shannon, aber deswegen darf Aria noch lange nicht dabei draufgehen …«

»Das reicht jetzt, Leute.« Hunter hebt die Hände. »Hört auf mit der Streiterei.« Dann wendet er sich an mich. »Ich kann dich zu dem Schlupfloch im U-Bahn-Tunnel bringen, das zu deinem alten Balkon führt. So kommen wir ins Apartment deiner Eltern.«

»Das wäre fantastisch«, sage ich und werfe einen Seitenblick auf Turk, denn natürlich hatte ich gehofft, dass er mich begleiten würde. »Ich dachte nur …«

»Aber sobald wir in der Bibliothek sind, bist du auf dich allein gestellt«, sagt Hunter schnell. »Wir dürfen nicht riskieren, dass deine Tarnung auffliegt. Sobald Kyles Soldaten uns sehen, werden sie kurzen Prozess mit uns machen.«

»Natürlich«, sage ich. »Etwas anderes hätte ich auch nicht vorgeschlagen.«

Hunters Blick wandert zu dem Bild von Cotter. »Außerdem müssen wir auf die Invasion vorbereitet sein. Sobald die Horste vom Rest der Stadt abgeschirmt sind, werden Cotters Truppen zuschlagen.«

»Bist du dir sicher, dass du das machen willst, Aria?«, fragt Turk. »Wir könnten uns auch etwas anderes überlegen. Ich weiß, ich habe gesagt, dass ich deinen Plan unterstütze, aber …«

Ich schüttele den Kopf. »Ich muss das tun, Turk.«

»Wir werden dich begleiten«, sagt Jarek. »So weit, wie wir können.«

Ich muss unwillkürlich lächeln. »Danke.«

»Ich komme auch mit«, sagt Ryah. »Ich kann zwar immer noch keine Bäume ausreißen, aber dafür bin ich supergut im Schmierestehen.«

Augenblicklich überkommt mich ein tiefes Gefühl der Dankbarkeit. Vor ein paar Wochen kannte ich die meisten der Leute hier noch nicht einmal und nun stehen wir Seite an Seite. Sie alle sind Waisen, und wenn man so will, bin ich das jetzt auch, denn niemand weiß, wo meine Eltern sind und ob sie jemals zurückkehren werden. Doch was uns vor allem eint, ist die schmerzvolle Erfahrung, einen guten Freund – Landon – verloren zu haben. Und unser Wille, auch den gefährlichsten aller Gegner zu bezwingen: Kyle.

»Na los«, sagt Shannon, »bereiten wir uns vor.«

Auf dem Weg zur Waffenkammer zieht Turk mich beiseite. »Aria, ich komme nicht mit.«

»Was? Wieso das denn?«

»Sei nicht sauer, ja? Ich weiß, dass ich versprochen habe, dir zu helfen. Aber jemand muss die Schwester finden.«

»Du willst weiter nach ihr suchen?«, frage ich bestürzt. »Aber warum? Wahrscheinlich ist sie längst tot. Und selbst, wenn sie noch lebt – woher willst du wissen, dass sie überhaupt in New York ist?«

»Mir ist klar, dass die Chancen schlecht stehen«, erwidert Turk mit belegter Stimme. »Aber dieses Herz wird dich früher oder später vergiften. Ich würde es mir nie verzeihen, wenn ich nicht alles versucht hätte, um dich zu retten. Mal ganz abgesehen davon, dass ich dich liebe – ich bin ein Heiler und das Helfen ist meine Bestimmung. Bitte überleg es dir noch mal und komm mit mir.«

»Du bedeutest mir so viel, Turk ... und ich will nicht, dass du Angst um mich hast«, sage ich. »Aber ich muss Kyle finden.«

»Und dabei dein Leben aufs Spiel setzen?«

»Wenn ich es nicht tue, setze ich das Leben Tausender aufs Spiel. Willst du das?«

Turk nimmt meine Hand. »Du bist das Wertvollste, was ich habe. Zwing mich nicht, auf diese Frage zu antworten.«

Er schließt mich in seine Arme und wir küssen uns, als wäre es das letzte Mal. Wir lassen erst voneinander ab, als sich jemand hinter uns räuspert. Ich drehe mich um. Im Türrahmen steht Hunter und beobachtet uns. Das ist nun schon das zweite Mal, dass er uns überrascht.

»Sei vorsichtig«, sage ich zu Turk.

Er legt seine Hand auf meine. »Du auch.«

Der Abschied bricht mir fast das Herz und ich hoffe inständig, dass ich aus dieser Sache lebend rauskomme. Nicht um meinetwillen, sondern um seinetwillen.

In der Waffenkammer schlüpfe ich in ein schwarzes, kurzärmeliges Top und schwarze Leggings mit Reflektorstreifen an den Seiten. Das mit mystischer Energie behandelte Material passt sich meiner Körpertemperatur an, ist ultraleicht und kugelsicher. Ich verstecke mein Herzmedaillon, das mir schon einmal das Leben gerettet hat, unter dem Top. Womöglich muss ich ein zweites Mal auf seinen Schutz vertrauen.

Hunter hat sich nach der Szene mit Turk sofort nach draußen verzogen. Ist er etwa sauer? Er hat eigentlich keinen Grund dazu, schließlich sind wir kein Paar mehr. Er ist jetzt mit Shannon zusammen und ich mit Turk. Die Trennung war für uns beide die richtige Entscheidung. Das hoffe ich zumindest.

Ich werfe einen prüfenden Blick auf meinen TouchMe. Immer noch keine Nachricht. Ob dem unbekannten Absender etwas zugestoßen ist?

Shannon reicht mir ein Futteral aus Leder. Ich ziehe das Messer heraus und halte es ins Licht. Die Klinge aus Damaszenerstahl glänzt. »Wir müssen reden.«

Ich stecke das Messer wieder ein und schnalle es mir ans Bein. »Worüber?«

Shannon deutet mit einem Kopfnicken in Richtung Tür. Anscheinend geht es um Hunter. »Das mit euch weiß ich längst«, sage ich.

Sie wird rot. »Echt? Woher?«

Jetzt bin ich an der Reihe, rot zu werden. Ich erzähle ihr, wie ich im *Java River* zufällig auf Hunter gestoßen bin, dass ich mithilfe von Davidas mystischen Kräften Shannons Gestalt angenommen habe und Hunter mich geküsst hat. »Tut mir leid. Aber er dachte ja, ich wäre du.«

»Nein, mir tut es leid«, sagt Shannon, während sie ihr Haar zu einem Pferdeschwanz bindet und ihre Schuhe zuschnürt. Dann nimmt sie einige Waffen aus den Regalen, unter anderem eine ausklappbare Machete. »Aber ich habe ihn wirklich sehr gern. Na ja... eigentlich trifft es das nicht so ganz. Es ist eher...«

Sie verstummt, aber ich weiß, was sie mir sagen will. Immer wenn sie von Hunter redet, fangen ihre Augen an zu leuchten und sie bekommt diesen für sie so ungewöhnlichen, träumerischen Gesichtsausdruck. Ich kann ihr kaum vorwerfen, dass sie sich in einen Jungen verliebt hat, der zufällig mein Exfreund ist.

»Bestimmt hasst du mich jetzt«, sagt sie.

»Nein.« Als ich ihre Hand nehme, wirkt sie irritiert.

»Ich habe schon lange Gefühle für ihn«, sagt sie. »Doch ich konnte es ihm nie sagen. Und dann hat er dich kennengelernt. Deswegen bin ich wahrscheinlich auch immer so hart zu dir gewesen.«

»So schlimm war es gar nicht«, erwidere ich. »Hm, obwohl ...«

Sie grinst. »Ich dachte, ich hätte sowieso keine Chancen bei ihm, deswegen habe ich versucht, ihn mir aus dem Kopf zu schlagen. Leider hat es nicht so richtig funktioniert. Und als ihr beiden euch getrennt habt ...« Shannon gerät ins Stocken und kämpft mit den Tränen. Ich bin erschüttert, denn ich hätte nie gedacht, dass Shannon wegen eines Jungen weinen würde.

»Ich möchte einfach nur, dass Hunter glücklich ist«, sage ich. »Und du auch. Ehrlich. Man kann sich nicht aussuchen, in wen man sich verliebt. Mir ging es damals mit Hunter auch so. Und jetzt ...«

»... liebst du Turk?«, fragt Shannon ohne eine Spur von Sarkasmus.

Ich muss daran denken, wie schwer es mir vorhin gefallen ist, mich von Turk zu verabschieden, ohne zu wissen, ob wir uns jemals wiedersehen. Er bedeutet mir so viel. Seine Gegenwart macht mich glücklich und mein Herz hüpft jedes Mal vor Freude, wenn er den Raum betritt. Und ich weiß, dass ich mich in jeder Situation auf ihn verlassen kann. Wenn das nicht Liebe ist, was dann?

»Ja«, sage ich.

Ehe ich weiß, wie mir geschieht, zieht Shannon mich in ihre Arme. Ich kann spüren, wie ihr Herz rast. Doch schon in der nächsten Sekunde scheint sie es sich anders überlegt zu haben und lässt die Arme wieder sinken. Sie greift nach hinten ins Regal und zieht ein Paar schwarze Turnschuhe heraus. »Hier, die wirst du brauchen. Die sind wasserdicht. Da kommt kein Schlamm durch.«

»Wieso? Gehen wir schwimmen?«, frage ich halb im Scherz, bis mir auffällt, dass sie genau die gleichen Schuhe trägt.

»Du wirst schon sehen.« Sie drückt mir die Sneakers in die Hand. »Und jetzt komm. Dein Bruder wartet.«

18

Auch wenn das Apartment meiner Eltern inzwischen leer steht, wäre es zu gefährlich, einfach durch die Vordertür hineinzuspazieren. Deshalb müssen wir das mystische Schlupfloch in Hunters altem U-Bahn-Waggon benutzen, das zu meinem Balkon in den Horsten führt.

Nur leider sind die meisten unterirdischen Gänge überflutet. Früher waren die Tunnel ein beliebter Unterschlupf für Rebellen, doch jetzt ist es lebensgefährlich, sich darin aufzuhalten.

Und nun sind wir ausgerechnet dorthin unterwegs.

»Wessen Schnapsidee war das noch mal?«, brummt Ryah neben mir. Anfangs war ich skeptisch, ob es so eine gute Idee ist, wenn sie mitkommt, aber sie bewegt sich inzwischen wieder so flink, als wäre sie nie verletzt gewesen.

Über ein Schlupfloch gelangen wir in den Süden Manhattans. Dann fahren wir mit einer Gondel in ein Viertel, das früher South Street Seaport hieß. Hier in der Nähe hat Hunter gewohnt.

Die leeren Straßen und heruntergekommenen Häuser ringsum sind in grünes Licht getaucht.

»Da lang«, sagt Hunter, der unsere Gruppe zusammen mit Shannon anführt. Hinter Ryah und mir hält Jarek Ausschau nach möglichen Verfolgern.

Nachdem wir den versiegelten Eingang zur U-Bahn-Station durchquert haben, ist es zunächst stockdunkel, aber dann höre ich ein leises Summen und Hunters Hände beginnen zu leuchten.

Bestürzt sehe ich mich um: Die Station ist komplett geflutet. Vorsichtig laufen wir über eine schmale Fußgängertrasse, die früher einmal hoch über den Gleisen verlief. Wir orientieren uns dabei an den Überresten des Metallgeländers, denn das Wasser reicht uns bis zur Hüfte.

Obwohl ich trotz Hunters Licht kaum etwas erkennen kann, wage ich es nicht, selbst Licht zu erzeugen, aus Angst, wir könnten entdeckt werden. Davon abgesehen muss ich mich viel zu sehr darauf konzentrieren, wohin ich trete. Die Lampen, die früher die Tunnel beleuchtet haben, funktionieren nicht mehr. Das Gummiband meiner Schwimmbrille schneidet mir in die Haut. Am liebsten würde ich sie mir vom Kopf reißen.

Wir sind bereits eine gefühlte Ewigkeit durch die kalte, tintenschwarze Brühe gewatet, als Hunter verkündet: »Wir sind gleich da.« Hinter mir klappert Ryah mit den Zähnen.

Ein paar Meter vor uns macht der Tunnel eine Rechtskurve und führt hinab in die Tiefe. Wir folgen ihm, bis uns das Wasser fast bis zur Brust reicht. Hunter bleibt stehen und dreht sich zu uns um. »Hier ist es.«

»Wo denn?«, fragt Jarek. »Ich sehe nichts.«

Hunter krümmt die Finger. Sofort werden die Energiestrahlen länger und vereinen sich zu einem einzigen hellgrünen Strahl. »Da unten ist die Station, in der mein Waggon stand.«

Wir sehen in die Richtung, in die Hunter zeigt, aber im dunklen Wasser ist nichts zu erkennen.

»Wir sind in einer Höhle und stehen bis zum Bauchnabel in dieser Dreckbrühe«, sagt Ryah. »Und jetzt willst du allen Ernstes, dass wir da runterschwimmen, um in einer verlassenen U-Bahn-Station nach einem Schlupfloch zu suchen? Was, wenn es gar nicht mehr da ist?«

»Es ist noch da«, sagt Hunter bestimmt.

»Und wenn wir es nicht finden?«, fragt Jarek. »Wir müssen ja irgendwann wieder auftauchen und Luft holen.«

Plötzlich kommt mir der ganze Plan hier ziemlich durchgeknallt vor. Ich bin nass und mir ist kalt, aber immerhin kann ich schwimmen. Doch was ist mit Ryah? Ist sie dafür schon wieder stark genug?

»Ich gehe als Letzter«, sagt Hunter. »Dann kann ich euch leuchten und helfen, wenn es Schwierigkeiten gibt.« Er nickt Shannon zu. »Um in den Waggon zu kommen, musst du die Fenster eintreten«, fährt er fort. »Das Schlupfloch befindet sich in der Mitte des Waggons. Halt Ausschau nach einem Kreis, der grün leuchtet. Wenn du durchschwimmst, bringt dich das Schlupfloch direkt auf Arias Balkon. Alles klar?«

Seine Anweisungen sind glasklar, doch es wird alles andere als ein Kinderspiel sein, sie in die Tat umzusetzen.

»Alles klar?«, fragt er noch einmal.

»Alles klar«, erwidern wir im Chor.

»Shannon, du zuerst«, sagt Hunter.

»Okay, dann mal los.« Shannon richtet ein paar Energiestrahlen auf das Wasser und im nächsten Augenblick ist sie abgetaucht. Ihr grünes Licht entfernt sich immer weiter und wird schwächer, bis es schließlich ganz verschwunden ist.

»Aria, du bist die Nächste«, sagt Hunter. »Dann Jarek. Ryah, wir tauchen zusammen.«

Ryah, die neben Hunter steht, nickt. »Viel Glück, Aria«, sagt sie. »Wir sehen uns auf der anderen Seite.«

Hunter zwinkert mir zu, zumindest kommt es mir im Dämmerlicht so vor. »Du schaffst das«, sagt er. »Und jetzt los.«

Ich hole tief Luft und tunke meinen Kopf unter Wasser. Als ich die Finger fest zusammenpresse, spüre ich das mir inzwischen so vertraute Kribbeln. Zarte grüne Leuchtfäden schießen aus meinen Händen und weisen mir den Weg durch die Dunkelheit. Weil ich meine Arme ruhig halten muss, bewege ich mich so gut wie möglich mit den Beinen vorwärts.

Ich habe keine Ahnung, wo ich hinschwimme. Mein Licht ist zu schwach und um mich herum ist alles schwarz, schwarz, schwarz. Plötzlich überkommt mich Panik. Wie lange werde ich die Luft noch anhalten können? Doch dann sehe ich vor mir etwas Grünliches leuchten. Das muss Shannon sein. Ich schwimme in ihre Richtung, als ihr Licht plötzlich verschwindet.

Das kann nur eines bedeuten: Sie hat das Schlupfloch gefunden.

Ich strampele mit den Beinen und dann taucht der alte U-Bahn-Waggon endlich vor mir auf. Ich lasse mein Licht über die Wände gleiten, bis ich das kaputte Fenster entdecke, schwimme darauf zu und zwänge mich in den Wagen.

Nachdem ich nichts erkennen kann, was auf ein Schlupfloch hindeutet, schwimme ich ans andere Ende des Waggons. Allmählich wird mir schwindelig. Ich brauche dringend Sauerstoff! Ich strecke meine Arme aus und leuchte in jeden Winkel und jede Ritze.

Gerade als ich das schreckliche Gefühl habe, jeden Moment zu ersticken, entdecke ich einen Ring aus Licht. Ich schwimme darauf zu, lasse meine Hand hineingleiten und …

»Da bist du ja.« Shannon klopft mir auf den Rücken, während ich würgend und prustend auf dem Boden liege. »Sehr gut, raus damit.«

Nachdem ich auch den letzten Tropfen Brackwasser ausgespuckt habe, rolle ich mich auf den Rücken und blicke in den Himmel. Meine klitschnassen Klamotten kleben an mir wie eine zweite Haut. Das ist der einzige Vorteil der Hitze: Meine Sachen werden blitzschnell trocknen. Ich ziehe mir die Schwimmbrille vom Kopf und reibe mir die Augen. Über uns überstrahlt das Kraftfeld selbst die Sterne. Wohin man auch blickt – alles ist grün.

»Ein paar Stunden noch, höchstens«, sagt Shannon.
»Was meinst du?«
Sie zeigt nach unten. Und tatsächlich: Von hier aus kann man sehen, wie winzig klein das Loch im Kraftfeld geworden ist. Es erstreckt sich höchstens noch über ein paar Blocks.
»Wie eine Schneekugel«, murmele ich.
Shannon sieht mich fragend an. »Was?«
»Als ich noch klein war, hat mir mein Vater immer Schneekugeln von seinen Reisen mitgebracht«, erkläre ich ihr. Heutzutage gibt es keinen Schnee mehr, aber vor langer Zeit war es in einigen Regionen so kalt, dass es schneite. Für mich klang das immer wie ein Märchen. »Schneekugeln sind mit Flüssigkeit gefüllt. Sie sind aus Glas und zerbrechen ziemlich leicht.«
Shannon betrachtet nachdenklich das mystische Kraftfeld. »Ich fürchte, dieses Ding da kann man leider nicht einfach aufbrechen. Es sei denn, wir finden die Quelle und stoppen die Energiezufuhr.«
In diesem Augenblick fällt Jarek auf den Balkon. »Echt heftig.« Er rappelt sich stöhnend auf und streicht sich das nasse Haar aus der Stirn. »So was brauche ich definitiv kein zweites Mal.«
»Geht uns genauso«, sage ich.
Meine Klamotten dampfen in der Hitze und meine Füße sind trocken und schön warm. Shannon hatte Recht: Die Schuhe sind wasserdicht. Sie beugt sich über das Geländer und wringt ihre Haare aus. Gut, dass ich dieses Problem nicht mehr habe.

Kurz darauf taucht Ryah auf. Sie schüttelt sich, dass das Wasser nur so spritzt, und reißt sich hastig die Schwimmbrille vom Gesicht. »Ich krieg keine Luft«, keucht sie.

Shannon streicht ihr über den Rücken. »Ganz ruhig, du hast es ja geschafft.«

Ich schaue hinauf zu dem dünnen grünen Umriss des Schlupflochs und warte auf Hunter. Wo bleibt er bloß?

»Ich weiß nicht ... was mit ... Hunter ... ist«, japst Ryah. »Er hätte eigentlich direkt nach mir kommen müssen.«

Jarek sieht sich nervös um. Als sich unsere Blicke treffen, zuckt er nur mit den Schultern und versucht, sich seine Sorge nicht anmerken zu lassen. Shannon sucht währenddessen das Dach nach Hunter ab.

»Er kommt bestimmt gleich«, sage ich.

Plötzlich fällt Hunter hinter mir auf den Balkon. Er ist nass bis auf die Haut, krümmt sich prustend und sieht selbst dabei noch gut aus.

»Da bist du ja, Kumpel«, sagt Jarek. »Den Schwestern sei Dank.«

Die Vorstellung, dass Hunter jemals etwas zustoßen könnte, lässt mich erzittern. Heißt das, dass ich immer noch Gefühle für ihn habe?

Hunter lächelt mich an, während ihm das Wasser vom Kinn tropft. Seine Uniform sieht jetzt aus wie ein Neoprenanzug. Der schwarze Stoff klebt ihm am Körper und betont jeden Muskel. Schnell blicke ich zu Boden.

»Dann wollen wir mal.« Er reibt sich tatendurstig die Hände und geht zur Balkontür. »Aria, bist du so weit?«

An der Tür gibt es kein Touchpad. Der Balkon ist nur von meinem alten Zimmer aus erreichbar und meinen Eltern erschien es unnötig, ein Schloss anzubringen. Natürlich wussten sie da auch noch nicht, dass Hunter ohne Probleme auf den Balkon gelangen konnte. Wer weiß, vielleicht haben sie die Tür inzwischen an das Alarmsystem angeschlossen.

Ich greife nach dem Riegel.

»Das ist dann wohl die Stunde der Wahrheit.« Wenn wir Pech haben, wird gleich eine Sirene losgehen und mein Bruder wird sofort wissen, dass wir hier sind.

Ich lege den Riegel um und die Tür gleitet auf.

Wir halten alle gespannt den Atem an und rechnen mit dem Schlimmsten. Aber nichts geschieht. Kein Alarm.

Ich drehe mich um und blicke in vier erleichterte Gesichter. »Wir sind drin.«

Mein Zimmer sieht beinahe noch genauso aus, wie ich es zurückgelassen habe. Mein Schreibtisch, mein Bett, mein Kleiderschrank und mein Bad kommen mir vor wie Museumsstücke. Ich setze mich auf die blassviolette, am Rand mit Rosenmotiven bestickte Tagesdecke. Mir tut alles weh. Mein Kopf, meine Arme, meine Beine. Es liegt ein leicht modriger Geruch in der Luft, der mich an alte Bücher erinnert, vielleicht weil das Zimmer schon seit vielen Wochen leer steht.

»Wo geht's hier zur Bibliothek?«, fragt Jarek.
»Nicht so laut!«, zischt Ryah.
»Wieso?«, antwortet Jarek. »Es ist doch niemand hier.«
»Wer weiß?«, erwidert Ryah. »Vielleicht steht ja jemand Wache.«

Jarek seufzt. »Glaub mir, die sind alle längst weg.«

Damit hat er höchstwahrscheinlich Recht. Ich glaube nicht, dass meine Eltern jemals nach Manhattan zurückkehren werden.

Die beiden gehen hinaus in den Flur. Shannon folgt ihnen, sodass Hunter und ich nun allein in meinem Zimmer sind. Er streicht sich das nasse Haar zurück und sieht sich um. Keine Ahnung, was in ihm vorgeht. Er wirkt fast ein wenig verwirrt – so als wäre er versehentlich am falschen Ort gelandet.

»Was ist denn?«, frage ich.

»Nichts.« Er legt den Kopf schief und lächelt mich zaghaft an. »Weckt nur ziemlich viele Erinnerungen.«

»Ich weiß, was du meinst.«

Es kommt mir vor, als wären wir in der Zeit gereist, denn wohin ich auch blicke, sehe ich die Geister der Vergangenheit. Ich in meinem Verlobungskleid. Davida, die mir gesteht, dass sie eine Mystikerin ist. Mein Vater, der wütend ins Zimmer stürmt. Hunter, der mich küsst. Meine Eltern, die mich mit Handschellen ans Bett fesseln. Und wieder ich, wie ich das seltsame Medaillon schlucke, das ich in meiner Handtasche gefunden habe. Das war der Tag, an dem all die Erinnerungen, die man mir gestohlen hatte, zurückkehrten – Erinnerungen an Hunter und unsere Liebe.

Jetzt sind Hunter und ich wieder hier, aber nichts ist mehr so wie früher. Die Zukunft sieht düster aus. Wenn Lyrica Recht hat, werde ich sterben. Und mein Bruder ist gerade dabei, unsere Stadt an Reginald Cotter zu verscherbeln.

Ein stechender Schmerz schießt mir durch den Kopf. Ich schreie auf, die Hände zu Fäusten geballt.

»Aria!« Hunter stürzt auf mich zu und packt mich an den Schultern.

Ich öffne die Augen. »Ist schon okay«, stoße ich mühsam hervor, aber ich sehe ihm an, dass er mir nicht glaubt.

»Was ist los?« Er beugt sich zu mir herunter, bis sich unsere Nasenspitzen fast berühren. Eine Locke fällt ihm in die Stirn und ein Wassertropfen landet auf meiner Wange wie eine Träne.

»Manchmal fühle ich mich … ein bisschen schwach, nachdem ich meine mystischen Kräfte eingesetzt habe«, sage ich.

Hunter betrachtet mich voller Sorge, und da erst fällt mir auf, wie wenig wir in letzter Zeit miteinander geredet haben. Weiß er, dass Lyrica tot ist und dass Turk versucht hat, Kontakt zu der Schwester aufzunehmen? Weiß er, was mit mir geschehen wird, wenn ich Davidas Herz behalte?

Gerade als ich ihm davon erzählen will, ertönt eine Stimme auf dem Flur.

»Da seid ihr ja.«

Shannon steht in der Tür.

Hunter springt auf wie ein kleines Kind, das man beim Naschen erwischt hat. Ich erhebe mich langsam vom Bett.

»Los, kommt«, sagt Shannon. »Wir dürfen keine Zeit verlieren.«

Jarek und Hunter durchsuchen alle Räume, um sicherzugehen, dass wirklich niemand mehr hier ist. Als Shannon, Ryah und ich ins Schlafzimmer meiner Eltern schlüpfen, werden meine Kopfschmerzen fast unerträglich.

»Hübsches Zimmer«, bemerkt Ryah.

Ich sehe mich um und muss ihr zustimmen. Das Schlafzimmer sieht im Grunde noch genauso aus wie in meiner Erinnerung: helles Parkett, weiße Wände, weiße Bettwäsche. Das Doppelbett war ein Hochzeitsgeschenk und hat ein kunstvoll geschmiedetes Kopfteil aus Bronze. Rosenranken rahmen die Namen meiner Eltern ein.

Die Laken wirken wie frisch gewaschen, die Kissen sind perfekt drapiert. Wenn ich es nicht besser wüsste, würde ich sagen, dass meine Eltern noch hier wohnen. Aber die Schränke sind leer, abgesehen von ein paar Blusen und Hemden, die wohl aussortiert wurden.

»Hier«, sagt Shannon, »das ist doch perfekt.« Sie zieht ein gestreiftes gelbes Hemd mit weißen Manschetten, eine blaue Hose und einen passenden Anzug heraus. Auf dem Boden steht noch ein altes Paar brauner Lederschuhe.

»Sei bloß vorsichtig!«, sagt Ryah. »Wenn du dir nur den

kleinsten Fehler erlaubst, wird dein Bruder merken, dass etwas nicht stimmt. Und wir werden dir nicht helfen können, falls es brenzlig wird.«

Ich drücke sanft ihren Arm. »Ich krieg das schon hin. Versprochen.«

Ich ziehe meine Klamotten aus und schlüpfe in die Hose und das Hemd meines Vaters. Die Sachen sind mir natürlich viel zu groß, aber das wird sich gleich ändern. Zum Schluss steige ich noch in seine Schuhe, binde die Schnürsenkel zu und blicke anschließend erwartungsvoll zu Ryah und Shannon.

»Und, wie fühlst du dich?«, fragt Shannon, während ich mich vor dem Spiegel drehe. Ich sehe aus wie ein Kind, das Verkleiden spielt.

Ich rufe mir das Aussehen meines Vaters in Erinnerung – sein streng zurückgegeltes Haar, seinen Furcht einflößenden Blick. Johnny Rose ist ein mächtiger Mann, dem man lieber nicht in die Quere kommen sollte. Aber er ist auch mein Vater. Ich weiß noch, wie ich als kleines Mädchen bei wichtigen Meetings immer auf seinem Schoß sitzen durfte. Ich war sein Ein und Alles, sein Schatz. Er hat mich geliebt.

Aber das änderte sich, als ich älter wurde. Er war kaum noch zu Hause. Ich musste erfahren, wie böse er werden konnte, wenn jemand nicht nach seiner Pfeife tanzte, und wie machtgierig er war. Er verstand nicht, warum ich mich in Hunter verliebt hatte, und wollte es mir – schlimmer noch – verbieten. Ich sollte für immer sein kleines Mädchen bleiben, das ihm artig hinterherdackelt. *Du und ich, wir sind aus demselben Holz geschnitzt*, hat er einmal gesagt. Damals war ich nicht seiner Meinung. Inzwischen verstehe ich, was er gemeint hat.

Doch im Gegensatz zu mir hat mein Vater seine Sachen gepackt und ist abgehauen. Ich bin hiergeblieben, um an der Seite seiner Feinde zu kämpfen.

Meine Haut beginnt zu prickeln, als Davidas Kräfte durch meine Adern strömen. Meine Knochen strecken und dehnen sich, ich werde größer und breiter und mir wachsen Haare an den unmöglichsten Stellen. Mein Körper fühlt sich an wie ein riesiges Nadelkissen. Mein Herz schlägt wie wild. Ich kann nichts mehr hören oder sehen, und dann plötzlich ist es vorbei.

Ich öffne die Augen und schaue in den Spiegel. Mein Vater starrt mich aus dunkelbraunen, fast schwarzen Augen an. In seinen harten Gesichtszügen spiegeln sich Kälte und Verbitterung wider. Dann betrachte ich seine Hände, seine akkurat gestutzten Fingernägel.

»Wow!«, sagt Shannon.

Ryah blinzelt ungläubig und streckt die Hand nach mir aus, als wäre ich eine Fata Morgana. »Das ist echt gruselig.«

»Ich weiß.« Ich werfe noch einen Blick in den Spiegel. Die Verwandlung ist absolut perfekt. »Los, kommt! Mal sehen, was die Jungs dazu sagen.«

Jarek stößt einen anerkennenden Pfiff aus, als wir die Bibliothek betreten. »Abgefahren!«

»Du siehst haargenau so aus wie dein Vater«, sagt Hunter sichtlich verblüfft. »Schräg. Total schräg.«
Vielleicht funktioniert unser Plan ja tatsächlich.
»Sei vorsichtig«, sagt Ryah in flehendem Tonfall.
»Schräg ...«, wiederholt Hunter, immer noch fassungslos. »Voll schräg ...«

Ich drehe mich um und betrachte das Gemälde. Es wirkt lebendiger als je zuvor – als würde es nach mir rufen. Hunter fährt mit dem Finger über die Leinwand und sofort beginnen die Farben zu flimmern, zu pulsieren und miteinander zu verschmelzen.

»Wahrscheinlich kommst du auf der anderen Seite auch aus einem Gemälde heraus«, sagt Hunter. »Denk dran: Du darfst dir deine Nervosität auf keinen Fall anmerken lassen. Du bist Johnny Rose und du möchtest dich einfach nur von deinem Sohn verabschieden, bevor du die Stadt verlässt.« Hunter zeigt auf mein Bein. »Dein Messer hast du noch?«

Ich betaste meinen Oberschenkel, um mich zu vergewissern. »Ja.«

Hunter nickt. »Sehr gut. Du musst es benutzen, wenn's drauf ankommt. Und sobald jemand auch nur den geringsten Verdacht schöpft, kommst du sofort wieder zurück. Wir werden hier auf dich warten. Wenn du nicht spätestens in einer Stunde wieder da bist« – er deutet auf die alte Standuhr in der Ecke des Zimmers – »holen wir dich.«

Jarek klopft mir auf die Schulter. »Du packst das.«

»Danke, Leute«, sage ich. »Wird schon schiefgehen.«

Ich wende mich wieder dem Gemälde zu und strecke die Hand aus. Ein leises Summen erfüllt den Raum, das Knistern von Energie. Ich lege meinen Finger auf die Leinwand.

Ein scharfer Schmerz explodiert in meinem Kopf und ich falle ...

Ohne Johnny Rose hätte ich Kyles größtes Geheimnis nie entdeckt.

Aria und Kiki sind shoppen im Circle und Arias Mutter ist auf irgendeiner Spendengala. Mr Rose ist heute früher nach Hause gekommen, weil er sich noch für ein Geschäftsessen umziehen muss. Kyle sollte seinen Vater eigentlich zu diesem Termin begleiten, aber niemand weiß, wo er steckt. Mr Rose ist in seinem Schlafzimmer und Stiggson hält vor der Tür Wache.

»Bring Mr Rose seine Armbanduhr. Die Platin-Rolex. Sie liegt auf dem Schreibtisch in der Bibliothek«, befiehlt Stiggson mir.

Also eile ich zur Bibliothek, drücke auf das Touchpad und warte darauf, dass die Tür aufgleitet. Wäre ich auch nur eine Sekunde früher oder später gekommen, wäre das alles nicht passiert. Dann hätte ich nicht gesehen, wie Kyle aus dem mystischen Gemälde heraustritt.

Das Lächeln auf seinem Gesicht verschwindet, als er mich sieht.

»Davida«, sagt er.

Ich tue so, als hätte ich ihn nicht bemerkt, denn ich weiß, wie jähzornig er werden kann, und ich will nicht, dass er seine Wut diesmal an mir auslässt. Also husche ich mit gesenktem Kopf zu Mr Roses Schreibtisch hinüber.

»Halt«, sagt Kyle. Ich bleibe stehen und blicke ihn ängstlich an. Er scheint jedoch keineswegs wütend zu sein, eher besorgt.

Kyle stürzt zur Tür und schließt sie. »Verrat meinem Vater nicht, wo ich gewesen bin.«

»Ich weiß nicht, wo du gewesen bist, also kann ich es ihm auch nicht verraten«, erwidere ich ausweichend.

»Du weißt genau, was ich meine.« Er macht einen Schritt auf mich zu und ich frage mich, ob er mal wieder auf Stic ist – was mich nicht überraschen würde. Dann könnte seine Stimmung jeden Moment kippen. Ich kenne seine spontanen Wutausbrüche. Doch um mich zu verteidigen, müsste ich meine eigenen Kräfte offenbaren, und das will ich vermeiden.

Kyle läuft im Zimmer auf und ab. »Sucht er nach mir?«

Ich nicke und fische die Rolex vom Schreibtisch, als Kyle plötzlich neben mir steht.

»Was willst du?«, frage ich. Es ist gewagt von mir, in diesem Ton mit ihm zu sprechen, aber das ist mir egal, denn ich will einfach nur raus hier. Ich muss wieder daran denken, wie er vor meinen Augen seinen Nachttisch zerlegt hat, nachdem er eine Line Stic gezogen hatte. »Ich soll deinem Vater seine Uhr bringen.«

»Willst du denn gar nicht wissen, wo ich gewesen bin?« Er sieht mich beinahe flehend an. Was soll das Ganze? Ist das ein Spiel? Falls es ein Spiel ist, will ich nicht mitspielen.

»Nein«, sage ich.

Er kommt noch näher. »*Na los. Jetzt frag mich endlich.*« *Seine Lippen zittern kaum merklich.* »*Aria und du, ihr steht euch sehr nah. Du hütest ihre Geheimnisse.*«

Ich bin mir nicht sicher, worauf er hinauswill. Weiß er etwa von Hunter und Aria? Das kann ich mir nicht vorstellen. »*Ich bin ihre Dienerin*«, *sage ich.* »*Falls es das ist, was du meinst.*«

»*Nein*«, *erwidert Kyle ärgerlich und wischt sich mit dem Handrücken über die Nase.* »*Ihr seid Freunde. Sie hat dir Sachen anvertraut, die du vor meinem Vater geheim hältst. Ich habe niemanden, dem ich meine Geheimnisse anvertrauen kann.*«

Ich habe keine Ahnung, wovon er spricht, und weiche unauffällig zurück.

»*Ich habe ein Geheimnis*«, *sagt Kyle plötzlich, und alle Härte, die er für gewöhnlich zur Schau trägt, ist verschwunden. Seine blassblauen Augen sind voller Angst.* »*Ich war mit ihm zusammen.*«

»*Das geht mich nichts an*«, *sage ich und will mich umdrehen, doch Kyle hält mich an der Schulter fest.*

»*Ich war mit ihm zusammen*«, *sagt er noch einmal.* »*Mit Danny.*« *Sein Blick ist starr auf mich gerichtet, doch es kommt mir eher so vor, als sähe er geradewegs durch mich hindurch. Hundertprozentig ist er auf Drogen. Seine Augen sind glasig, die Pupillen geweitet. Er schwankt leicht.*

Und dann bricht er in Tränen aus. Es ist schon lange her, dass Kyle in meiner Gegenwart irgendein anderes Gefühl als Wut gezeigt hat. Ich weiß überhaupt nicht, wie ich mit der Situation um-

gehen soll. Er lockert seinen Griff und lässt den Kopf sinken. Dann zieht er mich in seine Arme und vergräbt das Gesicht an meiner Schulter.

Zögernd hebe ich die Arme und halte ihn fest. Ich weiß nicht, ob das eine angemessene Reaktion ist. In diesem Augenblick wird mir noch einmal bewusst, welche Rolle ich in dem Haus der Roses habe: Ich bin eine Dienerin und ich muss mich den Launen meiner Arbeitgeber fügen.

»Ich war mit ihm zusammen«, sagt Kyle wieder. »Aber erzähle es nicht meinem Vater. Und auch nicht Aria. Erzähl es niemandem. Bitte.«

Teil III

Jede Nacht, wenn ich mich schlafen lege, sterbe ich, und am nächsten Morgen, wenn ich aufwache, bin ich wiedergeboren.

Mahatma Gandhi

19

Mein erster Gedanke, als ich aus Davidas Erinnerungen erwache: *Irgendetwas stimmt nicht mit mir.*

Mein Mund fühlt sich an wie zugeklebt und ich habe einen säuerlichen Geschmack auf der Zunge. Es fühlt sich an, als hätte jemand meinen Kopf mit einem Hammer bearbeitet. Er tut so weh, dass ich kaum die Augen offen halten kann.

Um mich herum ist es stockdunkel. Ich liege auf einem weichen Teppich. Ich habe keine Ahnung, wo ich bin und wie lange ich bewusstlos war, doch da Hunter und die anderen nicht hier sind, ist die vereinbarte Stunde wohl noch nicht um.

Ich öffne den Mund und mein Kiefer knackt. Mein Rücken ist stocksteif. Vorsichtig stemme ich mich hoch und krieche zu einer Wand, lehne mich dagegen und atme langsam ein und aus. Mein Körper ist so groß, so schwer. Da fällt es mir wieder ein: Es ist ja gar nicht mein Körper, sondern der meines Vaters. Ich versuche, nicht darüber nachzudenken.

Trotz der dröhnenden Kopfschmerzen gelingt es mir schließlich aufzustehen. Der Schweiß rinnt mir den Nacken hinunter, obwohl der Raum klimatisiert ist. Ich glühe, als hätte ich Fieber.

Ich mache ein paar wankende Schritte vorwärts und taste mich auf der Suche nach einem Touchpad an der Wand entlang, bis meine Finger einen Metallschalter finden und das Licht angeht. Es ist so grell, dass ich die Augen zukneifen muss.

Als ich sie wieder öffne, erkenne ich, dass ich mich in einem Büro befinde.

Mit den eingebauten Bücherregalen, der prächtigen gelben Couch und den verspiegelten Beistelltischen erinnert es mich an die Bibliothek meines Vaters. Die Wände sind dunkelblau gestrichen, die Zierleisten weiß. In der Mitte des Zimmers steht ein Schreibtisch vor zwei großen Panoramafenstern, deren Vorhänge zugezogen sind.

Ich öffne die Tür und trete hinaus auf einen langen Flur, der in ein riesiges Wohnzimmer führt. Mattgelbes Licht fällt durch die geschlossenen Vorhänge auf eine teure, cremefarbene Couchgarnitur und einen großen TouchMe-Screen an der Wand gegenüber.

Auf einem Sideboard thront ein gigantisches Aquarium, dessen Scheiben vollständig von Schlick und Algen überwuchert sind. Zahlreiche Kunstwerke zieren die Wände: kleine farbenfrohe Zeichnungen und abstrakte Gemälde auf riesigen Leinwänden. Jedes einzelne muss ein Vermögen gekostet haben.

Ich befinde mich eindeutig in den Horsten, und nach allem, was ich bisher gesehen habe, wohnt in diesem Apartment jemand, der sehr reich ist. Aber die große Frage lautet: Ist Kyle hier?

Ich lausche, höre aber kein Geräusch. So habe ich mir Kyles Operationsbasis definitiv nicht vorgestellt.

Als ich einen Blick hinter das Sofa werfe, entdecke ich rotbraune Flecken auf dem lachsfarbenen Teppich. Auch die Wand ist fleckig.

Ich gehe um das Sofa herum, hocke mich hin und fahre mit den Fingerspitzen über die verschmutzten Stellen im Teppich. Sie sind trocken und hart. Als ich danach an meinen Fingern rieche, wird mir übel: Es ist derselbe metallische Geruch wie in der unterirdischen Krankenstation, in der wir Lyrica gefunden haben.

Ich schlage mir die Hand vor den Mund, um mich nicht zu übergeben.

Getrocknetes Blut.

Ich finde weitere Flecken und folge der Spur durch das Esszimmer und in die Küche. In der Spüle und auf dem Boden liegen zerbrochene Teller und Gläser und auf den Arbeitsflächen ist noch mehr Blut. Wer immer hier wohnt, muss überfallen worden sein und sich nach Kräften gewehrt haben.

Genau wie im Apartment meiner Eltern gibt es auch in dieser Küche einen Fahrstuhl für das Personal. Ich vermute, dass man damit zu einem Hinterausgang kommt, der auf eine der Brücken in den Horsten führt. Einige Fahrstühle fahren sogar bis in die Tiefe, wenn man den entsprechenden Zahlencode eingibt.

Ich inspiziere die Fahrstuhltür aus Edelstahl. Sie ist voller Fingerabdrücke. Die Blutspur endet hier, was Sinn ergibt. Der Fahrstuhl ist der einzige Weg, eine Leiche verschwinden zu lassen, ohne sie vor aller Augen durch die Lobby zu tragen.

Mit pochendem Herzen wanke ich zurück in das Arbeitszimmer, in dem ich aufgewacht bin. Im Körper meines Vaters kann ich mich nur schwer bewegen. So in etwa muss sich ein Kleinkind bei seinen ersten Gehversuchen fühlen.

An einer Wand lehnt ein großes, mystisches Gemälde, vermutlich das Portal, durch das ich hergekommen bin. Das Bild zeigt einen kleinen runden Küchentisch mit einer Holzschale voller Pfirsiche. Es wirkt, als wäre es aus der Zeit gefallen. Ein Fremdkörper in diesem verwüsteten Apartment, in dem ganz offensichtlich ein Blutbad angerichtet worden ist.

Ich erschaudere.

Dann laufe ich zur Vordertür und begutachte das Schloss, doch es scheint intakt zu sein. Nichts deutet auf einen Einbruch hin. Die einzigen anderen Wege, um in die Wohnung zu gelangen, sind der Personalfahrstuhl und das Portal im Gemälde, durch welches ich gekommen bin.

Da kommt mir noch eine andere Idee: Vielleicht hat der Bewohner dieses Apartments seinen Mörder ja auch selbst hereingelassen, weil er ihn – oder sie – kannte? Das würde auch erklären, warum an der Vordertür keine Einbruchspuren zu finden sind. Ein netter Besuch unter Freunden.

Doch wem gehört die Wohnung? Hatte mein Vater etwa eine Geliebte? Und falls ja – war sie es, die sterben musste? Hat er sie umgebracht? Anderseits: Vielleicht wusste mein Vater gar nicht, dass das Gemälde ein mystisches Portal ist. Vielleicht hat er mit dem Verbrechen, das hier geschehen ist, überhaupt nichts zu tun.

Ich beschließe, mich noch ein wenig umzusehen.

Auf der Treppe, die ins Obergeschoss führt, liegt ein dicker weißer Läufer. Auf fast jeder Stufe sind Blutflecken. Rechts geht es zu den beiden Zimmern der Angestellten, deren Wände und Fußböden ebenfalls blutverschmiert sind. Etwas wirklich Schreckliches muss sich zugetragen haben.

Die Schlafzimmertür auf der anderen Seite des Flurs wurde offenbar eingetreten. Im Zimmer riecht es muffig. Die Matratze des Doppelbettes ist voller Blut, ebenso wie das Kopfteil. Laken und Bettwäsche fehlen. Was ist hier geschehen und was hat mein Bruder damit zu tun?

Als mein Magen zu rumoren beginnt, stürze ich ins Badezimmer, reiße den Klodeckel hoch und übergebe mich. Danach sehe ich in den Spiegel und blicke in das Gesicht meines Vaters. Ich kann seine spöttische Stimme in meinem Kopf hören: *Du hast es ja nicht anders gewollt.*

Ich spüle mir den Mund aus und spritze mir kaltes Wasser ins Gesicht. Dann nehme ich mir ein frisches Handtuch aus dem Regal und reibe mir damit über den Nacken. Nach einem letzten Kontrollblick in den Spiegel gehe ich zurück in den Flur. Ich finde es merkwürdig, dass nirgendwo an den Wänden Familienfotos hängen. Wurden sie absichtlich entfernt? Sogar meine Eltern haben ihr Apartment mit Fotografien zugepflastert – Relikten aus längst vergangenen Tagen, als Kyle und ich noch Kinder und wir eine glückliche Familien waren. Jedenfalls glaubten wir, wir wären glücklich.

Ich betrete das nächste Schlafzimmer. Das Bett ist abgezogen und der Teppich voller Blutflecken. Die rotbraunen Muster sehen aus wie die kranke Version eines Rorschachtests. Ich drücke auf das Touchpad an der Wand und die Tür des Kleiderschranks gleitet auf. Darin befinden sich Hosen, knallbunt gemusterte Hemden und jede Menge stylisher Schuhe. Unter dem Fenster steht ein Schreibtisch. Sämtliche Schubladen sind aufgerissen. Auf dem Boden sind Blätter und persönliche Gegenstände verstreut. An den Wänden hängen ein paar Poster, sonst nichts.

Ich suche nach einem TouchMe oder irgendetwas, was einen Hinweis darauf geben könnte, wer in diesem Zimmer wohnt. Ich schaue auch unter dem Bett und im Nachttisch nach.

Nichts.

Gerade als ich gehen will, springt mir ein Hemd ins Auge. Es ist dunkelviolett, fast blau, und hat schmale schwarze Streifen an den Ärmeln und am unteren Saum. Das an sich wäre noch nichts Außergewöhnliches. Doch ich erkenne es sofort wieder: Genau so ein Hemd habe ich meinem Bruder vor ein oder zwei Jahren zum Geburtstag geschenkt. Ich habe sogar seine Initialen in den Kragen hineinsticken lassen. Ich ziehe es aus dem Schrank und tatsächlich: Da steht KR.

Was macht das Hemd meines Bruders in diesem Schrank?

Vielleicht hat er es einem Freund geborgt, überlege ich, und sofort fällt mir Danny ein.

Ist das hier Dannys Zimmer?

Obwohl ich Danny schon seit vielen Jahren kenne, bin ich nie bei ihm zu Hause gewesen. Sein Vater, Martin Fogg, war die rechte Hand meines Vaters. Ich kann mir immer noch nicht vorstellen, dass ausgerechnet Johnny Rose mystische Portale genutzt haben soll, aber vielleicht diente das Portal ja als Notausgang. Da fällt mir wieder ein, dass Davida Kyle dabei beobachtet hat, wie er aus dem Gemälde in der Bibliothek meines Vaters trat. Kyle sagte, er sei mit Danny zusammen gewesen.

Vielleicht war es eine Art Geheimgang für Kyle und Danny.

Doch was bedeutet das alles? Dass die Foggs ermordet wurden? Wie sonst lassen sich die Blutflecken im Schlafzimmer erklären? Und was ist mit Danny? Mein Vater hätte keinen Grund gehabt, Danny und seinen Eltern etwas anzutun. Aber wer dann?

In der Hoffnung, irgendein Kleidungsstück von Danny wiederzuerkennen, wühle ich mich weiter durch die Garderobe. Da höre ich auf einmal ein Klicken.

Ich erstarre. Ist doch jemand hier? Könnten das Hunter und die anderen sein? Ich horche mit angehaltenem Atem, doch alles bleibt still.

Ich fahre fort, das Zimmer nach Hinweisen zu durchsuchen. Welchem Zweck diente das mystische Portal? Und wer hat es geschaffen? Ich dachte, es würde mich zu Kyles Versteck führen, aber dann wäre die Wohnung unter Garantie schwer bewacht. Warum hat mich das Portal stattdessen zu Danny geführt?

Ich lasse den Blick über die Schuhe wandern, deren Schnürsenkel akkurat in die Laschen hineingesteckt sind. Ich muss etwas übersehen haben.

Und dann entdecke ich den Fetzen Papier, der aus einem schwarzen Lederschuh hervorlugt. Ich ziehe ihn heraus und zum Vorschein kommt ein schmaler Streifen mit mehreren Fotos. Es gibt einen Automaten im Circle, in dem man solche Bilder machen lassen kann.

Es sind Fotos von Kyle und Danny.

Die Aufnahmen scheinen schon älter zu sein, denn die beiden wirken jünger und definitiv glücklicher. Auf dem ersten Bild schauen sie ernst in die Kamera. Auf dem zweiten ziehen sie Grimassen und auf dem nächsten lachen sie. Wie unbeschwert sie dabei aussehen! Mein Bruder ist nicht wiederzuerkennen.

Plötzlich vibriert mein TouchMe. Ich ziehe ihn aus der Tasche und sehe, dass ich eine neue Nachricht von einer unbekannten Nummer habe. Diesmal lautet sie: DREH DICH UM.

Mir bleibt fast das Herz stehen. Ich habe mich vorhin also nicht verhört. Da waren wirklich Geräusche in der Wohnung. Jemand ist hier. Mein Bruder?

Die Fotos in der einen, meinen TouchMe in der anderen Hand, drehe ich mich langsam um. Bald werde ich ein weiterer Fleck auf dem Teppich sein, denke ich noch, bevor ich sehe, wer da im Türrahmen steht. Es ist jemand, den ich sehr gut kenne.

»Hallo, Aria.«

20

»Bennie?«

Ich starre die Freundin meines Bruders fassungslos an. Normalerweise ist Bennie wie aus dem Ei gepellt. Wenn es um ihre Schönheit geht, war sie schon immer die größte Perfektionistin von uns allen. Egal ob Frisur, Lidschatten oder Lippenstift – Bennie überließ nichts dem Zufall.

Doch gerade sieht sie einfach nur fertig und für ihre Verhältnisse fast schon verwahrlost aus. Jedenfalls wäre sie früher nie in einem zerknitterten Shirt und ohne Make-up herumgelaufen. Die Haare hat sie zu einem schlampigen Pferdeschwanz zusammengebunden. Und sie ist beunruhigend schmal geworden.

Bennie lächelt traurig. »Wir haben nicht viel Zeit.«

Ich mache einen Schritt auf sie zu, doch sie weicht zurück, als hätte sie Angst vor mir. Da fällt mir wieder ein, dass ich ja die Gestalt meines Vaters angenommen habe. »Oh, Miss Badino«, sage ich hastig. »Welch eine Überraschung, Sie hier zu sehen. Ich suche meinen ...«

»Ich weiß, dass du das bist, Aria.« Sie hält ihren TouchMe hoch. Ich starre auf meinen.

Bennie. Sie hat mir all die Nachrichten geschickt! Darauf wäre ich nie im Leben gekommen. Wir haben seit einer Ewigkeit nicht mehr miteinander geredet und als ich sie das letzte Mal im Fernsehen gesehen habe, kam sie mir vor wie ferngesteuert. Aber vielleicht war das nur Fassade.

Mir schwirren tausend Fragen im Kopf herum, doch das Einzige, was ich herausbringe ist: »Warum?«

Nachdem ich wegen Hunter aus den Horsten geflohen war, glaubte ich, Bennie würde mich hassen, weil ich meine Familie – und damit auch Kyle – verraten habe. Warum sollte sie mir also jetzt die Hand reichen? Vielleicht, weil ich im Augenblick schlicht das geringere Übel bin?

»Warum ich dir helfe?«, sagt Bennie. »Ist doch ganz einfach: Wir sind Freunde. Zumindest waren wir das, bis du mich und Kiki aus deinem Leben verbannt hast.«

»Es tut mir leid.«

Bennie schüttelt den Kopf. »Für Entschuldigungen ist es zu spät. Außerdem steht jetzt Wichtigeres auf dem Spiel.«

Sie geht hinüber zum Fenster, von dem aus man einen guten Blick über die Horste hat. Doch Bennie deutet nach unten. Als ich neben sie trete, sehe ich, was sie meint.

Auf dem Hudson River liegen unzählige Schiffe. Sie sind zu weit entfernt, um Einzelheiten zu erkennen, doch das ist auch gar nicht notwendig.

»Philadelphia«, flüstere ich.

Bennie dreht sich zu mir. »Genau.«

»Aber sie sind schon hier«, sage ich. »Wir können sie nicht mehr aufhalten.«

»Trotzdem müssen wir es versuchen«, entgegnet Bennie. »In dem Aufzug wird Kyle dir garantiert zuhören.« Sie lässt den Blick an mir hinunterwandern. »Echt unheimlich, du siehst wirklich aus wie euer Vater.«

Ich starre auf meinen TouchMe und muss an all die Nachrichten denken, in denen Bennie mich vor Kyle gewarnt hat. »Was ist zwischen euch passiert?«, frage ich. »Ich dachte, ihr wärt glücklich miteinander. Ihr habt immer so vertraut gewirkt.«

Bennie seufzt. »Meinst du die Fernsehauftritte? Das war alles Kyles Idee. Er wollte, dass ganz Manhattan uns für das absolute Traumpaar hält. Und ich glaube, ganz am Anfang waren wir das sogar … Auf dem College war dein Bruder ein liebenswerter, gefühlvoller, kluger Kerl«, fährt Bennie fort. »Ich habe ihn für den tollsten Typ der Welt gehalten, und es war mir völlig egal, dass er aus einer einflussreichen Familie stammt oder was für schreckliche Dinge sich die Leute über …« Sie deutet auf meine Gestalt. Ich weiß, was sie meint. »Aber irgendwann fing er an, sich zu verändern. Er wurde unnahbar und … fies.«

Ich nicke. Man muss blind sein, um nicht zu erkennen, was für ein Mensch Kyle geworden ist.

»Er fing an mich zu ignorieren«, erzählt Bennie. »Klar, in der Öffentlichkeit tat er immer so, als wäre ich sein Ein und Alles, aber sobald wir allein waren, war ich Luft für ihn. Er hat ständig mit Danny zusammengehockt. Danny und ich hatten nie ein besonders enges Verhältnis. Irgendwie waren wir einfach nicht auf einer Wellenlänge.« Bennie sieht sich im Zimmer um. Sicher weiß sie, was sich hier abgespielt hat – oder zumindest weiß sie mehr als ich. »Ich dachte, dein Vater wäre schuld daran, dass sich Kyle so verändert hat ... weil er ständig nur an ihm herumgemeckert und ihm das Gefühl gegeben hat, nichts wert zu sein.« Sie zögert. »Und irgendwann hatte ich den Verdacht, dass Kyle sich heimlich mit einem anderen Mädchen trifft.« Sie lacht, aber es ist ein freudloses Lachen. »Oh Mann, ich war so blind!«

Ich weiß noch genau, wie verletzt ich war, nachdem ich Thomas Foster mit einem anderen Mädchen gesehen hatte. Ich habe ihn dafür gehasst, und dabei war ich ja nie wirklich in ihn verliebt. Wie muss sich Bennie dann erst fühlen?

»Ich dachte, er lässt mich für eine andere sitzen.« Bennie starrt auf die blutverschmierte Matratze. »Aber dann ... hab ich ihn mit Danny erwischt.« Sie schüttelt sich. »An dem Abend, an dem ich die Party bei uns geschmissen habe, du weißt schon, als ein Mädchen fast an einer Überdosis gestorben wäre. Da habe ich endlich kapiert, warum Kyle mich nicht mehr anfassen will.«

Kyle und Danny. Kyle und Danny?!

Ich betrachte den Fotostreifen in meiner Hand, den ich schon fast vergessen hatte.

Das letzte Bild. Es zeigt meinen Bruder und seinen besten Freund, wie sie sich innig küssen. Und sie wirken dabei so vertraut, als wäre es nicht das erste Mal. Kyle wirkt glücklich. Selbst im Kuss sind seine Mundwinkel zu einem Lächeln verzogen.

Mein großer Bruder ist schwul.

»Niemand hat was gemerkt«, sagt Bennie. »Ich wollte es dir erzählen, aber du warst ja nie da. Und mit Kiki konnte ich einfach nicht darüber reden. Vor ihr hätte ich mich viel zu sehr geschämt. Außerdem hat Kyle mir gedroht. Er meinte, er würde mich und meine ganze Familie umbringen, wenn ich ihn verrate. Er war eiskalt.«

Ich werfe noch einen Blick auf das Foto und plötzlich ergeben Davidas Erinnerungen einen Sinn: Als mein Bruder ihr unter Tränen erzählte, er sei mit Danny zusammen gewesen, meinte er, dass Danny und er ein Paar sind.

Bennie schiebt sich eine lose Haarsträhne hinters Ohr. »Er hat gesagt, dass er mich fertigmachen wird, wenn ich ihn verlasse. Also bin ich bei ihm geblieben und habe die glückliche Freundin gespielt. Niemand hat gemerkt, wie dreckig es mir in Wirklichkeit ging, denn alles drehte sich nur um dich, die bedauernswerte Aria, die ihr Gedächtnis verloren hatte. Dann war Danny plötzlich verschwunden und ich dachte, dass Kyle und ich vielleicht noch eine Chance hätten …«

»Warte mal kurz.« Mir fällt wieder ein, dass Kiki mir bei unserem letzten Treffen erzählt hat, Danny habe sie nie zurückgerufen. »Was ist mit Danny passiert?«

Bennie sieht mich an, als wäre ich schwer von Begriff. »Du hast die Wohnung doch gesehen. Was glaubst du, was mit ihm passiert ist? Anscheinend war ich nicht die Einzige, die hinter Dannys und Kyles Geheimnis gekommen ist.«

Ich will etwas erwidern, aber die Worte bleiben mir im Hals stecken. Plötzlich weiß ich, was in dieser Wohnung geschehen ist. Danny und seine Eltern sind hier ermordet worden, in ihren eigenen vier Wänden. Und jemand hat ihre Leichen verschwinden lassen, um den Mord zu vertuschen.

Es könnte ein Einbruch gewesen sein, bei dem die Täter gestört worden sind. Aber die Wohnungstür ist nicht aufgebrochen worden. Außerdem wäre so ein Überfall doch sicher durch die Nachrichten gegangen.

Doch bisher ist nichts hiervon an die Öffentlichkeit gelangt. Und die Foggs müssen ihren Mörder gekannt haben, denn sie ließen ihn freiwillig in ihre Wohnung.

Ich kann die Tatsachen nicht länger ignorieren. Das Ganze trägt eindeutig die Handschrift meines Vaters.

Hat er einem seiner Gorillas befohlen, eine ganze Familie – seine sogenannten Freunde – auszulöschen? Oder hat er selber abgedrückt? So wie damals, als er vor meinen Augen den Gondoliere erschossen hat?

Im nächsten Moment kommt mir ein noch viel schrecklicherer Gedanke.

»War es Kyle?« Ich kann mir beim besten Willen nicht vorstellen, wie er das fertiggebracht haben soll, selbst wenn er ein Stic-Junkie ist. Hatten er und Danny einen Streit, der eskaliert ist? Hat mein Bruder im Drogenrausch die Kontrolle verloren?

Zu viele Gedanken schießen gleichzeitig durch meinen Kopf, in dem es schon wieder zu hämmern beginnt, und ich spüre, wie mir schwindelig wird. Warum hat sich Kyle nie jemandem anvertraut? Ich kann ja nachvollziehen, dass er nicht mit meinen Eltern darüber reden wollte, aber warum hat er mir nichts gesagt? Ich hätte zu ihm gehalten.

Gleichzeitig macht es mich wütend, dass ausgerechnet er mich für meine Beziehung mit Hunter verurteilt hat. Er wusste doch genau, wie unerträglich es ist, seine Gefühle verbergen zu müssen. Warum hat er mir trotzdem so viele Steine in den Weg gelegt? Und warum hat er mich an unseren Vater verraten?

»Ich weiß nicht, ob Kyle etwas mit der Sache zu tun hat«, sagt Bennie. »Er redet ja nicht mehr mit mir.«

Sie blickt auf ihren TouchMe. »Oh, schon so spät. Ich muss wieder zurück.« Sie wendet sich zum Gehen und sieht mich erwartungsvoll an. »Kommst du?«

»Du bringst mich zu ihm? Zu Kyle?«

»Was meinst du, warum ich hier bin?«

Ich folge Bennie hinaus auf den Flur und zur Treppe. Ich bin froh, nicht mehr allein in dieser stillen Wohnung zu sein, auch wenn Bennie und ich uns so fremd geworden sind. Ich habe keine Ahnung, wo sie wohnt und was sie gemacht hat, seit ich mich den Rebellen angeschlossen habe.

Ich betrachte die Finger meines Vaters und frage mich, wie lange ich die Maskerade wohl noch aufrechterhalten kann.

»Woher wusstest du, dass ich hier bin?«, frage ich Bennie, als wir im Büro angekommen sind.

Sie zeigt auf das Gemälde mit der Pfirsichschale. »Als Kyle

noch bei euren Eltern gewohnt hat, bin ich durch Zufall dahintergekommen, was es mit den Gemälden auf sich hat. Ich habe abends bei euch auf ihn gewartet, aber er hat mich versetzt. Also fing ich an, mich ein bisschen in eurem Apartment umzuschauen. Und so kam eins zum anderen.« Sie betrachtet das Gemälde. »Am Ende bin ich hier gelandet und da habe ich Kyle und Danny gesehen.«

Sie sieht mich so vorwurfsvoll an, als wäre ich verantwortlich für das, was mein Bruder ihr angetan hat.

»Kyle hat mich nicht nur erpresst und gedroht, meine Eltern umzubringen. Er hat mich auch dazu gezwungen, hier mit ihm zu wohnen, nachdem er das Gebäude übernommen hatte. Wie eine Gefangene.«

»Oh Mann ... das tut mir so leid.«

Sie zwingt sich zu einem Lächeln. »Muss es nicht. Ich darf das Gebäude unter Aufsicht verlassen, und die meiste Zeit bin ich sowieso allein. Im Prinzip kann ich machen, was ich will. So konnte ich auch die da installieren.«

Bennie zeigt auf die Wand mit den Bücherregalen. In einem der Regale leuchtet, gut versteckt, ein rotes Lämpchen. Das war mir vorher gar nicht aufgefallen.

»Eine Kamera?«, frage ich.

Bennie nickt. »Kyle hat alle bewohnten Apartments in diesem Gebäude räumen lassen, damit hier nur noch Leute ein- und ausgehen, die unter seinem Kommando stehen. In einer der leeren Wohnungen habe ich die Kamera gefunden und sie so programmiert, dass ich sie von meinem TouchMe aus steuern kann.«

Bei Bennies Erzählung muss ich daran denken, dass mich meine eigenen Eltern auf Schritt und Tritt überwacht haben.

»Mir war klar, dass du irgendwann nach Kyle suchen würdest«, sagt Bennie. »Ich brauchte dich also nur noch auf die richtige Fährte zu locken.«

»Und darum hast du mir die Nachrichten geschickt?«, frage ich.

Bennie nickt. »Kyle weiß nicht, dass ich diesen TouchMe habe. Ich lösche die Nachrichten immer sofort, falls er ihn doch irgendwann mal finden sollte. Trotzdem landen die Nachrichten alle im elektronischen Überwachungssystem. Deswegen musste ich auch immer so kryptische Texte schreiben und konnte mich nicht zu erkennen geben. Zum Glück haben Kyles Leute gerade wichtigere Sachen zu tun, als in irgendwelchen privaten Postfächern herumzuschnüffeln.«

»Danke, dass du mir helfen willst.«

Bennie tippt auf ihren TouchMe. »Lass uns eine Sache klarstellen: Ich bin im Augenblick nicht dein größter Fan. Aber ich weiß, dass du im Grunde ein guter Mensch bist … und ich dachte immer, dein Bruder wäre es auch.« Sie senkt die Stimme. »Ich habe das Apartment ständig über die Kamera im Auge behalten. Und dann bist du endlich gekommen – beziehungsweise dein Vater. Dass er hier aufgetaucht ist, hat mich ziemlich stutzig gemacht, schließlich haben deine Eltern Manhattan verlassen. Ich habe mich vor ein paar Nächten persönlich von ihnen verabschiedet und sie in einem Hubschrauber davonfliegen sehen. Zum Glück kann ich auf das Überwachungssystem zugreifen und habe bemerkt, dass dein TouchMe im Apartment eingeloggt ist. Da war mir klar, dass du durch irgendeinen Zauber deine Gestalt verändert hast.«

Dass Bennie klug ist, wusste ich schon immer, aber ich dachte, eher so wie jemand, der viele Bücher liest. Ich hätte nie gedacht, dass in Bennie auch eine kleine Geheimagentin schlummert. Ich bin beeindruckt.

»Ich habe einem der Wachmänner erzählt, ich sei müde und müsse mich hinlegen«, fährt sie fort. »Also hat er mich auf mein Zimmer gebracht, wo ich ihn ausgeknockt und ans Bett gefesselt habe.«

»Du hast was?«

Bennie grinst. »Du bist nicht die Einzige, die im Notfall dazu bereit ist, Gewalt anzuwenden«, sagt sie. »Der Wachmann war bewusstlos, als ich gegangen bin, aber bestimmt kommt er bald wieder zu sich. Ich habe ihm eine Socke in den Mund gestopft, aber die wird ihn auch nicht ewig daran hindern, sich bemerkbar zu machen. Wenn du also mitkommen willst, müssen wir uns beeilen.«

»Okay.«

Als wir bei dem Fahrstuhl in der Küche ankommen, sagt Bennie: »Offiziell wohnen Kyle und ich oben im Penthouse. Aber das ist nur Show. In Wirklichkeit bin ich nie dort. Kyle hat auf allen Etagen Wachen postiert. Das unterste Stockwerk in der Tiefe ist komplett abgeriegelt. Von außen sieht es aus wie eine verlassene Lagerhalle und es gibt keinen Weg hinein. Alle Eingänge in den Horsten werden ständig überwacht.«

»Wie muss ich mir Kyles Hauptquartier vorstellen?«, frage ich, um herauszufinden, was mich erwartet.

»Es ist im Erdgeschoss, in einer ehemaligen Metzgerei. Total widerlich«, sagt Bennie. »Es gibt einen Haufen Hinterzimmer, in denen sich Kyle regelmäßig mit den Befehlshabern trifft, und jede Menge Sicherheitsausrüstung und Kameras, mit denen das gesamte Gelände rund um das Gebäude überwacht wird. Die sehen alles. Sogar, wer auf der anderen Straßenseite läuft. Im zweiten Stock, über der Kommandozentrale, ist mein Zimmer.« Bennie seufzt. »Große Fenster, knarrende Dielen, ein Bett mit einer brettharten Matratze. Ich kann mich auf dieser Etage relativ frei bewegen, aber es gibt dort auch sehr viele Räume, zu denen ich keinen Zutritt habe.«

Ich versuche mir vorzustellen, wie es für Bennie sein muss, hier in diesem Gebäude eingesperrt zu sein, fast wie Rapunzel in ihrem Turm.

»Du brauchst kein Mitleid mit mir zu haben. Wirklich nicht.« Bennie streckt den Arm aus, als wollte sie meine Schulter berühren, zieht ihn aber im letzten Moment zurück. »Meinst du, du kannst ihn aufhalten? Denn weißt du … ich habe mein Leben riskiert, um dich hierherzubringen. Wenn Kyle rausfindet, dass ich dir helfe …« Sie schluckt und beendet den Satz nicht. »Kyle ist deinem Vater ähnlicher, als ich es jemals für möglich gehalten hätte. Und ich will auf keinen Fall, dass meiner Familie was zustößt.«

»Ob ich ihn aufhalten kann, weiß ich erst, wenn ich mit ihm geredet habe. Sozusagen von Mann zu Mann«, antworte ich. »Aber du kannst dir sicher sein, dass ich alles tun werde, um weitere Katastrophen zu verhindern. Darum bin ich hier.«

Bennie nickt. Keine Ahnung, ob meine Antwort sie beruhigt. »Verlass den Fahrstuhl im Erdgeschoss. Ich gebe den Zahlencode ein. Wenn du unten bist, wirst du von zwei Wachen in Empfang genommen werden. Sag ihnen, dass du mit Kyle reden willst. Dann werden sie dich in sein Büro bringen.«

»Okay, das klingt nicht sonderlich schwierig. Wo ist der Haken?«

Bennie sieht mich eindringlich an. »Der Haken an der Sache ist: Die Wachleute werden dich zu Kyle bringen, weil sie großen Respekt vor Johnny Rose haben und es nie wagen würden, ihm ihr Misstrauen offen zu zeigen. Aber du musst dich beeilen. Sie werden versuchen, ihn im Überwachungssystem zu orten, und ziemlich schnell feststellen, dass er nicht mehr in Manhattan ist. Und spätestens dann bist du geliefert.«

Sie hat Recht. Wie viel Zeit bleibt mir wohl, um meinen Bruder zur Vernunft zu bringen? Zehn Minuten? Fünfzehn? Wie um alles in der Welt soll ich das schaffen?

»Wo wirst du sein?«, frage ich Bennie.

»Hier«, antwortet sie. »Ich warte auf dich. Komm zurück, sobald du fertig bist, und dann verschwinden wir zusammen durch das Gemälde.« Sie schaut auf ihren TouchMe. »Es ist jetzt fünf Uhr. Wenn du in zwanzig Minuten nicht wieder da bist, gehe ich ohne dich. Ich kann nicht länger hierbleiben. Nicht nach allem, was ich gerade getan habe.«

Sie will ohne mich fliehen? Ganz allein? Aber selbst wenn sie es aus diesem Gebäude schafft – glaubt sie wirklich, dass sie Kyles Soldaten entkommen kann?

Plötzlich werde ich misstrauisch und ich betrachte Bennie prüfend. Versucht sie wirklich, mir zu helfen, oder ist ihr Auftritt Teil eines hinterhältigen Plans?

»Woher weiß ich, dass du wirklich auf meiner Seite stehst und dass das hier keine Falle ist?«, frage ich.

»Das kannst du nicht wissen.«

»Hm, sehr beruhigend.«

»Du hast zwei Möglichkeiten: Entweder du vertraust mir oder du verschwindest auf der Stelle. Na los. Geh schon. Den Weg kennst du ja. Aber vorher solltest du dir das mal ansehen.«

Sie geht hinüber zu dem großen Fenster und zieht die Vorhänge zur Seite. Ich sehe nur noch Grün. Grün, so weit das Auge reicht. Einen giftgrünen Schleier über den funkelnden Wolkenkratzern. Die Schiffe in der Ferne wirken größer als noch vor wenigen Minuten.

Sie kommen näher.

»Das Kraftfeld wird sich etwa in einer Stunde schließen«, sagt Bennie. »Es ist ein Schutzschild. Kyle wartet nur darauf, dass die

Horste abgeschirmt sind, um seinen Plan in die Tat umzusetzen. Und dann kann den Menschen in der Tiefe niemand mehr helfen.«

Ich muss an das Versprechen denken, das ich den Menschen in meiner Rede gegeben habe. Ich habe ein Manhattan beschrieben, in dem kein Mystiker mehr abgeschöpft wird, in dem die Bewohner der Tiefe und der Horste gleichberechtigt sind, in dem alle friedlich koexistieren können. Und ich glaube noch immer daran, dass es dieses Manhattan eines Tages geben wird.

Ich straffe die Schultern und richte meinen Anzug. Aber es genügt nicht, nur so auszusehen wie mein Vater. Ich muss auch versuchen, mir seine innere Haltung zu eigen zu machen. Seine Stärke. Seine Überheblichkeit.

Ich habe nur diesen einen Versuch. Ich darf nicht versagen.

Der Akku meines TouchMes ist fast leer, doch ich schaffe es noch, eine Nachricht an Hunter, Turk und die anderen zu schicken und die aktuelle Lage zu schildern. Ich will nicht, dass sie sich Sorgen um mich machen oder etwas tun, was sie selbst in Gefahr bringen könnte. Dann schalte ich meinen TouchMe aus und stecke ihn in die hintere Hosentasche.

»In Ordnung«, sage ich zu Bennie. »Dann mal los.«

21

Kaum haben sich die Türen des Fahrstuhls geschlossen, fahre ich in rasantem Tempo in die Tiefe.

Mir ist flau im Magen. Tausend Gedanken gehen mir durch den Kopf. Danny und seine Eltern wurden ermordet. Bennies und Kyles Beziehung ist eine große Lüge, genau wie damals meine Verlobung mit Thomas. Ich wäre wirklich nie auf die Idee gekommen, dass die anonymen Nachrichten ausgerechnet von Bennie stammen könnten.

Und nun bleiben mir nur wenige Minuten, um meinen Bruder davon zu überzeugen, dass sein Abkommen mit Cotter ein Riesenfehler ist. Ich muss jetzt genauso mutig sein wie Davida in jener Nacht, als sie Hunters Gestalt annahm. Sie wusste, dass sie sterben würde, doch das hielt sie nicht davon ab, ihrem Gewissen zu folgen. Jetzt ist es meine Aufgabe, Manhattan zu retten.

Als ich nervös auf meine Hände blicke, sehe ich, dass die Fingerspitzen bereits grünlich zu schimmern beginnen. Ich verwandele mich zurück! Das muss ich unbedingt verhindern. Ich schließe die Augen und denke an meinen Vater – an seine dunklen Haare und sein schroffes, kantiges Gesicht. Mein Herz schlägt schneller und die dröhnenden Kopfschmerzen sind wieder da.

Der Fahrstuhl rast nach unten, doch ich spüre die Geschwindigkeit kaum. Als auf der Anzeige über der Tür eine rote Eins aufleuchtet, atme ich tief durch. Jetzt gibt es kein Zurück mehr.

Ein leises *Pling* ertönt und die Türen öffnen sich. Vor mir liegt ein dunkler, schmaler Flur.

Nach Bennies Beschreibung hätte ich eigentlich damit gerechnet, auf zwei Wachen zu treffen, aber hier ist niemand. Kein gutes Zeichen. Hat Bennie mich womöglich doch in eine Falle gelockt?

Die Türen des Fahrstuhls schließen sich hinter mir. Ich bleibe stehen und lausche. Ich höre Stimmen, kann allerdings nicht sagen, aus welcher Richtung sie kommen. Nachdem sich meine Augen an die Dunkelheit gewöhnt haben, setze ich mich langsam in Bewegung. Die eisernen Leuchter, die an den Wänden im Flur verschraubt sind, spenden gerade so viel Licht, dass man nicht über seine eigenen Füße stolpert.

Ich bin erst ein paar Schritte gegangen, als ich fast in einen großen, stämmigen Mann in Uniform hineinrenne. Zwei Dinge erkenne ich selbst im Dämmerlicht sofort: dass sein Gesicht von Narben übersät ist und dass er das Abzeichen der Roses trägt. Direkt hinter ihm steht ein zweiter Soldat, der sogar noch größer ist und mich mit glänzenden schwarzen Augen anstarrt. Mein Erscheinen irritiert ihn sichtlich. Normalerweise würden mich die beiden Hünen einschüchtern, aber ich bin Johnny Rose. Und Johnny Rose lässt sich niemals einschüchtern.

»Wachen«, sage ich im tiefen Bariton meines Vaters.

Sie salutieren. »Sir«, sagt der Erste, den Blick starr auf mich gerichtet. »Wir dachten, Sie und Mrs Rose ...«

»Tun Sie sich und der Menschheit einen Gefallen und hören Sie endlich auf zu denken. Dafür habe ich Sie nicht eingestellt«, sage ich harsch. »Verstanden, Soldat?«

Beide Männer nicken gehorsam. »Natürlich, Sir«, sagt der Zweite.

»Sehr gut.« Ich stecke die Hände in die Hosentaschen, nur für den Fall, dass sie sich bereits wieder grünlich verfärben. Meine Kopfschmerzen werden von Sekunde zu Sekunde schlimmer, und ich fürchte, dass ich meine Maskerade nicht mehr lange aufrechterhalten kann. »Wo ist mein Sohn? Ich muss ihn sprechen.«

»Wir bringen Sie sofort zu ihm, Sir«, sagt einer der Soldaten.

»Ich werde ihn darüber informieren, dass Sie nicht auf Ihrem Posten waren«, erwidere ich. Mein Vater bedankt sich niemals.

Ich höre, wie sie scharf die Luft einziehen. »Jawohl, Sir«, sagt einer der beiden. »Folgen Sie mir.«

Sie eilen vorneweg und nach wenigen Metern gelangen wir in eine große Halle.

Ich muss mich stark beherrschen, um nicht die Fassung zu verlieren. Als Bennie sagte, im Erdgeschoss hätte sich ursprünglich eine Metzgerei befunden, meinte sie eigentlich ein Schlachthaus.

Der offene Raum erstreckt sich über drei Etagen und ich muss unwillkürlich an die Halle denken, in der wir mit Elissa

Genevieve gekämpft haben. Doch dieser Ort hier ist ungefähr zweimal so groß und noch Furcht einflößender. Durch die hohen Milchglasfenster fällt Dämmerlicht herein. Die Luft ist feuchtwarm. Überall stehen große Maschinenteile herum und über einem gefliesten Bereich mit Abflussrinnen baumeln riesige Fleischerhaken.

Als ich mir vorstelle, wie Rinder und Schafe hier zur Schlachtbank getrieben wurden, bricht mir der kalte Schweiß aus. Ich frage mich, ob mich wohl dasselbe Schicksal ereilen wird. Der Tod scheint in diesem Haus allgegenwärtig zu sein.

Ich beschleunige meine Schritte und kann es kaum erwarten, diesen schrecklichen Ort wieder zu verlassen.

Nachdem wir die Halle und einen weiteren Flur durchquert haben, stehen wir vor einer Metalltür. Einer der Soldaten tritt vor einen Netzhaut-Scanner und die Tür gleitet auf.

»Mr Rose«, sagen die beiden Soldaten unisono.

Ich nicke und trete ein.

Kein Zweifel, das hier ist Kyles Kommandozentrale. Uniformierte Offiziere mit Headsets sitzen an Terminals und bellen Befehle in ihre Mikrofone. An den Wänden hängen riesige TouchMe-Screens, die mit den Kameras außerhalb des Gebäudes verbunden sind. Auf einem der Monitore sieht man die Schiffe aus Philadelphia, die die Landungsstege der West Side fast erreicht haben. Auf einem anderen sind Soldaten zu sehen, die eine Gruppe von Männern und Frauen vor sich hertreiben. Einer der Soldaten schießt einem Mann ins Bein. Eine Frau mit verweintem, dreckverschmiertem Gesicht will dem Verletzten helfen, wird aber einfach weitergestoßen.

In der Tiefe herrscht das totale Chaos.

Alle Soldaten tragen das rote Rosen-Emblem auf der Brust, damit jeder sehen kann, für wen sie kämpfen: nicht für die Menschen von Manhattan, sondern für meine Familie. Beziehungsweise für Kyle.

Als ich den Raum betrete, verstummen die Soldaten und starren mich an. Ich kenne keinen von ihnen, aber ganz sicher kennen sie mich.

Einer der Männer, die mich hierhergeführt haben, zeigt auf eine massive schwarze Tür am anderen Ende des Raumes. »Dort hinten«, sagt er.

Genau wie beim Eingang zur Kommandozentrale befindet sich auch neben dieser Tür ein Netzhaut-Scanner. Ich stelle mich davor und habe kurz Panik, dass der Scanner mich als falschen Johnny Rose entlarven könnte, doch es ertönt ein lautes Piepen und die Tür gleitet auf.

Und da steht er. Mein Bruder.

Außer ihm ist nur ein Soldat im Raum, der, mit einer Waffe über der Schulter, an der nackten Betonwand lehnt. Die Einrichtung ist äußerst spärlich. Sie besteht aus einem kleinen Bildschirm, einem Metallstuhl und einer Pritsche mit dünner Matratze. Schläft Kyle etwa hier?

»Vater?«, sagt Kyle überrascht.

Er mustert mich mit zusammengekniffenen Augen und wischt

sich fahrig mit dem Handrücken über die Nase. Seine sonst so akkurat frisierten Haare sind ungekämmt und in seinem Blick liegt ein so abgrundtiefer Hass, dass ich es mit der Angst zu tun bekomme.

»Was willst du?«, fragt er. »Ich dachte, du wärst längst weg.«

Ein Bild aus anderen Zeiten blitzt vor meinem inneren Auge auf: Kyle als der liebe, kleine Junge, mit dem ich als Mädchen immer gespielt habe. Doch diesen Jungen gibt es schon lange nicht mehr. Kyle ist abgemagert und scheint auch ansonsten in schlechter Verfassung zu sein. Er hat sich länger nicht rasiert und seine Lippen sehen spröde aus.

»Ich muss etwas mit dir besprechen«, sage ich und drehe mich zu dem Soldaten um. »Unter vier Augen.«

Der Soldat betrachtet mich argwöhnisch und rührt sich nicht vom Fleck. Ich sehe Kyle erwartungsvoll an. Er seufzt, dann gibt er seinem Leibwächter mit einem Kopfnicken zu verstehen, dass er gehen soll. Ich warte, bis sich die Tür hinter ihm geschlossen hat.

»Was machst du hier?«, fragt Kyle gereizt. Trotz Klimaanlage stehen ihm Schweißperlen auf der Stirn. »Du hast mir das Kommando übertragen, schon vergessen?«

»Nein, natürlich nicht.«

»Passt dir mein Bündnis mit Philadelphia nicht? Das ist mir vollkommen egal. Ich treffe meine eigenen Entscheidungen.«

Er nestelt nervös an seinen Hosentaschen; ich vermute sofort, dass er eine Pistole bei sich trägt. Und ich habe bloß ein Messer. Ich könnte mich notfalls auch mit meinen mystischen Kräften verteidigen, doch dann würde meine Tarnung auffliegen.

»Du hast nichts mehr zu melden, alter Mann.« Kyle funkelt mich zornig an. »Deine Zeit ist um. Jetzt bestimme ich, wo's langgeht.«

Plötzlich wird mir klar, dass Kyle meinen Vater mehr hasst als jeden anderen Menschen auf der Welt. Er hasst ihn sogar noch mehr als mich. Aber wenn das stimmt, stehen meine Chancen, ihn von seinen wahnsinnigen Plänen abzubringen, denkbar schlecht.

»Ich habe dir das Kommando übertragen«, sage ich und versuche, wie mein Vater zu klingen. »Aber ganz sicher nicht, damit du diesem Cotter freie Hand gibst, die halbe Stadt dem Erdboden gleichzumachen. Die Bewohner der Tiefe wurden viel zu lange von unserer Familie unterdrückt. Um Manhattan zu retten, musst du sie mit ins Boot holen«, fahre ich fort. »Diese Stadt hat nur eine Zukunft, wenn wir die Menschen, die in ihr leben, wieder vereinen.«

»Das weiß ich«, sagt Kyle. »Und genau aus diesem Grund habe ich Cotter um Hilfe gebeten. Er weiß, wie man mit Aufständischen umgehen muss. In Philadelphia wurden die Mystiker niedergeschlagen und niemand geht mehr für irgendeinen Gleichheits- und Freiheitsquatsch auf die Straße. Die Leute dort wissen, wo ihr Platz ist. Und genauso möchte ich es in Manhattan auch haben.«

Ich schnaube verächtlich. »Meinst du, dieser Cotter wird dir die Tiefe einfach wieder überlassen, nachdem er sie erobert hat? Wart's nur ab, bald hat er hier das Sagen. Und das, obwohl ich dir die Macht auf dem Silbertablett serviert habe.«

Kyle starrt mich ungläubig an. »Ach, so ist das! Du hast mir Macht gegeben, ja? Was bist du doch für ein toller Vater! Du willst nur das Beste für deinen Sohn, hab ich Recht? Jetzt sag ich dir mal was: Du hast nie an mich geglaubt. Du hast dich vom Acker gemacht, als die Stadt in Schutt und Asche lag, und jetzt soll ich den ganzen Mist ausbaden. Und warum? Weil kein anderer mehr übrig ist. Garland und Thomas Foster sind ja leider tot.«

»Ich habe Fehler gemacht«, erwidere ich, wobei mir sofort bewusst wird, dass mein Vater so etwas niemals sagen würde. Aber was bleibt mir anderes übrig? »Die Leute vertrauen den Roses noch immer. Sie erwarten von dir, dass du ihnen hilfst. Überlass die Verantwortung für unsere Stadt nicht diesem Cotter. Du bist derjenige, den Manhattan jetzt braucht.« Da Kyle mir nicht widerspricht, fahre ich fort: »Du müsstest die Mystiker nur um Verzeihung bitten.«

»Um Verzeihung?«, knurrt Kyle und kommt langsam auf mich zu. Jede Faser seines Körpers ist angespannt. Er ist nicht mehr der aalglatte Anführer, den er auf Pressekonferenzen und Kundgebungen gemimt hat. Vor mir steht ein Mensch, der von Bitterkeit und Hass zerfressen ist. Ein unberechenbarer Psychopath. »Hast du den Verstand verloren, alter Mann?«, fragt er.

»Entschuldige dich bei den Mystikern und sorge dafür, dass sie sich mit dir verbünden«, sage ich. »Dann können sie dir helfen, deine politischen Forderungen durchzusetzen.«

Kyle sieht aus, als würde er jeden Augenblick explodieren. »Lass mich raten: Alles, was ich den Mystikern dafür versprechen muss, ist, dass sie nie wieder gegen ihren Willen abgeschöpft werden, in Zukunft wählen gehen dürfen, nicht mehr in einem Getto leben müssen und das ganze andere Blabla? Willst du darauf hinaus?«

Ich gehe nicht auf seine Frage ein. »Den Mystikern Zugeständnisse zu machen, muss nicht zwangsläufig zu unserem Nachteil sein. Tu einfach, was ich getan hätte, und alles wird gut.«

Kaum habe ich den letzten Satz ausgesprochen, weiß ich, dass ich einen Riesenfehler gemacht habe.

Kyle weicht zurück. »Ich soll tun, was du getan hättest?«

Ich strecke meine Hand aus. »Ich meinte ja nur ...«

»Fass mich nicht an!«, schreit er, zieht eine Pistole aus der Tasche und richtet sie auf mich. »Einen Schritt weiter und ich drück ab, du Monster!«

Mir schwirrt der Kopf. Kyles Stimme ist so laut, als würde er mir direkt ins Ohr brüllen. Ich bekomme plötzlich keine Luft mehr. Mir wird schwindelig. Doch als ich mich setzen will, schreit Kyle: »Bleib, wo du bist!«

Ich tue, was er sagt.

»Du widerst mich an«, zischt Kyle. »Du hast alles zerstört,

was mir jemals etwas bedeutet hat. Du hast mich kaputt gemacht. Das werde ich dir nie verzeihen.«

Er fuchtelt mit der Waffe vor meiner Nase herum. Dann ballt er die andere Hand zur Faust und schlägt sie mit voller Wucht gegen die Wand. Der Beton gibt nach, als wären die Wände hier aus Pappe. Kyle starrt auf seine Hand. Sie hat nur ein paar Kratzer. Dann sieht er mich an und lächelt.

Ich muss an die Fotos von ihm und Danny denken, auf denen er ebenfalls lächelt. Doch da sieht er vollkommen anders aus: glücklich und verliebt. Jetzt, im Licht der Neonröhren, ist sein Ausdruck bedrohlich und wirkt eher wie eine verzerrte Fratze als ein Lächeln. In seinen Augen liegt ein irrer Glanz. Er scheint wie im Rausch. Zu allem fähig. Und genau das macht mir Angst.

Ich spüre, wie meine Energie schwindet. Wenn Kyle merkt, dass ich ihn hinters Licht geführt habe, wird er mich ganz sicher umbringen. Also kämpfe ich mit aller Kraft gegen die Verwandlung an. Erleichtert spüre ich, wie die mystische Energie mir wieder wärmend durch die Glieder fährt und das Blut in meinen Adern rauscht.

Bevor ich etwas erwidern kann, gleitet die Tür auf und einer von Kyles Männern kommt herein. »Sir«, sagt er, »es gibt schon wieder Aufstände in der Tiefe. Wir brauchen mehr Leute.«

Kyles irres Lächeln weicht einem sorgenvollen Ausdruck. Er zeigt mit der Waffe auf mich. »Du rührst dich nicht vom Fleck.« Dann verlässt er das Zimmer.

Selbst durch die geschlossene Tür kann ich hören, wie er

Befehle brüllt und die Soldaten hektisch hin- und herrennen. Ich gehe hinüber zu der Pritsche. Wenn ich mich nicht sofort hinsetze, werde ich ohnmächtig.

Wahrscheinlich haben seine Männer inzwischen herausgefunden, dass sich mein Vater gar nicht in Manhattan aufhält und ich eine Betrügerin bin. Bennie ist bestimmt längst fort. Aber immerhin wissen Hunter und die anderen dank meiner Nachricht, dass ich hier unten bin. Allerdings ist mir schleierhaft, wie sie mich in diesem Labyrinth jemals finden sollen.

Ich stütze erschöpft den Kopf in die Hände. Mein Körper glüht vor Energie. Ich lockere den Kragen meines Hemdes, das komplett durchgeschwitzt ist. Mir schwirren Bilder von Kyle und meinem Vater durch den Kopf. Und immer wieder sehe ich Davidas Gesicht und spüre, wie ihre Erinnerungen mich zu überwältigen drohen.

Werde ich hier drin sterben?

Ich habe versagt. Ich habe die Menschen in Manhattan im Stich gelassen. Meine Freunde, meine Familie, ja sogar Kyle. Doch das Schlimmste ist, dass ich Davida enttäuscht habe, die sich für mich geopfert hat. Ich kann die Tränen nicht länger zurückhalten.

Als ich die Augen schließe, kommt mir zuerst Turk in den Sinn. Ich stelle mir vor, wie er beruhigend auf mich einredet und mir sagt, wie sehr er mich liebt. Ich kann diese Liebe sogar in seinen Augen sehen.

Ich verspüre einen schmerzhaften Stich in der Brust, weil ich

Turk nie gesagt habe, dass ich ihn liebe. Drei kleine Worte – nur drei kleine Worte –, aber ich habe sie nicht ausgesprochen. Werde ich ihn noch einmal wiedersehen, bevor ich sterbe? Bei der Vorstellung, ihm nicht mehr sagen zu können, was ich wirklich für ihn empfinde, muss ich laut aufschluchzen.

    Der Schmerz in meiner Brust wird übermächtig. Ich lasse mich auf die Matratze sinken und spüre, wie ich langsam das Bewusstsein verliere.

22

Ich klopfe leise an die Tür.
»Kyle?« Keine Reaktion. »Ich bin's, Davida. Magdalena hat gesagt, du hast nach mir rufen lassen?«
Ich höre ein Rascheln, dann geht die Tür auf.
»Komm rein«, sagt Kyle und setzt sich aufs Bett. Er sieht völlig fertig aus. Er trägt noch immer dieselben Klamotten wie gestern und seine Augen sind blutunterlaufen. Seine Haare sind zerzaust, seine Wangen nass von Tränen, und überall im Zimmer liegen Taschentücher herum. Es ist kurz vor neun Uhr abends, doch er scheint den ganzen Tag noch nichts gegessen zu haben.
»Also ...«, beginne ich zaghaft.
Er starrt auf den Boden. »Also ... wegen gestern ...«
»Du musst mir nichts erklären«, sage ich.
Ich bin eine Dienerin. Er schuldet mir keine Erklärung.
»Ich ... ich will aber«, sagt er mit schmerzerstickter Stimme. »Ich ... Danny und ich sind zusammen ... Du bist die Erste ... Ich habe noch niemandem davon erzählt, außer Bennie, und das auch nur, weil sie uns erwischt hat. Aber sie hat versprochen, es für sich zu behalten.«
Mir leuchtet nicht ein, warum Kyles Freundin darüber schweigen sollte, aber ich bin viel zu nervös, um etwas zu entgegnen. Außerdem geht es mich wirklich nichts an.

»*Ich wollte das nicht. Es ist einfach so passiert.*« Kyle sieht auf einmal glücklich aus. »*Danny ist toll. Der tollste Mensch, dem ich je begegnet bin. Nett, einfühlsam – ganz anders als meine Familie. Er ist ein guter Mensch.*« Er lächelt. »*Ich hatte nicht vor, jemanden zu belügen oder zu verletzen. Anfangs waren wir einfach nur Freunde, aber irgendwann hat sich mehr daraus entwickelt. Eine Mystikerin, die für meinen Vater arbeitet, hat das Portal in der Bibliothek für mich erschaffen. Natürlich habe ich ihr nicht verraten, wozu ich es brauche.*« Er sieht mich ernst an. »*Hältst du mich jetzt für einen schlechten Menschen?*«

Ich lege ihm die Hand auf die Schulter. »*Natürlich nicht. Liebst du ihn?*«

Kyle nickt.

»*Das ist das Einzige, was zählt. Liebe soll dich glücklich machen. Lass nicht zu, dass sie dich zerstört.*«

Ich wünschte, ich könnte meinen eigenen Ratschlag befolgen und Hunter sagen, was ich für ihn empfinde. Dass er nicht zu Aria gehört, sondern zu mir.

Aber das Herz geht seine eigenen Wege. Er ist in Aria verliebt und es gibt nichts, was ich dagegen tun könnte.

»*Aber was werden die Leute denken?*«, fragt er. »*Meine Eltern ... sie würden es niemals akzeptieren. Mein Vater würde mich eher umbringen, als zuzulassen, dass ich ...*« Er schluckt den Rest des Satzes hinunter. Ich kann spüren, wie sehr die Situation ihn belastet.

»*Sie werden sich an den Gedanken gewöhnen*«, sage ich, obwohl ich keine Ahnung habe, ob das stimmt. Johnny Rose ist alles andere als ein toleranter Mensch. Aber er liebt seinen Sohn und wird irgendwann über seinen Schatten springen. Hoffe ich zumindest.

»Nein.« Kyle steht auf und rauft sich die Haare. »Es gibt nur eine Lösung. Ich muss die Sache beenden.«

»Beenden?«, frage ich. »Willst du das wirklich?«

Kyle sieht mich traurig an. »Habe ich eine Wahl?«

Ich denke kurz nach. »Du könntest dich auch für die Liebe entscheiden.«

»Das hier ist kein Märchen«, entgegnet Kyle. »Und deshalb wird es kein Happy End geben. Ich wünschte, es wäre anders, aber die Liebe siegt nicht immer. Seien wir doch mal realistisch. Mein Vater will, dass ich in seine Fußstapfen trete.«

»Das könntest du doch trotzdem.«

Er schüttelt den Kopf. »Dafür ist mein Vater viel zu stolz. Wenn die Leute wüssten, wen ich liebe ... für meinen Vater wäre das ein Zeichen von Schwäche. Und seine größte Sorge ist wahrscheinlich, dass die Leute den Respekt vor ihm verlieren. Denk doch nur an das, was er mit Aria gemacht hat.«

In der Tat hat Johnny Rose alle Register gezogen, um die Liebe seiner Tochter zu einem Mystiker zu unterbinden. Wenn er dahinterkäme, dass Kyle und Danny ein Paar sind, würde er seinem Sohn das Leben zur Hölle machen. Aber bedeutet das, dass Kyle sich darum selbst verleugnen muss?

»Willst du deinem Vater wirklich so viel Macht über dein Leben einräumen?«, frage ich. »Und alle um dich herum belügen?« Ich *warte seine Antwort gar nicht ab.* »*Du liebst jemanden, der deine Liebe erwidert. Wirf das nicht einfach weg.*«

Kyle hebt den Kopf und mustert mich aus seinen blassgrünen Augen. »*Du findest mich nicht abstoßend?*«

»*Natürlich nicht.*«

»*Ich hab's verbockt*«, *sagt er leise.*

»*Was meinst du damit?*«

»*Dannys Vater hat uns erwischt*«, *antwortet er.* »*Martin ist ein enger Freund meines Vaters. Bestimmt wird er ihm alles erzählen. Danny hat den ganzen Tag nicht auf meine Anrufe oder Nachrichten reagiert. Was soll ich bloß tun? Soll ich die Stadt verlassen?*«

Kyle sieht mich flehend an. »*Du musst mir helfen … Du musst zu Danny gehen und ihn überreden, mit mir abzuhauen. Ich habe solche Angst, dass sein Vater …*«

In diesem Augenblick klopft es an der Tür. »*Kyle? Mach auf!*«

Es ist Johnny Rose.

Kyle blickt sich panisch um, dann stürzt er zum Kleiderschrank. »*Los, schnell, rein da!*« *Ich steige in den Schrank, der praktisch so groß ist wie mein ganzes Zimmer, und Kyle flüstert:* »*Keinen Mucks.*«

Dann schließt er den Schrank und öffnet die Zimmertür. Ich kann zwar nichts sehen, aber alles hören.

»*Martin hat mich heute Morgen angerufen. Was hast du dir nur dabei gedacht?*«, *sagt Mr Rose wütend.* »*Du benimmst dich wie der letzte Trottel! Und du willst mein Sohn sein? Hast du ernsthaft geglaubt, du würdest mit dieser Nummer durchkommen?*«

Kyle murmelt etwas, aber ich kann ihn nicht verstehen. Ich presse mein Ohr an die Tür.

»*Für dieses Verhalten gibt es keine Entschuldigung!*«*, brüllt Mr Rose und ich höre ein Scheppern, als hätte er etwas gegen die Wand geworfen.*

»*Unsere Familie ist dir vollkommen egal.*« *Ich höre, wie Kyle weint.* »*Du bist eine Schande. Und du ziehst unseren guten Namen durch den Dreck.*«

»*Ich liebe ihn!*«*, schreit Kyle.*

Es herrscht kurz Stille, dann höre ich einen dumpfen Schlag. Jemand ist zu Boden gegangen. »*Du bist nicht länger mein Sohn*«*, sagt Johnny Rose.* »*Du bist ein Nichts. Ich lasse dich nur am Leben, damit du den Familiennamen weitergeben kannst. Solltest du dich widersetzen, sehe ich mich leider dazu gezwungen, dich für immer zum Schweigen zu bringen. Du wirst mit niemandem über diese Sache sprechen. Das Ganze ist niemals geschehen. Um deinen Freund und seine Eltern habe ich mich bereits gekümmert. Ein falscher Schritt und du bist der Nächste.*«

»*Was meinst du damit, du hast dich um sie gekümmert?*«*, fragt Kyle voller Panik.*

Ich höre wieder einen dumpfen Schlag und ein Stöhnen.

»*Ich habe getan, was getan werden musste, um Spott und Schande von meiner Familie abzuwenden*«*, sagt Johnny Rose mit so eiskalter Stimme, dass ich eine Gänsehaut kriege.* »*Ich habe ein großes Opfer für dich gebracht. Und nun kein Wort mehr darüber. Hast du mich verstanden?*«

Wieder höre ich Kyle stöhnen.

»Ob du mich verstanden hast?!«, brüllt Mr Rose.

»Ja«, sagt Kyle leise.

»Gut.«

Ich bin vor Angst wie erstarrt. Erst als Mr Rose gegangen ist, hole ich tief Luft und öffne vorsichtig die Tür.

Kyle liegt schwer atmend mit dem Gesicht auf dem Boden. Ich gehe zu ihm und streiche ihm beruhigend über den Kopf. »Ganz ruhig«, flüstere ich. »Alles wird gut.«

Das ist gelogen. Ich weiß, dass für ihn nichts wieder gut wird. Sein Vater hat ihm den Menschen genommen, den er geliebt hat. Denn anders lassen sich Mr Roses Worte nicht deuten. Ich habe Angst um Kyle und frage mich, wie er sich von diesem Schlag jemals erholen soll.

Irgendwann geht sein Atem wieder ruhiger und er hebt den Kopf. Ich ziehe ein Taschentuch aus meiner Hosentasche und reiche es ihm. Er wischt sich über das knallrote Gesicht. Dann strafft er sich, steht auf und zeigt zur Tür.

»Geh.«

»Kyle«, sage ich überrascht, »es … es tut mir so …«

»Geh«, sagt er noch einmal. »Und kein Wort zu irgendjemandem.«

Seinem Gesichtsausdruck nach zu urteilen meint er es ernst, also gehorche ich.

Als ich aufwache, sehe ich meinem Bruder direkt in die Augen.

»Schlechter Zeitpunkt für ein Nickerchen«, sagt er.

Ich wuchte die Beine von der Matratze und richte mich schwerfällig auf. Die gute Nachricht ist, dass meine Beine immer noch aussehen wie die meines Vaters. Die schlechte Nachricht ist, dass es mir miserabler geht als jemals zuvor. Mir tut alles weh und meine Kopfschmerzen rauben mir fast die Sinne. Es fällt mir schwer, einen klaren Gedanken zu fassen oder auch nur zu atmen. Ich spüre wieder einen stechenden Schmerz in der Brust.

»Ich sterbe«, höre ich mich sagen und das ist nicht gelogen. Ich kann förmlich spüren, wie meine Lebenskräfte schwinden. Mir bleibt nicht mehr viel Zeit.

»Na und?«, sagt Kyle. »Von mir aus kannst du auf dieser beschissenen Pritsche verrecken. Ich hätte nichts dagegen.«

Ich zwinge mich, die Augen offen zu halten und meinen Bruder anzusehen. Ich glaube, Davidas Erinnerung an den grässlichen Streit zwischen ihm und meinem Vater ist ihr letztes Geschenk an mich. Immerhin weiß ich nun, was mit Kyle geschehen ist. Was ihn so verändert hat.

Mein Vater.

Zwar kenne ich nicht alle Einzelheiten, aber ich habe alles erfahren, was ich wissen muss. Kyle hat Danny und seine Eltern nicht umgebracht. Mein Vater hat sie ermordet. Er wollte die Vormachtstellung der Rose-Familie absichern und sah in Kyles und Dannys Liebe eine Bedrohung. Genauso war es auch bei

Hunter und mir. Der einzige Unterschied ist, dass er Hunter nicht ausschalten konnte.

Bei dem Gedanken daran, dass mein Vater Dannys ganze Familie für seine Zwecke geopfert hat, wird mir schlecht und ich hasse ihn nur noch mehr. Mein Vater *mochte* die Foggs sogar – falls er zu solchen Gefühlen überhaupt fähig ist.

Auch wenn ich meinen Bruder noch immer für seine schrecklichen Taten verurteile, so weiß ich nun, dass auch ihm großes Unrecht widerfahren ist. Ich muss ein paar Dinge in Ordnung bringen.

»Es tut mir leid.«

Kyle sieht mich verwundert an. »Was?«

»Es tut mir leid, was geschehen ist.« Ich muss wieder an das Apartment von Dannys Familie denken. Ganz gleich, welcher Teufel dort gewütet hat – ob mein Vater selbst dieser Teufel gewesen ist oder ob er jemanden beauftragt hat: Kyle hat gesehen, was ich gesehen habe.

Das Entsetzen steht ihm ins Gesicht geschrieben. »Du entschuldigst dich bei mir?«

Ich nicke.

»Und du glaubst wirklich, dass mich das interessiert?« Er beugt sich vor und rammt mir die Faust in den Magen.

Ich krümme mich vor Schmerzen, als mir die Galle hochkommt und auf den Zementboden tropft. Kyle scheint für den Bruchteil einer Sekunde verwirrt, dann schlägt er wieder zu. Die Wucht seiner Hiebe lässt meinen ganzen Körper erzittern.

»Ich hasse dich.« Kyles Stimme bebt vor Zorn. »Ich werde dich immer hassen. Und es tut dir kein bisschen leid. Das sagst du bloß, damit ich mache, was du willst.«

Ich schüttele den Kopf. »Nein, darum geht es nicht. Es tut mir wirklich leid.« Obwohl ich noch immer aussehe wie mein Vater, ist es gerade mein Herz, das spricht.

Johnny Rose hat vor meinen Augen einen Menschen erschossen. Ich weiß ganz genau, wie es sich anfühlt, wenn der eigene Vater dir das Herz bricht, weil er es will. Und weil er die Macht dazu hat.

Mein Vater hat mir furchtbare Dinge angetan. Aber Kyle hat er ebenso wenig verschont. Nur dass ich bis jetzt nichts davon wusste.

»Es tut mir leid, dass ich nicht verstanden habe, was in dir vorgeht«, sage ich zu Kyle. »Und dass ich mir nie die Mühe gemacht habe, es herauszufinden.« Ich war so beschäftigt mit meiner heimlichen Liebe, dass ich mich nie gefragt habe, wie es meinem Bruder eigentlich geht. »Ich hätte für dich da sein sollen, aber das war ich nicht. Und was immer jetzt geschieht – du musst mir glauben, dass es mir unendlich leidtut, wie viel Schmerzen du erdulden musstest. Ich wünschte, ich könnte die Zeit zurückdrehen und alles anders machen, aber das kann ich nicht.«

Als ich mir über den Mund wische, stelle ich mit Schrecken fest, dass meine Finger bereits dunkelgrün leuchten. Ich verstecke meine Hände hinter dem Rücken, doch dann spüre ich, wie mein Körper schrumpft und ich mich Stück für Stück zurückverwandele. Meine Haut prickelt. Mein Herz beginnt zu rasen. Die Schmerzen werden so unerträglich, dass ich laut aufschreie.

Und dann ist der Spuk vorbei. Ich blicke erschrocken an mir herunter. Ich trage noch immer die Kleider meines Vaters, aber sie passen mir nicht mehr, denn ich bin wieder ich.

»Aria?«, fragt Kyle entsetzt.

Ich nicke.

Kyle schüttelt ungläubig den Kopf. »Du warst das die ganze Zeit? Du weißt von der Sache mit Danny?«

Ich erzähle meinem Bruder, wie ich Davidas Herz gefunden und es geschluckt habe. Wie ihre Kräfte auf mich übergegangen sind. Was habe ich jetzt noch zu verlieren? Entweder bringt Kyle mich um oder das fremde Herz in meiner Brust kommt ihm zuvor. Da kann er genauso gut auch die Wahrheit erfahren.

Seine Miene lockert sich ein wenig, doch der Rest seines Körpers bleibt angespannt. »Keine Ahnung, was ich dazu sagen soll.«

»Was immer auch geschieht – unsere Eltern sind nicht mehr hier«, sage ich. »Und du weißt genauso gut wie ich, dass sie nie mehr zurückkommen werden. Also sei endlich du selbst. Hör auf, dich zu verstecken. Was Vater dir angetan hat, war schlimm genug.«

Kyle schluckt schwer und tritt nervös von einem Bein aufs andere, und plötzlich sieht er wieder genauso aus wie der kleine Junge von früher. »Uns beiden«, sagt er.

»Was?«

»Was Vater uns beiden angetan hat, war schlimm genug.«

Wenn ich mir vorstelle, wie viele Jahre lang Kyle und ich nichts als Kälte und Hass füreinander übrig hatten, fühlt es sich beinahe ungerecht an, dass wir uns erst so kurz vor meinem Tod aussprechen. Kyle hat furchtbare Dinge getan, er hat Menschen und Mystiker geopfert und vielen anderen unendlich großes Leid zugefügt. Das ist unverzeihlich.

Aber nach allem, was ihm widerfahren ist, empfinde ich auch Mitleid mit ihm. Er hat den Menschen verloren, den er über alles geliebt hat.

»Ich hätte dich und Hunter damals nicht verraten dürfen«, sagt er. In seinen Augen glitzern Tränen. »Aber ich war ständig auf Stic und ich war voller Wut. Ich wollte, dass Vater stolz auf mich ist, ich wollte ein würdiger Erbe sein und gleichzeitig hätte ich ihn am liebsten umgebracht. Ich hatte die schlimmsten Rachefantasien. Ich wollte, dass er für seine Verbrechen büßt. Und darüber habe ich alles andere vergessen.« Er ballt die Hände zu Fäusten. »Danny ... Danny hätte das nie gewollt ...« Er schluchzt laut auf. »Wenn ich ihn da nicht mit reingezogen hätte, würde er noch leben. Und seine Eltern auch.«

»Du hast ihn geliebt«, sage ich. »Man kann sich nicht aussuchen, in wen man sich verliebt. Aber du hast Recht: Danny hätte niemals gewollt, dass du dich auf diese Weise selbst bestrafst.« Ich betrachte meinen Bruder – einen von Schuldgefühlen und Kummer gebrochenen Menschen. »Aber es ist noch nicht zu spät. Begreifst du das denn nicht?«

Er will gerade etwas erwidern, als die Tür in Tausende grüner Funken zerspringt. Das Licht ist so grell, dass ich die Augen zusammenkneifen muss. Als ich sie wieder öffne, steht Hunter mit ausgestreckten Armen vor uns und aus jedem seiner Finger strömen mystische Strahlen. Er wirkt stark. Mächtig. Bereit, mich und die ganze Welt zu retten.

Doch ich fürchte, dass selbst er dazu nicht in der Lage ist.

»Keine Bewegung!«, sagt er zu Kyle.

»Hunter?«, sage ich leise.

»Turk!«, ruft er. »Sie ist hier!«

Beim Klang von Turks Namen überläuft mich ein Kribbeln. Und dann kommt er auch schon hereingestürmt und zieht mich in seine Arme. Seine Haut glüht, aber das ist mir egal. Ich will ihn einfach nur spüren. »Alles okay?«, haucht er mir ins Ohr. »Ich habe deine Nachricht bekommen und bin zu den anderen dazugestoßen … Wir … hatten echt Angst um dich.«

Hunter mustert meinen Bruder. »Na, plötzlich so schweigsam? Hast wohl Schiss ohne deine Bodyguards?«, sagt er, strafft die Schultern und geht auf Kyle zu. Mein Bruder steht einfach nur da und wirkt trotz der Pistole in seiner Hand vollkommen wehrlos.

»Ryah ist noch im Apartment deiner Eltern«, sagt Hunter. »Shannon und Jarek warten draußen. In diesem ganzen Gebäude gab es nur vier Wachen. War ein Kinderspiel, die außer Gefecht zu setzen.« Er lässt Kyle nicht aus den Augen. »Ich dachte, du hättest mehr auf Lager.«

»Ich habe die Soldaten weggeschickt«, sagt Kyle ruhig. »Es gab wieder Aufstände.«

»Ja, und hast du dich auch mal gefragt, wieso?«, entgegnet Hunter aufgebracht. »Weil die Bewohner von Manhattan sich nicht länger von dir unterdrücken lassen wollen! Weißt du eigentlich, wie viele Leute du auf dem Gewissen hast? Und wie viele Leute deinetwegen noch sterben werden?« Er kommt Kyle bedrohlich nahe und formt aus den grünen Strahlen einen leuchtenden, knisternden Säbel, den er gegen Kyles Hals richtet. »Ich sollte dich auf der Stelle töten.«

»Dann tu's doch«, sagt Kyle. »Ich habe es verdient.«

Hunter hebt eine Augenbraue. »Für wie bescheuert hältst du mich?«

»Hunter«, bringe ich mühsam hervor, »wir haben geredet.«

Turk legt mir eine Hand auf die Stirn. »Sie glüht. Wir müssen sie hier rausbringen.« Er zieht mir das Jackett meines Vaters aus und wischt mir den Schweiß aus dem Nacken. Dann reißt er das Hemd auf und krempelt die Ärmel hoch.

»Kyle«, sage ich mit letzter Kraft, »es ist noch nicht zu spät…«

Kyle holt tief Luft. »Was ich getan habe, war falsch.«

»Vergiss es. Ich traue dir nicht«, sagt Hunter.

»Was ich getan habe, war falsch, und das weiß ich jetzt.« Kyle lässt die Waffe fallen. »Ich gebe auf. Ich will nicht mehr.«

»Glaub ihm«, sage ich zu Hunter, dann sehe ich flehend zu Turk. »Bitte, glaubt ihm.«

Plötzlich beginne ich zu frösteln. Ich fühle mich, als läge ich in einer Wanne voll Eis. Ich kriege kaum noch Luft. Turks Augen füllen sich mit Tränen. »Ich habe die Schwester nicht gefunden«, flüstert er. »Ich kann dich nicht retten.«

Er greift nach meiner Hand.

Hunter hat den Lichtsäbel immer noch gegen Kyles Hals gerichtet. »Du willst, dass ich dir glaube?«, sagt er. »Dann sorg dafür, dass dieser ganze Irrsinn aufhört. Schalte dieses Kraftfeld ab. Pfeif die Truppen aus Philadelphia zurück. Dann werde ich dir vielleicht glauben, dass du es ernst meinst.«

»Leute, wir haben ein Problem«, sagt Shannon, als sie den Raum betritt. »Die Schiffe aus Philadelphia haben angelegt. Die Soldaten stürmen die Tiefe. Das gibt ein Gemetzel.«

Hunters Säbel fängt an zu sirren und ist nur noch Millimeter von Kyles Kehle entfernt. »Sag ihnen, dass sie sich zurückziehen sollen«, zischt Hunter. »Sofort.«

Kyle blickt mit angstgeweiteten Augen zwischen mir, Hunter und dem Säbel an seinem Hals hin und her. »Ich schwöre, das würde ich, wenn ich könnte«, sagt er, und der Klang seiner Stimme verrät mir, dass er die Wahrheit sagt. »Aber ich kann nicht. Es ist zu spät.«

23

»Was soll das heißen, ›Es ist zu spät‹?«, fragt Hunter und der Säbel aus Energie vibriert noch stärker. Eine falsche Bewegung von Kyle und er ist tot.

Ich erkenne Hunter kaum wieder. Sein Gesicht ist wutverzerrt. Er bleckt die Zähne wie ein tollwütiges Tier.

»Die Invasion hat schon begonnen«, sagt Kyle. »Genau wie sie gesagt hat.« Er deutet mit einem Kopfnicken zu Shannon. »Die Schiffe aus Philadelphia haben schon angelegt und meine Männer haben die Soldaten in die Stadt gelassen. Ich kann nichts mehr tun.«

»Kannst du ihnen nicht befehlen, dass sie aufhören sollen, unschuldige Leute zu ermorden?«, fragt Shannon mit zitternder Stimme.

Ehe mein Bruder antworten kann, hören wir es draußen donnern. Der Boden bebt unter unseren Füßen, als würde er jeden Moment aufreißen und uns verschlingen.

Eine Explosion. Es geht los.

»Ich kann meinen Leuten befehlen, die Waffen niederzulegen, aber dann werden sie von den Truppen aus Philadelphia abgeschlachtet. Cotter und ich hatten eine Vereinbarung: Sobald die Horste durch das Kraftfeld abgeriegelt sind, gehört die Tiefe ihm.« Er seufzt. »Ich kann ihn nicht mehr aufhalten.«

Wenn ich doch nur wüsste, woher die Energie für das Kraftfeld kommt. Wenn ich nur wüsste, wie ich es abschalten kann. Doch was würde dann geschehen? Ich habe so viele Fragen, aber ich bringe keinen Laut mehr heraus.

»Du könntest Cotter sagen, dass euer Geschäft geplatzt ist«, schlägt Turk vor. »Dann müsste er sich doch zurückziehen, oder?«

»Ich kann es versuchen«, sagt Kyle, »aber ich bezweifle, dass er sich darauf einlassen wird. Cotter ist von Macht besessen. Genau wie mein Vater.«

»Tja, der Apfel fällt nicht weit vom Stamm«, sagt Shannon, die Arme vor der Brust verschränkt. Wir hören wieder ein Donnern, diesmal etwas leiser, und Gebrüll, aber ich kann kein Wort verstehen. »Jedenfalls dürfen wir hier nicht einfach rumstehen und Däumchen drehen.« Shannon zeigt zur Tür. »Wir müssen da raus und kämpfen. Wir müssen unseren Leuten helfen.«

Ich kann meine Finger nicht mehr spüren, sie sind taub. Mein Blick verschwimmt, und ich nehme kaum noch wahr, was um mich herum geschieht. Ich versuche, Turk anzusehen, der mich die ganze Zeit fest im Arm hält.

»Sie wird sterben«, höre ich ihn sagen.

»Du musst das Kraftfeld abschalten, Rose«, drängt Hunter. »Dann sind die Horste nicht länger geschützt und Cotter muss seine Truppen abziehen. Selbst einer wie er würde nicht wollen, dass die reichsten Bewohner Manhattans verletzt werden.«

Kyle antwortet nicht sofort und ich weiß warum. Er findet Hunters Vorschlag gut, will es aber nicht zugeben. »Ich weiß nicht, wie«, sagt er dann.

»Was?«, fragt Hunter.

»Ich weiß nicht, wie man das Kraftfeld abschaltet«, wiederholt Kyle niedergeschlagen.

»Bring uns hin«, sagt Shannon. »Von wo auch immer du dieses Ding steuerst und die Energie dafür abzapfst – wenn du uns hinbringst, können wir bestimmt was tun.«

Kyle nickt.

Turk schiebt seine Arme unter mich und hebt mich von der Pritsche hoch. Hunter hat eine Hand auf Kyles Schulter gelegt und schiebt ihn vor sich her. »Wenn du versuchst abzuhauen, bring ich dich um«, zischt er. »Und zwar ohne mit der Wimper zu zucken.«

»Das glaube ich dir«, sagt Kyle. Dann sieht er zu mir. In seinem Blick spiegeln sich Angst und Mitgefühl. »Folgt mir.«

Von Turk getragen zu werden, ist wie Schweben. Ob es sich genauso anfühlt, wenn man stirbt? Man wird immer leichter, bis man sich schließlich in Nichts auflöst? Ich hoffe es, und ich wünsche mir, dass der Tod weniger schmerzhaft ist als das, was ich gerade spüre. Ich bin nur noch ein Wrack. Meine Haut brennt, als wäre sie aufgeschlitzt worden. Meine Zunge ist rau wie Sandpapier. Mir tut alles weh, und mir ist wieder heiß. Es fühlt sich an, als würde ich von innen heraus verbrennen.

Ich höre das leise *Pling* des Fahrstuhls und merke, wie sich die Kabine in Bewegung setzt. Wir fahren wieder hinauf in die Horste.

Ich frage mich, wo Bennie ist – ob sie fliehen konnte – und wo Kiki steckt. Ob sie Manhattan verlassen hat und in Sicherheit ist? Dann male ich mir aus, was draußen wohl vor sich geht. Werden die Leute auf den Straßen von Cotters Soldaten niedergestreckt? Bestimmt sind die Rebellen in den Kampf gezogen, obwohl sie Cotters Truppen zahlenmäßig weit unterlegen sind. Werden die Mystiker und Nichtmystiker Philadelphia zurückschlagen können, wenn sie Seite an Seite kämpfen? Haben wir womöglich Unterstützung aus anderen Städten? Hatte Ryah nicht erzählt, die Mystiker aus Philadelphia würden irgendetwas planen?

Als der Fahrstuhl anhält, schlage ich die Augen auf und sehe Turk an. Er trägt mich aus der Kabine und hinein in einen lichtdurchfluteten Raum.

Wir bleiben stehen.

»Krass«, sagt Turk.

Ich drehe vorsichtig den Kopf.

Der Raum, in dem wir uns befinden, sieht aus wie der Abschöpfungsraum im alten Bürogebäude meines Vaters, nur ist dieser hier viel heller. Alles ist blendend weiß. Die Decke, die Wände und der Boden scheinen aus unzähligen Röhren zu bestehen, die sich hinter einer dünnen Glasplatte befinden. Anscheinend führen sie nach draußen.

In der Mitte des Raumes schwebt etwa zwei Meter über dem

Boden eine durchsichtige Kugel. Sie sieht aus wie eine gigantische Seifenblase. Zwei lange, gewundene Röhren, in denen ein weißer Nebel wabert, ragen aus der Kugel heraus.

Über die Hülle zucken grelle, weiße Blitze und erfüllen den Raum mit einem leisen Summen. In der Kugel ist eine junge Frau gefangen.

Sie kann nicht älter als sechzehn sein und ihre Haut ist so blass, dass man die Adern darunter sehen kann. Nein, ihre Haut ist nicht blass, sie ist durchscheinend, so als hätte man alle Pigmente aus ihrem Körper herausgesaugt. Sie hält Arme und Beine gestreckt und kaum sichtbare Lichtfäden strömen aus ihren Fingern in die Röhren. Sie hat die Augen geschlossen, ist nackt und hat langes weißes Haar, das ihr fast bis zu den Füßen reicht. Es sieht aus, als würde sie schlafen, aber ich weiß, dass sie nicht schläft und dass sie sich ganz sicher nicht freiwillig in dieser Kugel befindet.

Hunter, Jarek und Shannon starren das Mädchen fassungslos an. Kyle steht daneben wie ein Häufchen Elend.

»Wer ist das, Turk?«, krächze ich.

Turk antwortet mir nicht. Und auch den anderen scheint es die Sprache verschlagen zu haben. Kennen sie dieses Mädchen?

Nach einer Weile sagt Hunter: »Wie konnte das geschehen?« Dann stößt er Kyle mit voller Wucht zu Boden. »Na los, red schon, Rose.«

Hunters Finger beginnen zu leuchten. Dann streckt er die Hand aus und richtet drohend einen Energiestrahl auf Kyle.

Mein Bruder wehrt sich nicht. Er kauert am Boden und atmet stoßweise. Dann sprudelt es aus ihm heraus: »Kurz nach der Explosion im Empire State Building haben meine Männer und ich in der Tiefe einer Frau aufgelauert. Man hatte uns gesagt, sie sei eine mächtige Mystikerin. Also sind wir ihr gefolgt und haben uns gewaltsam Zutritt zu ihrem Haus verschafft.«

»Wer war diese Frau?«, fragt Shannon.

»Sie hieß Lyrica«, sagt mein Bruder.

Seine Antwort trifft mich wie ein Schlag. Ich schnappe geräuschvoll nach Luft und will etwas sagen, aber mein Gehirn und mein Mund scheinen nicht länger miteinander verbunden zu sein. Turk kniet sich auf den Boden, sodass ich mich gegen seine Brust lehnen kann, und versucht mich zu beruhigen.

»Im Haus befand sich noch eine andere Mystikerin.« Kyle zeigt auf das Mädchen in der Kugel. »Ich habe sie sofort erkannt.«

»Wie das?«, fragt Shannon. »Die meisten Menschen wissen nicht einmal, dass es sie gibt, geschweige denn, wie sie aussieht.«

»Elissa Genevieve hat mir von ihr erzählt«, antwortet Kyle. »Und dann habe ich ihr Wissen zu meinem Vorteil genutzt.«

Ich kann Turks Herz in meinem Rücken hämmern hören. Die Puzzleteile fangen an, ein Bild zu ergeben. In der Krankenstation hat Lyrica mir erzählt, sie verdiene es zu sterben. *Sie waren hinter mir her*, hat sie gesagt. *Ich wollte sie beschützen und dann sind sie gekommen.*

»Elissa hatte den Plan, mithilfe mystischer Energie ein gigantisches Kraftfeld zu erzeugen, um die Stadt vor möglichen Angreifern zu schützen. Sie wollte einen sicheren Ort erschaffen«, sagt Kyle. »Aber mein Vater interessierte sich viel mehr dafür, mit dem Verkauf der Energie Geld zu scheffeln.« Kyle sieht mich an. »Dann ist Elissa gestorben und Vater fasste den Plan, Manhattan zu verlassen. Da habe ich meine Chance gewittert, endlich mal etwas Großartiges, etwas völlig Überraschendes zu tun.«

»Ja, du bist echt ein Held«, sagt Turk trocken.

Kyle überhört den Seitenhieb. »Ich war schon mal in Vaters Abschöpfungsraum gewesen. Ich hatte gesehen, wie es funktioniert. Aber ich wusste nicht, wie ich an die nötige Energie kommen sollte. Selbst mit sämtlichen Reserven der Stadt wäre es unmöglich gewesen, ein derart starkes Kraftfeld zu erzeugen.« Er blickt auf. »Und dann habe ich sie gefunden.«

»Woher wusstest du, was du tun musst?«, fragt Shannon. »So ein riesiges Kraftfeld zu erzeugen, ist wahnsinnig kompliziert.«

»Elissa hatte bereits erste Konstruktionspläne erstellt«, sagt Kyle. »Für das Abschöpfungssystem.« Er zeigt auf die Glasrohre, die aus der Kugel herausragen und sich in die Wände hineinschlängeln. »Aber die entscheidenden Hinweise für den Bau habe ich Lyrica zu verdanken.«

»Ich glaube dir kein Wort«, sagt Hunter. »Lyrica hätte dir nie etwas verraten.«

»Das hat sie auch nicht«, sagt Kyle. »Wir haben sie stundenlang gefoltert, aber sie hat eisern geschwiegen. Letztendlich hat uns das Mädchen erzählt, was wir wissen mussten. Ich glaube, es wollte Lyrica retten und hat nicht damit gerechnet, dass wir den Plan wirklich in die Tat umsetzen.« Er verzieht das Gesicht zu einer Grimasse. »Das war ein Irrtum.«

Endlich wird mir klar, warum Lyrica ihren Tod als gerechte Strafe empfand. Sie fühlte sich verantwortlich für die Entstehung des Kraftfelds, obwohl sie im Grunde überhaupt keine Schuld traf.

»Wer ist sie?«, flüstere ich schwach.

Turk starrt das Mädchen in der Kugel ungläubig an. »Das«, sagt er schließlich, »ist die letzte Schwester.«

Plötzlich ergibt alles einen Sinn.

»Ich habe sie gerufen, aber sie ist nie gekommen«, sagt Turk. »Zumindest habe ich gedacht, sie wäre nicht gekommen.«

»Du hast sie gerufen?«, fragt Jarek. Offensichtlich hört er davon heute zum ersten Mal.

»Ja, nachdem Aria Davidas Herz geschluckt hatte«, erklärt Turk. »Ich wusste, dass es zu stark für ihren Körper ist und dass sie es wieder loswerden muss. Lyrica meinte, sie wüsste nicht, wie man das Herz wieder entfernen kann, wollte mir aber helfen, die Schwester zu finden. Danach habe ich nichts mehr von Lyrica gehört und bin davon ausgegangen, dass ihre Bemühungen erfolglos waren.«

»Dabei war die Schwester die ganze Zeit hier«, sagt Shannon. »Sie ist gekommen.«

»Und ihr habt sie auf dem Weg zu uns entführt«, sagt Hunter. »Mit ihrer Energie habt ihr das Kraftfeld erzeugt.« Er wirft Kyle einen vernichtenden Blick zu. »Weißt du eigentlich, was du getan hast? Du hast die letzte Schwester, die größte Mystikerin der Welt, auf dem Gewissen.« Er zeigt auf die leuchtende Kugel. »Du wolltest sie benutzen und dann wegwerfen, wie eine leere Batterie. Du bist Abschaum, Rose.«

Kyle schließt die Augen.

»Und wofür?«, fragt Turk. Seine Stimme bebt. »Für ein bisschen Macht? Um ein Zeichen zu setzen?«

»Ich habe einen Fehler gemacht«, sagt Kyle. »Es tut mir …«

»Das reicht aber nicht!«, schreit Hunter. Shannon legt ihm die Hand auf die Schulter.

»Ihr habt jedes Recht der Welt, mich zu hassen«, sagt Kyle. »Und ich kann nur wiederholen, dass es mir leidtut. Doch ich kann die Zeit nicht zurückdrehen.«

»Ist sie wirklich tot?«, fragt Shannon. »Der Schutzschild ist doch noch intakt. Das heißt, sie lebt noch, oder?«

»Was meinst du, Turk?«, fragt Hunter. »Du bist der Heiler.«

Turk betrachtet die Schwester genauer. Sie schwebt vollkommen reglos in der Kugel und hat die Augen geschlossen. Ich frage mich, ob sie weiß, wo sie ist oder was gerade mit ihr geschieht. Ob sie Schmerzen hat? Oder schläft sie tief und fest?

»Ich vermute, sie wurde bis zur Bewusstlosigkeit abgeschöpft«, sagt Turk. »Sie lebt noch, aber ihr Leben hängt an einem seidenen Faden.«

Shannon sieht zu der Kugel hinauf. »Wir könnten diese Röhren rausreißen.«

»Dann stirbt sie mit Sicherheit«, sagt Hunter und blickt zu mir. »Genau wie Aria.«

»Die Schwester kann Aria sowieso nicht mehr retten«, entgegnet Shannon. »Sie wird nie wieder aufwachen, dafür hat sie viel zu viel Energie verloren. Aber wenn wir die Röhren entfernen, könnten wir das Kraftfeld zerstören und Cotter aufhalten.«

»Das heißt, Aria muss sterben, wenn wir unsere Stadt retten wollen?«, sagt Turk wütend. »Das werde ich nicht zulassen!«

Ich versuche zu sprechen, aber ich bringe keinen Ton heraus. Ich will ihnen sagen, dass sie auf mich keine Rücksicht zu nehmen brauchen. Dass sie mich sterben lassen sollen, um Manhattan zu retten.

Kyle räuspert sich. »Das Kraftfeld wird sich auflösen, sobald die Maschine abgestellt ist. Die Energie, die wir abgeschöpft und in die Horste geleitet haben, wird hierher zurückfließen.« Er lässt den Blick über die Anlage aus Glasröhren und die Kugel schweifen, in der die Schwester gefangen ist.

»Und was passiert mit der Schwester, wenn wir das tun?«, fragt Jarek.

»Sie könnte überleben«, antwortet Turk, »aber sie ist schon sehr schwach. Ich weiß nicht, ob sie der plötzlichen Energieflut gewachsen ist. Könnte sein, dass ihr Körper einfach explodiert.«

»Welche Alternative haben wir?«, fragt Shannon meinen Bruder.

»Ich bin mir nicht sicher, ob es eine Alternative gibt«, sagt Kyle kleinlaut. Hunters Energiestrahl ist noch immer auf ihn gerichtet. »Ich weiß nur, wie man diesen Schutzschild erzeugt. Über die Mystikerin in der Kugel habe ich mir nie Gedanken gemacht.«

»Und was heißt das jetzt?«, fragt Shannon. »Sollen wir einfach ganz fest die Daumen drücken, dass wir bei der Aktion nicht versehentlich die letzte Schwester umbringen? Diese Verantwortung werde ich ganz bestimmt nicht übernehmen.«

»Ich weiß nicht, ob uns wirklich etwas anderes übrig bleibt«, sagt Hunter.

»Wir dürfen das Leben der Schwester nicht aufs Spiel setzen«, sagt Turk. »Nicht solange wir eine Chance haben, sie zu retten.« Er drückt meine Hand. »Sie ist die Einzige, die Aria noch helfen kann.«

»Nehmen wir mal an, wir ziehen alle Energie aus dem Kraftfeld ab«, sagt Hunter. »Selbst wenn die Schwester nicht stirbt – woher wissen wir, dass Cotter seine Truppen zurückpfeift, sobald der Schutzschild gefallen ist?«

»Guter Einwand«, sagt Turk. »Vielleicht greift er dann ja auch die Horste an, um sich ganz Manhattan unter den Nagel zu reißen.«

Shannon wirft die Arme hoch. »Dieses Risiko würde ich in Kauf nehmen.«

»Ich nicht«, knurrt Turk.

Die beiden streiten weiter, bis Jarek sich vom anderen Ende des Raumes zu Wort meldet. »Es gibt noch einen anderen Weg.«

Sofort sind alle Augen auf ihn gerichtet. »Jemand von uns könnte den Platz der Schwester einnehmen.« Er zeigt auf die große Kugel. »Elissa hat mich damals in ihre Pläne für das Kraftfeld eingeweiht. Sie dachte ja, dass ich sowieso sterben würde. Ursprünglich hatte sie vor, Davidas Herz zu schlucken und mit der zusätzlichen Energie den Schutzschild herzustellen. Doch dann beschloss sie, sich nicht selbst zu opfern, sondern lieber die Energie eines anderen Mystikers anzuzapfen. Und wenn der Mystiker vollkommen abgeschöpft gewesen wäre, hätte sie sich den nächsten geholt. Wenn es wirklich so funktioniert, könnte die Schwester ausgetauscht werden.«

»Gegen jemanden mit mystischer Energie«, sagt Hunter langsam. »Aber der Energiefluss darf nicht unterbrochen werden. Das Kraftfeld muss intakt bleiben, während wir die Schwester gegen jemand anders austauschen.«

»Nur dass derjenige höchstwahrscheinlich dabei draufgehen wird. So viel Energie auf einen Schlag verkraftet keiner.«

»Na dann – Freiwillige vor«, schnaubt Shannon. »Welcher Mystiker hier hat Lust, sich zu opfern?« Sie verschränkt die Arme vor der Brust. »Also ich nicht, damit das mal klar ist.«

In diesem Augenblick kommt ein Soldat hereingestürmt. Seine Uniform ist blutdurchtränkt und am Ärmel zerfetzt, sein Gesicht voller Schnittwunden.

»Sir, es gibt ein Problem«, sagt er.

»Was für ein Problem?«, fragt Kyle entsetzt.

Der Blick des Soldaten wandert von Kyle zu Hunters Energiestrahl und schließlich zum Rest von uns. Bestimmt fragt er sich, ob gerade sein letztes Stündlein geschlagen hat. »Die Armee aus Philadelphia ...«, stößt er fassungslos hervor, »... das ist nicht die Armee, die wir erwartet haben.«

Kyle sieht zu Hunter. »Lass mich nachsehen, was da los ist. Vielleicht kann ich die Lage zu unserem Vorteil nutzen.«

»Ich traue dir nicht«, sagt Hunter.

»Wir haben keine andere Wahl«, entgegnet Turk. »Lass ihn gehen. Jarek, du begleitest ihn. Und wenn er versucht, irgendwelche krummen Dinger zu drehen ...«

»... mach ich ihn auf der Stelle kalt«, sagt Jarek.

Hunter schüttelt den Kopf und lässt den Energiestrahl widerwillig erlöschen. Dann zerrt er Kyle hoch und übergibt ihn an Jarek. Gemeinsam folgen sie dem Soldaten nach draußen.

»Wir vertrödeln wertvolle Zeit.« Shannon tigert im Raum auf und ab. »Wir müssen was unternehmen. Jetzt sofort.«

»Kyle wird das regeln«, entgegnet Turk. »Und wir müssen Aria retten.«

»Niemand hat sie dazu gezwungen, das Herz zu schlucken.«

Shannon deutet auf mich. Ich liege zusammengerollt auf dem Boden, die Hände an die Brust gepresst. Ich kriege kaum noch Luft und alles verschwimmt mir vor den Augen. Das sind sie also. Die letzten Minuten meines Lebens.

»Hört mal, ich will genauso sehr wie ihr, dass Aria am Leben bleibt.« Shannon sieht erst zu Hunter, dann zu Turk. »Okay, vielleicht ein klitzekleines bisschen weniger als ihr, aber trotzdem. Ich will nicht, dass sie stirbt. Aber was können wir noch tun, um das zu verhindern?« Sie deutet mit einem Kopfnicken auf die Schwester. »Sie war die Einzige, die uns hätte helfen können.«

Ich spüre, wie ein winziger Funken Energie in mir auflodert, und endlich gelingt es mir zu sprechen. »Sie hat Recht«, wispere ich schwach.

»Aria?« Turk legt seine Hand auf meine Stirn. »Sie glüht schon wieder. Bleib bei uns. Bitte.« Das grelle Licht lässt seine Haut leuchten und seinen silbernen Ohrring funkeln. Turk sieht aus wie ein rebellischer Engel.

Bevor ich Hunter und die anderen Mystiker kennenlernte, habe ich mir nicht sonderlich viele Gedanken um den Tod gemacht. Warum auch? Ich war jung und ich hatte mein ganzes Leben noch vor mir. Bei mir drehte sich alles um die Frage, was ich anziehen sollte, wenn Kiki und ich mal wieder durch die Clubs zogen. Wenn man mich gefragt hätte, wie ich mir meinen Tod vorstelle, so hätte ich wahrscheinlich geantwortet, dass ich als alte Frau – und zigfache Großmutter – zu Hause in meinem Bett sterben würde.

Doch dann habe ich mich zum ersten Mal verliebt und neue Freunde gefunden. Ich habe feststellen müssen, dass meine Eltern keine Helden sind, sondern Verbrecher. Ich bin Leuten begegnet, die meinen Blick auf die Welt verändert und sich um mich gekümmert haben wie um eine Tochter, so wie Patrick Benedict und Lyrica. Ich habe mir Feinde gemacht, viele Feinde. Thomas Foster. Elissa Genevieve. Meinen eigenen Bruder.

Doch vor allem habe ich erfahren dürfen, was Liebe ist. Wie es sich anfühlt, zum ersten Mal verliebt zu sein – mit Hunter –, und wie wundervoll es ist, der Liebe seines Lebens zu begegnen – Turk. Einer Liebe, die dich danach streben lässt, ein besserer Mensch zu werden, weil es jemanden gibt, den dein Anblick zum Strahlen bringt. Der sich nichts sehnlicher wünscht, als dich zu küssen und der dir all seine Geheimnisse anvertraut.

Erst die Liebe macht das Leben lebenswert. Und jetzt, da ich sterbe, wird mir bewusst, wie reich mich das Leben beschenkt hat.

»Hunter«, flüstere ich. »Sei glücklich. Lebe.«

Hunter sieht zu Shannon, dann zu mir. Er versteht, was ich meine.

Ich ringe nach Luft. Es kommt mir so vor, als würde ich den Sauerstoff durch einen dünnen Strohhalm in meine Lunge saugen. »Turk ...«

Er zwingt sich zu einem Lächeln.

»Ich liebe dich.« Kaum habe ich diesen kleinen großen Satz ausgesprochen, fühle ich mich unendlich erleichtert.

»Ich liebe *dich*, Aria Rose. Und ich werde dich immer lieben.« Er schließt die Augen und küsst mich. Es ist der letzte Kuss, den ich jemals bekommen werde, und es gibt niemanden, von dem ich ihn lieber bekommen würde.

Als sich unsere Lippen voneinander lösen, sehe ich, dass Turk weint. Wie gern würde ich ihm sagen, dass er nicht weinen soll, aber da sind keine Worte mehr in mir. Meine Uhr tickt.

»Das ist nicht fair«, höre ich Shannon sagen. »Erst verlieren wir die letzte Schwester und jetzt auch noch Aria …«

Dann höre ich Schritte. Mein Bruder. Er ist zurück. »Aria!«, ruft er und beugt sich über mich. »Danke für alles, was du für mich getan hast. Für deine Worte. Es tut mir so leid, dass ich kein besserer Bruder gewesen bin.«

Ich habe keine Kraft mehr zu antworten. Ich blinzele und verliere immer wieder für Sekunden das Bewusstsein.

»Ich mach's«, höre ich Turk sagen. »Ich nehme den Platz der Schwester ein.«

Nein!, will ich schreien, aber ich kann nicht.

»Tu das nicht, Turk«, sagt Jarek.

Dann höre ich Hunters Stimme: »Ich werde nicht zulassen, dass du dich opferst, Turk.« Und nach einer kurzen Pause fügt er hinzu: »Ich mach es.«

»Nein!«, schreit Shannon wütend, aber ihre Stimme klingt wie aus weiter Ferne. Ich blicke mich um, doch ich sehe nichts als Weiß. Keine Menschen. Keine Schatten. Nur Weiß.

Ich will nicht, dass sich Turk oder Hunter opfert. So darf die Geschichte nicht enden. Meine Haut prickelt wie von tausend Nadelstichen.

»Hört mir mal alle zu«, vernehme ich leise die Stimme meines Bruders. »Ich habe eine Idee.«

Dann höre ich Turk flüstern: »Gib mir dein Messer, Shannon.«

»Wozu?«

»Frag nicht, tu's einfach.«

Plötzlich verdunkelt sich der Raum und ich nehme verschwommene Umrisse wahr. Dann sehe ich, wie Shannon etwas Langes, Silbernes aus der Tasche zieht und es Turk reicht. Er beugt sich über mich, sieht mir tief in die Augen und sagt: »Vertraust du mir?«

Ich nicke. Werde schwächer. Sterbe.

Auf Turks Gesicht spiegelt sich Entschlossenheit. Und dann sticht er mir in die Brust.

Es heißt, wenn man stirbt, ziehe das ganze Leben noch einmal an einem vorüber. Nicht in allen Einzelheiten, versteht sich, und so sehe ich mich nun auch nicht meine ersten Schritte tun oder meine ersten Worte sagen. Stattdessen erblicke ich all jene, die ich gekannt und geliebt habe: Davida mit ihren schwarzen Locken und einem Lächeln, so strahlend wie die Sonne. Kiki und Bennie, die unbeschwert lachen. Jarek, Ryah, Landon und Shannon, die am Esstisch sitzen und sich Geschichten erzählen. Die ergraute Lyrica mit ihrem weisen Blick. Patrick Benedict, der mir geholfen hat. Markus, den kleinen Jungen, den ich nicht retten konnte. Kyle, der Danny umarmt. Hunter mit seinem strubbeligen, blonden Haar und seinen durchdringenden blauen Augen, die mir zum Abschied zuzwinkern. Turk, dessen Stimme und dessen Berührungen mich immer dahinschmelzen ließen. Und sogar meine Eltern, deren Gesichter zu einer roten Rose, die viele Dornen trägt, verschwimmen.

Als ich meine Augen für immer schließe, denke ich: Ich werde geliebt und ich habe geliebt. Was kann es im Leben Schöneres geben?

Epilog

Das Zimmer, in dem ich erwache, kommt mir bekannt vor.

Langsam dämmert mir, dass es mein Kinderzimmer ist. Ich liege in meinem alten Bett unter einer rosenroten Bettdecke. Bin ich im Himmel?

»Du bist ja wach«, sagt eine vertraute Stimme.

Ich drehe den Kopf zur Seite. An meinem Bett sitzt Turk. Er hat einen Stoppelbart und Schatten unter den Augen, als hätte er in letzter Zeit zu wenig geschlafen. Und dennoch strahlt er übers ganze Gesicht.

Er beugt sich vor und haucht mir einen Kuss auf die Stirn. Mein Herz rast vor Freude, doch dann fällt mir wieder ein, wo ich bin.

»Bist du auch tot?« Ich richte mich auf und lehne mich gegen das Bettgestell. Seltsam, ich spüre gar keinen Schmerz.

»Nein, ich bin nicht tot«, erwidert Turk. »Und du übrigens auch nicht.«

Er schaltet den TouchMe-Screen an. Der Ton ist aus, aber ich sehe Bilder aus der Tiefe – eingestürzte Häuser, Trümmerberge aus Metallteilen, Stein und Glas. Das Wasser in den Kanälen schwappt über die Kaimauern.

Doch die Menschen, es sind Hunderte, jubeln. Sie sehen erschöpft aus, aber glücklich.

Ich blicke zu Turk. »Was ist geschehen?«

»Erinnerst du dich an die Schiffe aus Philadelphia, die an der West Side angelegt hatten?« Ich nicke. »An Bord waren nicht Cotters Soldaten, sondern Mystiker.«

Mystiker? »Wie ist das möglich?«

»Wie sich herausgestellt hat, wurde Cotter von den Rebellen entführt. Einer der Mystiker, Elias John, besitzt genau wie Davida die Fähigkeit, eine andere Gestalt anzunehmen. Also hat er eine Runde Cotter gespielt und alle ausgetrickst. Er war es, mit dem Kyle verhandelt hat. Und so hat schließlich eine ganze Armee von Rebellen die West Side gestürmt, die Mehrzahl der Rose-Soldaten getötet und die Tiefe befreit.«

Ein Lächeln huscht mir übers Gesicht. Kyles Plan, Cotter und den Truppen aus Philadelphia die Tiefe zu überlassen, wurde vereitelt. Die Bewohner der Tiefe wurden nicht überfallen. Sie wurden gerettet!

»Und den Mystikern, denen Hunter und Shannon zur Flucht verholfen hatten, ist auch nichts passiert«, sagt Turk. »Elias John hat sie an Bord eines seiner Schiffe geholt.«

»Zum Glück«, erwidere ich. »Wurde sehr viel zerstört?«

Turk beugt sich vor und gibt mir noch einen Kuss. »Nichts, was man nicht wieder aufbauen könnte.« Ich genieße es, seine Lippen auf meiner Haut zu spüren. Dann fallen mir die Schwester und der mystische Schutzschild wieder ein.

»Was ist mit dem Kraftfeld passiert?« Ich blicke auf meine Hände, die kleiner sind, als ich sie in Erinnerung habe, und – zu meinem großen Erstaunen – nicht mehr grün leuchten. Ich erinnere mich daran, wie schlecht es mir ging. Wie ich das Gefühl hatte, sterben zu müssen. Und dann fällt mir wieder ein, wie Turk sich über mich gebeugt und mir das Messer in die Brust gerammt hat. Ich ziehe scharf die Luft ein. »Was ist mit mir passiert?«

Turk steht wortlos auf und streckt mir die Hände entgegen. Ich lege meine Hände in seine und stehe auf. Meine Kopfschmerzen sind verschwunden. Ich schwitze nicht mehr und fühle mich auch nicht mehr schwach. Ich fühle mich leicht. Stark. Vollkommen.

Turk zieht mich zum Spiegel und dann sehe ich, warum sich mein Körper so gesund anfühlt: Ich blicke in das Gesicht einer Fremden.

Meine Haut fühlt sich unglaublich weich und glatt an, ich bin kleiner als früher und meine Augen sind jetzt hellblau. Meine Nase ist schmal und gerade, meine Lippen sind zartrosa. Meine Haare sind lang und weiß und reichen fast bis zum Boden.

Ich fasse es nicht.

Ich bin die Schwester!

»Wie ist das möglich?«, frage ich leise.

»Wie du ja weißt, sind alle Erinnerungen eines Mystikers in seinem Herzen gespeichert«, sagt Turk. »Darum konntest du auch Dinge sehen, die in Davidas Vergangenheit geschehen sind. Doch dein menschlicher Körper war für ein so starkes Herz nicht gemacht. Es hat ihn vergiftet. Aber der Körper der

Schwester war gesund, abgesehen davon, dass dein Bruder sämtliche mystische Energie aus ihr herausgesogen hatte.«

Eigentlich wollte ich den Platz der Schwester einnehmen, um dich zu retten, aber das musste ich am Ende gar nicht. Jemand anders hat es getan. Wir haben die Schwester aus der Abschöpfungsmaschine deines Bruders befreit und konnten ihr dein Herz einpflanzen. Da sie ursprünglich eine mächtige Mystikerin gewesen ist, konnte ihr Körper die mystische Energie aufnehmen, die dein Herz vergiftet hatte. Und nun ...«

»... bin ich eine Mystikerin?«

Turk nickt. »Du bist genau dieselbe wie vorher. Mit denselben Erinnerungen. Nur in einem anderen Körper.«

Ich betrachte das fremde Mädchen im Spiegel. Das Einzige, was ich wiedererkenne, ist das herzförmige, mattsilberne Medaillon um meinen Hals, das ich seit dem Abend meiner Verlobungsfeier trage. Ich betaste es mit den Fingerspitzen und denke daran, was Lyrica kurz vor ihrem Tod zu mir gesagt hat: Du musst sterben, um zu leben. Ihre Prophezeiung hat sich erfüllt.

»Unglaublich ...« Ich schließe meine Hand fest um den Anhänger. *Erinnere dich*, stand auf dem Zettel, den ich zusammen mit dem Medaillon in meiner Handtasche fand, nachdem meine Eltern mir meine Erinnerungen gestohlen hatten. Und tatsächlich steht dieses silberne Herz sinnbildlich für alles, was ich niemals vergessen werde.

»Unglaublich, aber wahr«, sagt Turk.

Plötzlich fällt mir Jareks Vorschlag wieder ein: dass man die

Schwester auch gegen einen anderen Mystiker austauschen könnte, dass dieser aber die geballte Kraft der Energie wahrscheinlich nicht überleben würde.

»Wer hat den Platz der Schwester eingenommen?«, frage ich. »Ist derjenige gestorben?«

Turk nickt traurig. »Er wollte die Stadt retten. Du hast ihm klargemacht, dass er sich völlig verrannt hatte. Es war sein Vorschlag, und weil er so viel Stic im Körper hatte, konnte er diese Aufgabe übernehmen. Er hat das Richtige getan.« Und dann endlich wird mir klar, von wem Turk redet.

Kyle ist tot.

In mir regen sich widersprüchliche Gefühle. Kyle hat so viel Leid und Tod über diese Stadt gebracht, dass es mir fast unmöglich erscheint, um ihn zu trauern. Aber er war eben doch mein Bruder. Auch er hat gelitten, als er den Menschen verlor, den er über alles liebte.

Ich dachte die ganze Zeit, er hätte den Verstand verloren. Dabei war er in Wahrheit eine zutiefst gequälte Seele. Ich kann nur hoffen, dass er endlich Frieden findet, wo auch immer er jetzt ist.

»Es wird demnächst eine Wahl geben – eine richtige Wahl«, sagt Turk. »Manhattan steht am Beginn einer neuen Ära. Alles, wofür wir gekämpft haben, kann Wirklichkeit werden. Wie fühlst du dich?«

»Seltsam«, sage ich. »Als wäre ich nicht ich selbst.«

All die harte Arbeit, Davidas Opfer und der Tod meines Bruders waren am Ende nicht umsonst. Hunter und ich sind zwar nicht mehr zusammen, aber dafür werden unser beider Träume und die Träume seiner Mutter nun endlich wahr.

Ich wirbele zu Turk herum. »Liebst du mich noch?«

Er sieht mich verwundert an. »Warum fragst du?«

»Na ja, ich bin doch jetzt jemand anders. Ich sehe zumindest anders aus. Vielleicht gefalle ich dir gar nicht mehr. Vielleicht ...«

Turk bringt mich mit einem leidenschaftlichen Kuss zum Schweigen. »Ich liebe dich für das, was du bist, nicht dafür, wie du aussiehst«, sagt er zärtlich und nimmt meine Hand. »Und jetzt zieh dir was an und lass uns die anderen suchen. Bennie und Kiki haben nach dir gefragt. Sie sind draußen. Und Ryah wartet im Versteck auf uns.« Er denkt kurz nach. »Wobei wir ja jetzt gar kein Versteck mehr brauchen.«

»Was ist mit Hunter und Shannon?«, frage ich. »Und mit Jarek?«

»Sie werden sich freuen, dich zu sehen.« Turks Augen strahlen vor Leben und Liebe und etwas noch viel Mächtigerem: Hoffnung.

Ich hole ein altes Sommerkleid aus meinem Schrank und ziehe es an. Dann verlassen Turk und ich Hand in Hand mein Zimmer; meine Haare wehen wie ein weißer Schleier hinter mir her. »Was hältst du davon«, sage ich zu Turk und gebe ihm einen Kuss, »wenn wir mir vorher noch einen anständigen Haarschnitt verpassen?«

Danksagung

Ich beende die Mystic-City-Trilogie mit einem lachenden und einem weinenden Auge. Es hat mir riesengroßen Spaß gemacht, sie zu schreiben, und ich danke all den Lesern, die ihre Freude an den Büchern mit mir geteilt haben.

Ein besonderer Dank gebührt all jenen, die die Reihe bis zur Veröffentlichung begleitet haben, insbesondere Beverly Horowitz und Wendy Loggia von Delacorte Press; Sally Willcox und Tiffany Ward von CAA sowie Michael Sterns und dem fantastischen Team von Inkhouse.

Ich danke meinen Freunden und meiner Familie, vor allem meinen Eltern Steven und Elizabeth Malawer; meiner Schwester Abby Malawer; meiner Großmutter Eileen Honigman; meinem Onkel Alan Honigman; Tante Laurie und Leigh; und Arnold und Mark Honigman in liebevoller Erinnerung.

Ohne die folgenden Menschen hätte ich dieses Buch nicht schreiben können: der abenteuerlustige Toby MP; die großartige Ruth Katcher, deren kritische Anmerkungen der Handlung und dem Spannungsbogen der Reihe sehr gut getan haben und der ich für ihren unermüdlichen Einsatz von Herzen danke; ebenso Colleen Fellingham für ihre sorgfältige redaktionelle Arbeit; und Josh Pultz, einem hervorragenden Autor und Lektor, der mir stets zur Seite stand, wenn es knifflig wurde.

LESEPROBE

Eden Academy
Du kannst dich nicht verstecken

von Lauren Miller

ISBN 978-3-473-40120-8

1

Die Nachricht kam in einem schlichten Briefumschlag, was ihr mehr und zugleich weniger Bedeutung verlieh. Mehr, weil mein Name und der Absender schwarz auf weiß darauf standen, ein bisschen wie in Stein gemeißelt. Weniger, weil nichts an dem Umschlag verriet, dass sich darin eine alles verändernde Mitteilung befand.

Der Brief kam einen Monat nach meinem sechzehnten Geburtstag, an einem ganz gewöhnlichen Mittwoch im April. Neunzehneinhalb Stunden später hatte er einen beeindruckenden Kaffeefleck und war immer noch ungeöffnet.

„Lies ihn doch einfach", sagte Beck, das Gesicht hinter der Kamera. Er hatte die Linse auf das schräge Glasdach gerichtet, hielt den Auslöser gedrückt und schoss mehrere Aufnahmen schnell hintereinander. Es war Donnerstagmittag und wir verbrachten die Freistunde wie üblich im Gemeinschaftsraum der Bücherei, der weder einem Gemeinschaftsraum noch einer Bücherei auch nur entfernt ähnelte. Das Ganze erinnerte eher an eine Kreuzung aus Gewächshaus und Stahlkäfig. Es war

Viertel nach eins und wir kamen wahrscheinlich schon wieder zu spät zur fünften Stunde, aber keiner von uns hatte es eilig. Beck wollte noch mehr Fotos knipsen und ich war mit meinen Gedanken überall, nur nicht beim Psychologieunterricht.

„Ich weiß schon, was drinsteht", sagte ich und drehte den Umschlag in den Händen. „Er ist dünn. Also eine Absage."

„Ein Grund mehr, ihn zu öffnen." Beck richtete die Kamera auf das Mädchen am Kaffeestand. Das Objektiv fuhr aus, als er das Gesicht heranzoomte. Mein bester Freund war leicht besessen von dem Kaffeemädchen, während sie sich kein bisschen für den schlaksigen Teenager interessierte, der sie mehr oder weniger stalkte.

„Wenn ich sowieso schon weiß, was drinsteht, brauche ich ihn auch nicht zu öffnen", sagte ich bockig.

„Ist das dein Ernst?" Beck sah mich an.

Ich zuckte die Schultern.

Beck rupfte mir den Umschlag aus den Händen und riss ihn sofort auf.

„Hey!", schrie ich und versuchte mir den Brief zurückzuholen. Aber Beck faltete das Schreiben schon auseinander. Eine knopfgroße Anstecknadel glitt aus der Knickfalte und fiel zu Boden. Sie rollte ein paar Zentimeter weiter, dann blieb sie auf der Seite liegen. Warum sollten sie mir eine Anstecknadel schicken, wenn ich nicht ...

„Liebe Ms Vaughn", las Beck vor. „Wir freuen uns, Ihnen mitteilen zu können, dass Sie in den Jahrgang 2032 der Eden Academy aufgenommen sind. Bla bla bla, der Rest ist uninteressant. *Du bist angenommen!*"

„Pssst", zischte eine Frau gegenüber ärgerlich. Sie zeigte auf ihr Tablet. „Das hier ist eine Bücherei."

Ohne sie anzusehen, richtete Beck die Kamera auf ihr Gesicht und drückte auf den Auslöser.

„Lass das!", keifte sie.

Ich bückte mich nach der Anstecknadel. Sie war rund und golden und sah aus wie ein Ding, das mein Opa hätte tragen können. Allerdings habe ich keinen meiner Opas kennengelernt, deshalb kann ich das eigentlich nicht beurteilen. Ich steckte die Nadel in die Jackentasche und ließ die Hand sicherheitshalber in der Tasche. Beck fotografierte immer noch.

„Sie müssen meinen Freund entschuldigen", sagte ich zu der Frau und reichte Beck seine Tasche. „Er hat heute seine Medikamente vergessen."

„Das stimmt", sagte Beck mit ernster Miene.

Ich riss ihn am Arm und zog ihn zum Ausgang. Erst als wir draußen auf der Fifth Avenue unter dem Vordach standen und der kalte Sprühregen uns auf die Stirn fiel, wurde mir bewusst, was Beck gerade gesagt hatte: Ich war angenommen. Ich würde nach Eden wechseln. Das Bewerbungsverfahren war hart, aber danach war alles ganz einfach. Wenn man erst mal zugelassen war, musste man sich um nichts mehr kümmern. Anreise, Unterkunft, Mahlzeiten – alles bezahlt von der Dreißig-Milliarden-Dollar-Stiftung.

„Zeig her", sagte ich und nahm Beck das Schreiben aus der Hand. Ich musste es mit eigenen Augen sehen.

„Ich wusste, dass sie dich nehmen."

„Ja, ganz bestimmt."

„Rory, du besuchst schon seit der achten Klasse College-Kurse. Du überarbeitest Einträge in Panopticon, weil du dich über historische Ungenauigkeiten ärgerst."

„Ein einziges Mal hab ich das gemacht!"

Beck zog eine Augenbraue hoch.

„Verlinkte Seiten zählen als ein Eintrag", sagte ich.

„Egal. Ich will ja nur sagen, wenn irgendwer auf eine Begabtenschule gehört, dann du."

Aber Eden war so viel mehr als eine Begabtenschule. Das zweijährige Vorbereitungsprogramm für das College – einzigartig im ganzen Land – garantierte den Absolventen einen Freifahrschein zum College ihrer Wahl und anschließend einen Job auf der Führungsebene. Man musste bloß den Abschluss schaffen. Doch das war nach allem, was ich gelesen hatte, nicht gerade ein Kinderspiel. Selbst wenn man angenommen wurde. Die Schule hatte nur zweihundertachtundachtzig Schüler, die zwanzig Hektar in einer winzigen Stadt im westlichen Massachusetts bewohnten. Ich kannte den Prospekt praktisch auswendig. „Die Schüler, die in Eden lernen wollen, sind felsenfest davon überzeugt, dass unser Programm das Richtige für sie ist", stand auf der ersten Seite. „Doch sie sind klug genug zu wissen, dass andere ihre Fähigkeiten besser beurteilen können als sie selbst. Deshalb unterwerfen sie sich bereitwillig unserem strengen Bewerbungsverfahren."

Streng traf es gut: vier Essays à tausend Wörter, ein IQ-Test, zwei psychologische Tests, drei Gutachten von Lehrern und ein kryptisches Bewerbungsgespräch mit einem Mitglied des

Aufnahmegremiums. Das alles hatte es in sich, aber die Zulassung war ja auch so etwas wie eine goldene Eintrittskarte ins Leben. Hätte man Schulgeld zahlen müssen, hätte ich mich gar nicht erst beworben. Doch der Schulbesuch war tatsächlich umsonst, und so wagte ich es einfach, ohne irgendwem – außer meinem Vater und Beck – davon zu erzählen. Ich war nicht „felsenfest davon überzeugt", dass ich nach Eden gehörte, da war nur ein bohrendes Vielleicht.

„Dein Schirm", erinnerte ich Beck, als er hinaus in den Regen trat.

„Ach egal, war sowieso kaputt."

„Du kannst doch nicht einfach deinen Schirm liegen lassen."

„Wieso nicht? Weil ich unbedingt einen Vier-Dollar-Schirm mit zwei gebrochenen Streben brauche?" Er legte den Kopf zurück und streckte die Zunge raus. „Außerdem weiß ich gar nicht, ob diese Wolkenspucke überhaupt als Regen durchgeht."

„Du bist bloß zu faul, noch mal zurückzugehen."

Beck holte sein Smartphone heraus, ein generalüberholtes Gemini 4. „Lux, bin ich faul?"

„Ich weiß nicht", antwortete Lux mit einer Stimme, die genauso klang wie Becks. Die Entscheidungs-App wurde mit einer vorinstallierten Stimme geliefert, die jedoch niemand benutzte. Es war viel cooler, die eigene Stimme zu hören. „Dein Schirm befindet sich im Eingang der Bibliothek auf der Seite der Fourth Avenue. Bei deinem durchschnittlichen Tempo dauert es etwa zwei Minuten und zwanzig Sekunden, ihn zu holen. Möchtest du jetzt gehen?"

„Nö", sagte Beck fröhlich und steckte sein Gemini wieder ein.

„Ich hol ihn", murmelte ich. Ich steckte den Brief unter die Jacke und flitzte die Madison Street runter. Nicht, dass mir an Becks Schirm so viel gelegen hätte. Aber Lux wusste, wie billig er war, dass wir schon fast an der Schule waren und zu spät zur fünften Stunde kamen – und trotzdem war die App dafür, dass Beck zurückging und den Schirm holte. Vielleicht war es also wirklich wichtig.

Der Idiot wartete natürlich nicht auf mich und in den fünfundvierzig Sekunden, die ich für den Rückweg brauchte, hörte es auf zu regnen. Ich überlegte, ob ich ihm hinterherrennen sollte, aber ich trug Ballerinas mit mieser Bodenhaftung und wollte mir das Hochgefühl über die Aufnahme in Eden nicht von einer Bruchlandung auf dem Gehweg zunichtemachen lassen. Also nahm ich die Ohrhörer und rief meine Playlist auf. Die Songs ließ ich von Lux auswählen.

Ein paar Straßenecken vor der Schule holte ich Beck ein. Er stand auf dem Gehweg und betrachtete grinsend ein Foto auf dem Display seiner Kamera. Er hielt es mir hin. Das Foto zeigte eine Obdachlose, die mit ihren hohlen Augen direkt in die Kamera guckte. *Ich will Ihr Geld nicht,* stand auf einem Pappschild in ihrem Schoß. *Schauen Sie mich einfach an, damit ich weiß, dass ich existiere.* Die Worte und ihr Gesichtsausdruck waren faszinierend, aber etwas anderes machte das Foto noch wirkungsvoller: Die Passanten im Vordergrund hatten den Blick auf ihre Handys geheftet und hetzten die Straße entlang, ohne die Frau mit dem Schild wahrzunehmen.

„Drei Minuten später hat ein Polizist sie verscheucht", sagte Beck. Er stieß mich mit dem Ellbogen an. „War doch gut, dass ich den Schirm dagelassen hab, oder?"

„Ein kleiner Preis für so ein Foto", musste ich zugeben.

„Ich könnte eine ganze Serie solcher Bilder schießen", sagte Beck aufgeregt, während wir weitergingen. Wir waren schon zwei Minuten zu spät dran. Ich holte mein Gemini heraus, um unsere voraussichtliche Ankunftszeit zu checken. Zweiundneunzig Sekunden bis zum Campus, dann noch dreiunddreißig bis zum Psychologieraum. Ich schaute immer noch auf das Display, als Beck sagte: „Ist ja nicht schwer, Leute zu finden, die von lauter Idioten mit Handys ignoriert werden."

Wie auf Kommando stolperte ich über einen unebenen Pflasterstein.

Beck sah mich an. „Musst du echt auf die Millisekunde genau wissen, wie schnell wir vorankommen? Wir kommen an, wenn wir ankommen, Rory. Oder auch nicht."

Beck hatte ein ambivalentes Verhältnis zu seinem Smartphone. Natürlich benutzte er es, aber nur zum Telefonieren und für SMS. Ich dagegen machte alles mit meinem Gemini. Meinen Kalender, meine Hausaufgaben, meine Forumseite, die Playlist und Bücher – das alles wollte ich jederzeit griffbereit haben. Und natürlich musste Lux immer dabei sein, damit alles glatt lief. Ich benutzte die App bestimmt tausendmal am Tag. Was soll ich anziehen? Wo soll ich mich hinsetzen? Wen soll ich für den Sadie-Hawkins-Ball fragen? Bei jeder wichtigen Entscheidung – und auch bei fast jeder unwichtigen – befragte ich Lux. Mit einer Ausnahme: Eden. Ich hatte Lux nicht gefragt, ob ich mich bewerben soll, weil ich zu große Angst hatte, die Antwort könnte Nein lauten.

An der Schule trennte ich mich von Beck und ging zum Psychologiekurs. Im Weitergehen scrollte ich durch den Newsfeed. Deshalb sah ich Hershey Clements erst, als ich fast gegen sie lief.

„Du bist Rory, stimmt's?" Sie stand vor meinem Klassenraum. Die dunklen Haare trug sie zu einem dieser kunstvollen Knoten hochgesteckt, die man manchmal in Zeitschriften sieht, aber selber nie im Leben hinbekommt. Sie hatte Lidschatten aufgelegt, aber keine Wimperntusche, und dunkelrosa Lipgloss. Es war gerade so viel Make-up, dass es Eindruck machte und man doch sofort sah, dass Hershey es überhaupt nicht nötig hätte. Sie sah umwerfend aus. Und schön gebräunt. In den Frühlingsferien war sie mit ihren Eltern in Dubai gewesen. Ich wusste das, weil sie mich auf ihrer Forumsseite unerklärlicherweise zu ihren Freunden hinzugefügt hatte, obwohl wir uns noch nie richtig unterhalten hatten. So wurde ich während ihres Urlaubs über ihre ständigen Statusmeldungen auf dem Laufenden gehalten. Letzten Montag war sie mit einer Henna-Fußknöchelverzierung und Toffee-Teint zurückgekehrt. Wir Daheimgebliebenen kamen uns bleich, arm und unkultiviert vor.

„Äh, hi!", sagte ich.

Sie sah mich mit einem abschätzenden Blick an. Was wollte sie von mir? Hershey Clements stand nicht grundlos im Flur herum, um auf mich zu warten. Mädchen wie sie sprachen nicht mit Mädchen wie mir. An unserer Schule stand sie ganz oben auf der Liste der angesagten Mädchen, und da stand ich ganz sicher nicht. Ich war kein Loser oder so, aber da ich immer mit einem Jungen abhing, der zu cool war, um cool zu sein, keine Mädchenfreundschaften vorzuweisen hatte – als Einzelkind mit toter Mutter hab ich's nicht so mit weiblichen Bindungen –, war ich nicht gerade eine Kandidatin für die nächste Homecoming Queen. Trotzdem war dieses Wer-warst-du-noch-mal-Getue lächerlich. Hershey wusste genau, wer ich war. Wir hatten schon seit der sechsten Klasse jedes Jahr mindestens zwei Kurse zusammen.

„Ich muss zugeben, ich war ziemlich überrascht, als ich deinen Namen gelesen habe", sagte sie.

Wie bitte?

„Ich meine, ich wusste zwar, dass du gute Noten hast, aber ich dachte, das kommt bloß daher, weil du immer nur lernst und so."

Ich hatte keine Ahnung, wovon sie redete.

„Ich hab gesehen, dass du in Eden angenommen bist", sagte sie und verdrehte die Augen, als stünde ich total auf der Leitung.

„Echt?" Ich hatte den Brief doch selbst erst vor zwanzig Minuten geöffnet und es nirgends gepostet. Hatte Beck es auf Forum eingestellt?

„Ja logisch! Die App bringt jeden Tag neue Infos. Eine Woche, nachdem sie den Brief rausschicken, setzen sie deinen Namen auf die Liste."

„Was für eine App?"

Hershey stieß einen Seufzer aus, als sei es furchtbar mühsam, mit einem Trottel wie mir zu kommunizieren. Sie zog ihr Smartphone aus der Gesäßtasche ihres Jeansrocks. „Die Eden-App", erklärte sie und tippte auf ein kleines Baum-Icon, das genauso aussah wie das Symbol auf meiner Anstecknadel. Sie hielt mir das Handy unter die Nase.

„Warte mal, wieso hast du …?" Innen an ihrem Handgelenk glitzerte etwas Goldenes. Der Eden-Anstecker. Sie hatte ihn an die Manschette ihres Kaschmir-Blazers gesteckt. Auf einmal kapierte ich. Ich schaute sie an. „Du bist auch angenommen."

„Guck nicht so überrascht."

„Ich bin nicht überrascht", log ich.

„Egal. Ist schon okay. Wahrscheinlich hat meine Oma mich reingekauft. So ist mein Vater jedenfalls nach Eden gekommen. Hey, zeig mal dein Handy."

Sie fasste mir an die hintere Hosentasche und zog mein Gemini heraus. Sie hielt meine Teilen-Taste an ihre eigene. „So", sagte sie und gab mir das Handy zurück. „Jetzt hast du meine Nummer. Wir sind befreundet."

Als wäre es selbstverständlich, dass ich mit ihr befreundet sein wollte.

Dann drehte sie sich auf dem Absatz um, machte die Tür zum Kursraum auf und schlenderte hinein.

Ravensburger Bücher

Verschwörung im Elite-Internat

Lauren Miller

Eden Academy
Du kannst dich nicht verstecken

Rory kann ihr Glück kaum fassen: Sie hat eine Zusage von der berühmten Eden Academy! Doch schon ihre ersten Tage an dem Elite-Internat werden von merkwürdigen Zwischenfällen überschattet. Rory wird das Gefühl nicht los, dass sie jemand verfolgt. Und dann ist da noch der rätselhafte North, der ihr nicht aus dem Kopf geht und der eindeutig mehr weiß, als er zugeben will.

ISBN 978-3-473-**40120**-8

www.ravensburger.de